심규식 대하역사소설

② 청산에 눕는 풀

도서출판
청어

제2권 청산에 눕는 풀 | 차례

제1장

계룡산

1. 산막

계룡산(鷄龍山)은 백두대간이 태백산맥을 거쳐 차령산맥으로 뻗어 내려오다가 금강을 건너뛰어 우뚝 솟아오른 영산(靈山)이다. 비쭉비쭉한 산봉우리들이 마치 닭볏을 머리에 쓴 용이 꿈틀거리는 모양이라 해서 계룡산이라 불려 왔고, 계곡의 물이 쪽빛처럼 맑다고 해서 계람산(鷄藍山)이라고도 했다. 최고봉인 천황봉을 중심으로 쌀개봉, 연천봉, 문필봉, 삼불봉, 수정봉, 관음봉, 막적봉, 임금봉, 형제봉, 장군봉, 도덕봉 등 20여 개의 봉우리들이 능선을 이루며 남북으로 크게 뻗은 가운데, 다시 서에서 동으로 두 개의 능선이 나란히 달리고, 이들 주요 봉우리 사이의 7개 골짜기에서 발원한 노성천, 구곡천, 용수천, 갑천 등이 비단가람(錦江)으로 흘러든다.

우리나라의 지세는 백두(白頭)를 조종(祖宗)으로 하여 그 지맥이 거대한 용처럼 꿈틀거리며 반도의 아래쪽으로 달려내리는데, 그 중 계룡산은 위로부터 달려온 모든 산맥들이 우뚝 멈추어서 하나의 정점을 이룬 곳이다. 풍수설에 의하면, 계룡산은 기이하게도 이곳을 향해 뻗어 온 산맥들이 태극 모양을 이루었을 뿐만 아니라, 강물이 또한 태극 모양을 이룬 산태극(山太極) 수태극(水太極)의 희귀한 명당으로, 용이 제 몸을 휘감고 꼬리를 돌아보는 이른바 회룡고조형국(回龍顧祖形局)이라 한다. 계룡산은 힘차게 뻗어 내린 주봉이 북으로 달리고 있고, 좌청룡은 주봉을 겹겹이 감싸면서 호위하고, 우백호는 국사봉의 호랑이가 얌전하게 엎드려 있는 형상이다. 또한 안쪽엔 멀리 장군봉, 천쌍봉, 함지봉, 함박봉 등이 주봉을 향해 신하처럼 하례를 올리고 있으며,

주위 봉우리들은 사방에서 사신팔장(四神八將)이 되어 나성(羅城)을 이루고 있다. 이러한 산세와 지기(地氣), 지령(地靈) 때문에 도참설에서는 계룡산을 미래에 새로운 나라가 설 상서로운 도읍지로 점지하기도 했고, 장차 사람의 자취를 찾기 어렵게 될 큰 병화(兵禍)나 삼재(三災)가 있을 때엔 그 화란(禍亂)을 피할 십승지(十勝地) 가운데 한 곳으로 예언하기도 했다.

계룡산은 이처럼 기이한 산세와 그 영험함으로 인해 예로부터 우리나라의 4대 진산(鎭山)의 하나로 일컬어져 왔고, 신라시대부터 동악 금강산, 서악 구월산, 남악 지리산, 북악 묘향산, 중악 계룡산이라 하여 오악(五嶽) 중의 하나로 숭앙해서, 해마다 봄가을로 나라에서 산신제를 올리기도 했다.

불교가 전래된 이래 이 땅의 이름 있는 명산에는 그 이름에 걸맞는 큰 절들이 서게 되었으니, 일찍이 백제 구이신왕 원년에 고구려의 승려 아도가 계룡산 중장리에 갑사를 세웠고, 갑사와 등을 맞대듯이 서 있는 동계사(동학사)는 신라 성덕왕 때에 회의 선사가 그의 스승 상원의 사리탑을 세우고 창건하였다. 갑사에서 동계사로 넘어가는 길에는 남매탑이 서 있는 청량사가 있고, 양화리에는 백제 의자왕 때에 보덕이 세운 신원사가 있다. 이들 절에서는 사철 목탁소리와 염불이 그치지 않았고, 복을 비는 백성들의 향화(香火) 또한 끊임없이 이어졌다.

또한 계룡산에는 철마다 그 빼어난 경관을 구경하려는 사람들이 찾아들었다. 계룡산의 모든 봉우리와 골짜기가 다 속태(俗態)를 벗었지만, 그 중에서도 천황봉에서 보는 일출과 연천봉에서 보는 낙조는 쌍벽을 이루는 장관으로 꼽혔고, 겨울철 삼불봉의 설화(雪花)와 관음봉에서 보는 한가로운 구름, 동학 계곡의 신록과 갑사 계곡의 단풍 또한 절경으로 이름이 높았다. 그리고 은선폭포에서 뿜어져 나온 물안개와 남매탑에서 보는 명월이 또한 사람들의 입에 널리 오르내렸다.

산이 높고 골이 깊어서 계룡산에는 온갖 나무와 풀이 울울창창하였다. 온갖 나무와 덩굴, 풀 들이 서로 얽히고 설켜서 길에서 조금만 벗어나면 걸음을 떼어놓기가 어려웠고, 자칫 잘못하면 전후좌우를 구분하지 못해 길을 잃어버리기 십상이었다. 그리고 그 울울한 숲에 갖가지 네 발 달린 짐승들이 살고 있었고, 드물게 표범과 호랑이 같은 맹수도 모습을 드러내곤 했다. 온갖 새들이 나무와 덤불 속에 둥지를 틀고 있었을 뿐더러 헤아릴 수 없이 많은 곤충들이 풀숲에 깃들여 살고 있었다.

그러나 계룡산에는 이러한 산짐승과 새 들만 둥지를 틀고 있는 게 아니었다. 예나 지금이나 큰 산의 깊은 골짜기엔 세상에서 밀려나거나 세상을 등지고 살아가는 사람들이 숨어들었는데, 계룡산 또한 예외가 아니었다. 사람들의 발길이나 눈길이 미치지 않는 후미진 골짜기, 수풀이 어지럽게 우거진 깊숙한 곳에 얼핏 보아서는 눈에 띄지 않는 게딱지만한 띠집이나 움막, 토굴 등이 있었고, 그곳에 바로 그런 사람들이 숨어 살고 있었다. 산비탈에 손바닥 만한 화전을 일구어 귀리나 기장 등을 재배하면서 산짐승을 사냥하거나 틈틈이 약초를 캐면서 살아가는 사람들도 있었지만, 어떻게 생계를 유지하는지를 알 수 없는 수상쩍은 사람들도 적지 않았다. 길 가는 나그네와 행락객의 봇짐을 털고, 인근의 민가에 숨어들어 좀도둑질을 하는 무리에서부터, 멀리 대처에까지 나가서 부유한 호족들의 집을 약탈하는 화적떼에 이르기까지 갖가지 녹림당이 바로 그들이었다.

달은 뜨지 않았으나 하늘 가득 좁쌀같이 희끄무레한 별들이 흩뿌려져 있고, 서리라도 내릴 듯 밤이 깊어갈수록 산 속의 기온은 싸늘하게 식어갔다. 유성에서 공주로 나 있는 한길 중에 계룡산 기슭을 지나가는 동계티라는 곳에 수상쩍은 사내 다섯 명이 나무 그늘에 몸을 감추고 앉아서 길 가는 사람을 노리고 있었다. 계룡산 녹림당(綠林黨)이었다.

"오늘 밤에두 허탕을 친 것 같구먼! 허기사 이리 늦은 시간에 어느 놈이 이 산길을 가겠어?"

"그러게 말여! 이러다간 우리 다 굶어 죽는 거 아녀?"

"그리 되기 전에 어디 화적질이라두 나가야지!"

"화적질은 쉬운가?! 일반 백성들 집은 생쥐 입가심헐 것두 읎구 호족이라두 털어야 헐 텐데, 호족덜 집엔 굴때장군 같은 종놈덜이 병장기를 들구 지키구 있잖여?!"

"이럴 때 도깨비 방망이라도 하나 있으믄 쌀 나와라 뚝딱! 밥 나와라 뚝딱! 하구 마구 두드릴 텐데!"

"화수분이란 보물단지가 있다! 그 화수분에 쌀을 넣었다 꺼내믄 다시 쌀이 가득 차 있구, 또 꺼내믄 가득 차 있구, 돈을 넣었다 꺼내믄 또 돈이 가득 차 있구! 밑두 끝두 읎이 재물이 나온다느먼!"

"증말루 그런 것이 있으믄 나랏님두 부럽지 않겠구먼! 죙일 쌀 나와라! 돈 나와라 허구 있으믄 만석부자가 될 거 아녀?!"

"…화수분 같은 것이 있긴 허지!"

"그건 또 뭔 소리여?"

"소작을 놓는 전답이 그렇잖남? 해마다 가을이 되면 농사꾼이 죽살이를 치며 가꾼 곡식을 쥔집 창고에 갖다가 착착 쟁여 주잖여?!"

"지주들의 전답이 화수분이라니! 그럴싸헌 말이구먼!"

그때 누군가 말했다.

"쉿! 조용! 무슨 소리 안 들리냐?"

노닥거리고 있던 사내들이 모두 입을 다물었다.

따각! 따각! 따각! 따각!

"말발굽 소리다!"

"쉿! 조용! 누가 온다!"

사내들은 모두 입을 다물고 말발굽 소리가 나는 유성 쪽 한길을 바라보았다. 잠시 후 말을 탄 사람이 나타났다. 산사람들은 나무와 풀 사이에 모습을 감추고 숨을 죽였다. 따각! 따각! 따각! 따각!

히이이잉!

어이쿠!

산사람들 옆을 스쳐가던 말과 사람이 한꺼번에 사정없이 나뒹굴었다. 그와 동시에 산사람들이 몽둥이와 칼을 들고 길로 튀어나왔다. 사람들이 튀어나오는 것을 본 말이 후다닥 몸을 일으켜 온 길로 튀었다. 히히히힝! 히히히힝!

"이놈! 꼼짝 마라!"

길가에 나가떨어져 있는 젊은이에게 산사람들이 다가가, 칼을 겨누었다.

"으으…!"

"이놈, 엄살떨지 말구 일어나라!"

"으음! 엄살이 아니유! 이게 어찌 된 거유?"

"이놈아, 젊은 놈이 눈은 어따 두구 댕기냐? 이 밧줄이 안 보이냐?!"

"…밧줄을 쳐 났어유?"

"이놈, 조금만 움직이믄 그대루 고태골로 갈 줄 알어라!"

"…왜 그러슈?"

"보믄 모르겠냐? 우리는 이 계룡산 주인이다!"

"칼 좀 치우시우! 보아하니 이 산에 숨어 사시는 어른덜 같은디, 나두 지금 관청에 쫓기고 있는 몸이우!"

젊은이가 가까스로 몸을 일으키며 말했다.

한 사람이 길바닥에 팽개쳐진 젊은이의 봇짐을 풀고 석작에 들어 있는 떡을 보고 물었다.

"이게 뭐냐? 돌뎅이 같은디?"

"우리 엄니가 마련혀 준 떡이유."

"딱딱한데? 이빨 뿌러지기 알맞겄다!"

"여러 날 두구 먹게 바짝 말린 거유. 먹을 땐 물에 불려야 혀유!"

"그런데 관청에 쫓기구 있다니, 그게 무슨 소리냐?"

"관병한테 쫓기다 몇 군데 다쳤수! 산 속에 쉬어갈 데가 읎수?"

"달솔아! 불 좀 켜 봐라!"

산사람 한 명이 부시를 쳐서 관솔에 불을 붙였다. 불빛에 비친 젊은이의 몸에 여기저기 피가 낭자했다.

"…이놈 말이 거짓은 아닌 모냥인개벼!"

"이거, 어째야 혀?"

산사람들은 저만치 가서 한참 구수회의를 하더니,

"걸을 수는 있겠남?"

하고 젊은이를 부축하고 산 속으로 들어갔다.

사내들은 두런두런 이야기를 주고받으며 어슴푸레한 어둠에 잠겨 있는 골짜기로 올라갔다. 갖가지 나무와 풀 들이 키가 넘게 우거져 있고, 길조차 없는데도 사내들은 산짐승처럼 익숙하게 수풀을 헤치면서 조도(鳥道)를 따라 앞으로 나아갔다. 가끔씩 인기척에 놀란 짐승이 후다닥 튀어 달아나거나, 자다가 깬 새가 날카로운 울음소리를 내며 날아올랐다. 그들은 쉬지 않고 고개를 넘고 계곡을 따라 산을 올라갔다.

"다 왔다!"

골짜기가 ㄱ자(字)로 급하게 꺾어지는 곳에 이르러, 앞서 걷던 사람이 걸음을 멈추었다. 기장찬 나무들과 칡덩굴, 으름덩굴, 다래덩굴 들이 어지럽게 뒤엉켜서 웅숭깊기 짝이 없는 곳에 크고 작은 움막들이 조개처럼 엎드려 있고, 움막들 앞엔 꽤 넓은 공터가 있었다.

그들이 공터로 들어서자, 산채 사람들이 몰려나왔다.

"아니, 웬 사람을 데려왔나?"

두령인 듯한 거쿨진 사내가 앞으로 나서며 물었다.

"웅태 두령! 이놈이 관청놈덜과 싸우다가 쫓기구 있다는디, 거짓말이 아닌 것 같아서 데리구 왔슈!"

"명학소라는 마을에 사는 망이라 허우. 몸을 다쳤는디, 며칠만 머무르게 혀 줍시유!"

망이가 웅태에게 말했다.

웅태가 망이를 짯짯이 바라보다가 말했다.

"우선 빈 움막에 들이고, 다친 데를 봐 주어라!"

웅태의 말에 부두령 강쇠가 망이를 빈 움막으로 데려갔다.

그런데 뒤늦게 몰려나온 몇 사람이 반대를 하고 나섰다.

"어떤 놈인지두 몰르는 놈을 산채에 들여놓는단 말이우?"

"만약에 관가에서 나온 끄나풀이믄 어쩔 것이우?"

"머리 검은 짐승 거두지 말라는 말이 괜히 있겠슈?!"

"맞수다! 차라리 아예 입을 막아 버리는 게 후환이 읎을 거유!"

그들의 얘기를 다 들은 웅태가 말했다.

"너희들, 절로 터진 입이라고 되는 소리 안 되는 소리 서털구털 마구 지껄여 대는 거냐? 호랑이는 아무리 굶주려도 제 동족의 고기는 입에 대지 않고, 도척이한테도 도(道)가 있다는 말이 있다! 개구리가 올챙이 적 생각 못한다더니, 바로 너희들을 두고 한 말이 아니냐? 너희들이 앵두장수로 오갈 데 없었을 때 내가 산채에 받아들여 주지 않았더라면 지금쯤 어찌 되었겠느냐?! 아무리 이런 산비알에 엎드려 살아도 사람다운 데가 있어야 사람이다. 저 젊은이가 지금 관청 놈들에게 쫓겨 오갈 데가 없는 데다가 몸까지 많이 상했는데, 어찌 모른 척한단 말이냐?"

웅태는 강경한 어조로 밑엣사람들을 꺾어 놓고는, 망이가 있는 움막으로 들어갔다.

"여러 군데 칼을 맞은 것 같은데, 괜찮나?"

"견딜 만합니다유! 폐를 끼치게 되었슈."

"폐랄 것까지야! 마음 놓고 쉬게!"

계룡산 녹림당 두령 웅태는 첫눈에 망이가 예사로운 젊은이가 아니라는 걸 느꼈다. 온통 근육으로 뭉쳐진 듯한 웅위한 덩저리도 덩저리지만 눈빛이 형형하게 빛났다. 그리고 어딘지 모르게 사람을 강력하게 끌어당기는 힘 같은 게 있어 보이는 젊은이였다.

웅태는 근 보름을 세심하게 신경을 써서 망이를 보살펴 주었다. 일부러 신경을 써준 게 아니라 저절로 마음이 그렇게 되었다. 별 말이 없는 젊은이인데 왠지 믿음이 가고, 친아우같이 정이 갔다.

망이는 곧 산채 사람들과도 가까워져서, 산채에서 지내는 데 별 어려움이 없었다. 산채 식구들은 대부분 남정네들이었으나, 몇 사람은 처자식과 함께 살고 있었고, 늙은 부모를 모시고 있는 젊은이도 두 명이나 있었다.

"하! 이런 모기 다리 같은 팔루 심을 쓰겠다구 뎀비냐? 너 정도야 어린애 손목 비틀기지!"

"길구 짧은 건 대 봐야지! 작은 고추가 더 맵다는 걸 몰르냐?"

태걸이와 또출이가 손을 맞잡으면서 서로 흰소리를 지껄여 댔다.

"후덕이는 허우대는 그럴싸한 놈이 왜 그르케 비실비실 나가떨어지냐?"

"알고 보니 후덕이, 저놈이 순전히 물살이구먼!"

계룡산 부탕골 움막집 앞 공터에서 웅태의 녹림당 패거리들이 씨름과 팔씨름 등을 하면서 무료한 한나절을 보내고 있었다. 힘꼴깨나 씀직한 젊은이들이 힘자랑을 하느라 요란하였다.

"또 뎀빌 놈 읎냐?"

또출이를 손쉽게 이긴 태걸이가 말했다. 태걸이는 키는 그리 크지 않았으나 몸피가 우람하고, 팔이 통나무처럼 굵었다. 그는 몸이 굼뜨고 우직한 데가 있었으나, 힘만은 누구한테도 뒤지지 않았다.

"그럼 오늘 팔씨름은 내가 접었다!"

태걸이가 팔뚝을 흔들며 기세를 뽐냈으나, 더 나서는 사람이 없었다.

"어이, 망이 총각! 이리 와서 한번 붙어 봐라!"

부두령 강쇠가 망이를 불렀다.

"나는 싫수!"

망이가 말했다. 계룡산으로 들어온 지 한 달쯤이 지나자 망이는 유성을 떠나면서 관병들에게 입은 상처가 거의 다 아물었다. 그는 아까부터 공터 한쪽 회나무 그늘에 앉아서 칼로 몽둥이를 다듬고 있었다. 네 자쯤 되는 반듯하고 굵은 박달나무를 매끈하게 깎고, 휘두르기 좋게 손잡이를 만드는 것이다. 박달나무 몽둥이는 묵직하고 단단해서 쇠몽둥이에 버금갔으나 바싹 마른 박달나무는 그만큼 깎기가 쉽지 않았다.

"이놈아, 오라믄 올 거지, 웬 말이 많어?"

"저놈 덩저리를 보믄 심 좀 쓸 것 같은디!"

"이쁜 계집 거기에 거웃 읎더라구, 저놈 순 약골 아녀?"

이 사람 저 사람이 이지렁을 떨며 망이를 집적거렸다.

"야, 너무 빼지 말구 한번 붙어 봐라!"

강쇠가 다시 명령하듯 말하자 망이가 자리에서 일어났다.

"너, 일루 와 봐! 오늘 내가 심이란 어떤 것인가를 보여주께!"

태걸이가 의기양양하게 망이에게 손짓을 했다.

태걸이와 망이가 송판 위에 손을 올려놓고 맞잡았다. 호기 넘치던 태걸은 망이의 손을 잡는 순간 아연 불길한 생각이 들었다. 망이의 손이 마치 커다란 바위같이 느껴졌다.

"써라!"

강쇠의 말이 떨어지자마자 태걸은 온몸의 힘을 한꺼번에 쏟았다. 그런데 망이의 팔은 까딱도 하지 않았다. 태걸은 몇 번이나 용을 썼으나 역시 마찬가지였다. 어린놈이! 그는 불쑥 울화가 치밀었다. 그런데 망이는 그냥 버티고 있을 뿐 태걸의 팔을 누르지도 않았다. 태걸이는 몇 번이나 젖 먹던 힘까지 쏟아 용을 썼으나 망이의 팔은 까딱도 하지 않았다. 태걸이 더 이상 힘을 쓰지 못하자 망이가 그냥 태걸의 손을 놓고 물러앉았다.

"네가 힘을 좀 쓰는구나! 나하구 씨름을 한번 붙어 보자!"

부두령 강쇠가 말했다 강쇠는 산채에서 제일가는 씨름꾼으로, 붙었다 하면 번개 같은 들배지기로 상대방을 메다꽂았다. 힘도 힘이지만 워낙 동작이 빨랐다.

샅바를 붙잡은 강쇠와 망이가 마당 가운데 버티고 서자 산채가 갑자기 조용해졌다. 모두들 두 사람을 둘러싸고, 숨을 죽였다.

"써라!"

심판의 말이 떨어지자마자 강쇠는 망이의 몸을 앞으로 당기며 들어올렸다. 들배지기를 하기 위함이었다. 그런데 망이가 꿈쩍도 하지 않았다. 마치 바위 같았다. 강쇠는 밀고, 당기고, 옆으로 후리고, 밭다리를 걸었다가, 안다리를 걸었다가, …갖은 기술을 구사하며 힘을 썼다. 그러나 망이는 두 다리가 땅에 박힌 굵은 나무처럼 끄떡도 하지 않았다. 그렇다고 망이가 힘을 쓰는 것도 아니었다. 강쇠가 허덕거리며 더 이상 힘을 쓰지 못하자, 망이가 샅바를 놓고 한 걸음 물러났다. 강쇠는 망이가 산채 부두령인 자기 체면을 봐서 힘을 쓰지 않았다는 걸 알았다. 어린놈이 마음 쓰는 게 제법이다! 강쇠는 속으로 감탄했다.

"망이, 너 심 좀 쓰는구나! 너 저 밧줄 끝을 잡아 봐라!"

강쇠가 말했다.

망이가 밧줄을 잡자 무길이와 달수가 덤벼들었다. 그러나 밧줄은 꿈쩍도 하지 않았다.

"또출아!"

강쇠의 말에 또출이도 달려들었다. 그러나 망이는 역시 바위같이 움직이지 않았다. 또 한 명이 달라붙었다. 줄이 좌우로 조금씩 오갔다. 또 한 명이 합세했다. 이제 다섯 명이었다. 읏쌰! 으읏쌰! 줄이 산채 사람들 쪽으로 조금씩 끌려갔다. 그때 망이가 야앗! 소리를 치며 용을 썼다. 그러자 다섯 명이 우쭐 앞으로 끌려가며 모두 땅바닥에 거꾸러졌다.

……?!

조용했다. 산채 사람들은 너무 놀라 아무도 입을 열지 않았다. 그들은 방금 그들이 눈앞에서 본 것을 믿을 수가 없었다. 하늘이 낸 천하장사가 있다는 말은 들어봤지만, 정말 이런 사람이 있다니! 다들 말이 없는데,

"네 힘이 엄청나구나!"

두령 웅태가 공터로 걸어 들어오면서 말했다. 그의 손에는 토끼 두 마리가 들려 있었다. 그는 산골짜기 여기저기에 놓아 둔 덫을 둘러보고 오다가 망이의 힘쓰는 것을 본 것이다.

"자랑거리두 못 됩니다유!"

그날부터 망이를 대하는 산채 사람들의 태도가 공순해졌다. 나이 많은 사람들도 다들 망이를 명학 장사라고 부르며 하대(下待)를 하지 않았다.

그날 달빛이 너무 밝아 망이는 잠을 이룰 수가 없었다. 은실 같은 달빛이 하얗게 하얗게 한없이 쏟아져 내렸다. 그가 움막 밖으로 나와 회나무 아래 앉아 있는데, 두령 웅태가 옆에 와서 앉으며 말했다.

"몸은 좀 어떠냐?"

"다 나은 것 같습니다유."

"달을 보고 있냐?"

"예. 잠이 안 와서….."

망이는 말꼬리를 흐렸다. 그는 어머니와 망소이, 난명 아가씨, 마을의 벗들, 혜관 스님과 법광 스님, 법릉 스님 등 보고 싶은 사람들의 얼굴을 차례로 떠올려 보고 있었다.

"……."

두 사람은 한동안 말없이 앉아서 달을 바라보다가,

"그래, 어쩌다가 관에 쫓기게 되었더냐?"

하고 웅태가 물었다.

망이는 수릿날 난명을 만난 일, 짱똘이 패거리와 있었던 일을 숨김 없이 말했다. 웅태를 만난 지는 얼마 되지 않았지만, 시간이 지날수록 그가 믿음직한 큰형처럼 생각되어 이야기가 자연스럽게 흘러나왔다.

망이가 이야기를 하는 동안 웅태는 말없이 그의 이야기를 들었다. 그리고 망이의 이야기가 끝난 뒤에도 한동안 말이 없다가,

"나무가 크면 바람을 많이 탄다는 말이 있다."

하고 말했다. 망이는 웅태의 말에서 마치 형이 아우에게 말하는 것 같은 따뜻한 마음을 느꼈다.

"너무 자책하지 마라. 실은, 나도 살변을 저지르고 세상을 등졌다."

"……?!"

2. 녹림당 두령 웅태

웅태는 수원부의 관하에 있는 감미탄 마을 사람이었다. 그는 어렸을 때부터 유난스럽게 골격이 거쿨져서 위풍이 있는 데다가 힘이 남다르게 세어서, 마을 사람들은 장사가 났다고들 했다. 나이가 들어가면서부터 늘 수원 읍내에 나가 놀면서 싸움으로 잔뼈가 굵었고, 장정이 된 후로는 인근의 씨름판과 싸움판을 휩쓸고 다녔다.

웅태에게 용모가 아름다운 봉금이라는 누이가 있었는데, 삼십 리쯤 떨어져 있는 평성 고을의 은성이라는 젊은이한테 시집을 갔다. 그런데 그 고을의 현령 밑에서 행정을 맡아보는 호장(戶長) 황방기라는 자

가 봉금이의 미모에 혹해서, 어떻게든 봉금이를 꺾어 보려고 집적거렸다. 그는 서른일곱 살이나 먹은 사내였는데, 읍내의 기생들은 말할 것도 없고, 젊고 반반하게 생긴 여자가 눈에 띄면 처녀건 유부녀건 가리지 않고 그때그때 갖은 술책을 다 써서 흑심을 채우곤 하는 난봉꾼이었다.

그러나 그는 교활해서 사람들이 그러한 자기의 진면목을 알지 못하도록 교묘하게 처신했다. 황방기는 봉금이를 정복하기 위해 호장의 지위를 내세워 은근히 위하를 가하기도 하고, 재물로 유혹을 하기도 했다. 그 때마다 행실이 반듯한 봉금이에게 창피만 당하고 뜻을 이루지 못했다.

이듬해에 은성이의 집 근처 공터에서 거지 한 명이 변사체로 발견되었다. 그런데 어찌 된 일인지 은성이가 그 거지를 죽였다는 소문이 마을에 떠돌더니, 이윽고 관가에서 군졸들이 나와서 은성이를 끌고 갔다. 그들은 은성이를 옥사에 떨어뜨리고 죄를 자백하라며 혹독하게 딱장을 받았다. 옥사로 남편을 찾아간 봉금이는 봉두난발에 여기저기 피멍이 든 남편의 참혹한 모습을 보고 가슴이 덜컥 내려앉았다. 그녀는 너무 놀라고 당황해서 무엇을 어찌해야 좋을지 알 수가 없었다.

그때 호장 황방기가 그녀를 찾아와서 언구럭을 부렸다.

"오늘 옥사에 가서 네 지아비를 봤는데, 눈 뜨고 보기가 끔찍하더구먼! 다시 곤장을 맞으면 아마 장독이 나서 살아나지 못할 게야. 빨리 손을 써야지, 자칫 잘못하면 두고두고 후회하게 될 게야! 네가 원한다면 내 널 위해 사또에게 청을 넣을 수도 있는데, …네 생각은 어떠냐?"

"제가 관청 일에 대해 아는 게 없는데, 호장님께서 그리 해 주신다면 은혜는 잊지 않겠습니다."

봉금이는 마음이 여간 찜찜한 게 아니었으나 하는 수 없이 황방기에게 매달렸다.

"우선 가혹한 형문(刑問)을 막아야 할 거야! 한 번만 더 형문을 당하면 장독(杖毒)이 나서 죽고 말 테니까! 그런데 형문을 막고 은성이를 석방시키려면, …그게 맨입으로 되겠나?"

"……?"

"논 댓 마지기는 내 놔야지!"

봉금이는 너무 놀라 입이 떨어지지 않았다.

"사람 목숨이 달렸는데, 그깟 재물이 문제냐?!"

황방기는 더 늦기 전에 사또와 그 밑의 구실아치들한테 뇌물을 써야 한다고 바람을 잡았다. 봉금이는 어쩔 수 없이 논문서를 황방기에게 내주었다.

"이 논문서를 사또에게 바치고 선처를 부탁하면 네 지아비는 바로 풀려날 게야. 그러나 오는 정이 있어야 가는 정이 있는 법이 아니겠느냐?"

"무슨 말씀이신지…?"

"내 너를 몇 년 동안이나 은애해 왔는데, 정녕 내 마음을 모른단 말이냐? …야속하구나!"

황방기가 은근하게 그녀의 손을 잡았다.

"호장 어르신, 어찌 이러십니까?"

봉금이는 울컥 치미는 구역질을 억지로 참으며 말했다.

"아, 강물에 배 지나간다고 무슨 표가 난다더냐? 죽은 사람 소원도 들어 준다는데, 하물며 너 때문에 몇 년이나 가슴을 태운 내 소원 하나 못 들어 준단 말이냐? 한 번만 안아보자."

황방기가 어린애를 달래듯 더욱 은근한 목소리로 말하고는 그녀에게 다가와, 그녀를 안았다.

"이게 무슨 짓이오? 점잖은 나으리께서 어찌 이러시오?"

봉금이는 황방기의 손을 뿌리치며 발딱 자리에서 몸을 일으켰다. 그녀가 막 방을 뛰쳐나가려는데, 황방기가 코웃음을 치며 말했다.

"흥, 은성이가 죽어도 좋단 말이지? 네 지아비는 지금 장독이 나서 죽어 가면서 네가 구해주기만을 학수고대하고 있는데, 넌 그런 은성이가 불쌍하지도 않느냐?"

봉금이가 차마 방을 나가지 못하고 주춤거리자 황방기가 다시 덥석 그녀를 끌어안았다. 그녀는 황방기의 가슴을 밀치고 그의 품에서 빠져나오려 했으나, 황방기는 억센 완력으로 봉금이를 방바닥에 쓰러뜨리고 그녀의 몸을 덮쳤다. 봉금이가 온몸의 힘을 다해 저항하자 황방기가 다시 말했다.

"지금 죽어 가고 있는 은성이를 생각해야지! 쓸데없는 고집을 피워 아주 네 지아비를 죽이고 말 테냐? 네가 진정으로 네 지아비를 생각한다면 그깟 죽으면 썩을 몸뚱이가 무에 그리 소중하냐?"

그 말에 옥사에 갇혀 있는 은성이의 처참한 모습이 떠오르며 봉금이는 온몸의 힘이 풀려 버렸다. 그 틈을 타서 황방기가 재빨리 그녀를 깔아뭉갰다. 그런데 그 후로도 은성이는 쉽게 돌아오지 못했다. 그녀는 몇 번이나 황방기를 찾아갔고, 그때마다 황방기는 좀 기다려 보라면서 매번 그녀의 몸을 탐했다. 그녀가 거절을 하면,

"한 번 탄 나룻배, 두 번 탄다고 어디 덧나냐? 있는 것 빤연히 알고 달라는데, 너무 야멸차게 굴지 마라! 내일은 내 꼭 사또를 졸라 네 지아빌 나오게 하마!"

하며, 집요하게 그녀의 몸을 요구했다. 그녀는 황방기가 화가 나면 남편을 위해 애를 써 주기는커녕 오히려 해코지를 할까 두려워서 차마 거절을 하지 못했다.

달포 가량을 관가에서 갖은 고초를 겪고 풀려난 은성이는 반죽음이 되어서 집으로 돌아왔다. 그리고 집에 와서야 그 사이 그의 전답이 모두 황방기의 손에 넘어가고, 게다가 아내가 황방기에게 몸까지 빼앗겼다는 것을 알게 되었다.

그는 그때서야 비로소 이 모든 일이 아내를 농락하기 위한 황방기의 계략이었다는 것을 깨달았다. 머리끝까지 억분이 치솟은 그는 황방

기를 쳐죽일 작정으로 낫을 들고 그의 집으로 달려갔다. 그러나 황방기의 하인들은 은성이가 초주검이 되도록 마구 짓밟고 몽둥이질을 한 뒤에, 의식을 잃고 늘어진 그를 떠메다가 은성이네 집 앞에 내던졌다.

"황방기, 이 쥑일 놈! 이놈…."

심하게 장독이 난 은성이는 온몸이 불덩이가 된 채 울화를 삭히지 못하고 덜컥 세상을 떠났다.

웅태는 그 즈음 두 달 동안이나 개경에 가서 성벽을 개축하는 부역을 했는데, 감미탄에 돌아와서야 비로소 그의 매형이 죽어서 이미 장례까지 치렀다는 소식을 듣게 되었다. 그는 그 얘기를 듣자마자 평성에 있는 누이의 집으로 달려갔다. 그리고 누이 봉금이에게 그간 일어났던 일의 자초지종을 듣고는, 분기를 참지 못하고 곧바로 황방기의 집으로 내달았다.

그가 대문을 박차고 황방기의 집 안으로 뛰어들자 깜짝 놀란 황방기의 하인 두 명이 그의 앞을 가로막았다. 웅태는 단번에 두 놈을 마당에 메다꽂았다.

"이놈, 지금 황방기가 어디 있느냐? 사실대로 말하지 않으면 한 주먹에 머리통을 박살내겠다!"

그는 하인 한 놈의 멱살을 움켜쥐고 무섭게 눈을 부라리며 물었다.

"…사랑채에, 사랑채에 계시우!"

하인이 겁에 질린 얼굴로 말했다. 웅태는 사랑채로 달려갔다.

"황방기, 이 쥐새끼 같은 놈! 당장 이리 나오너라!"

그는 사랑채가 쩌렁쩌렁 울리도록 큰 소리로 고함을 질렀다.

"네 이놈! 네놈이 어떤 놈인데, 감히 남의 집 내정에 돌입해서 행패가 이리 자심하냐?"

사랑채의 문이 벌컥 열리고 황방기가 마루로 달려나와 발을 구르며 호통을 놓았다.

"네놈이 황방기냐? 나는 며칠 전에 죽은 은성이의 처남이다!"

"뭣이? 네놈이 은성이란 놈의 처남이라구?"

황방기의 얼굴에 일순 놀라는 빛이 떠올랐다. 그러나 그는 곧 아무렇지도 않은 듯 다시 큰 소리로 언연(偃然)하게 말했다.

"그래, 네놈이 나한테 무슨 볼 일이 있다고 내 집을 찾아와 이리 소란을 떠느냐?"

"황방기, 이 간교한 놈! 네놈이 저지른 더러운 짓을 잊지는 않았겠지? 내 오늘 누이와 매형을 대신하여 네놈의 죄값을 받으러 왔다!"

"뭐라구? 이 죽일 놈이?! 여봐라! 모두들 뭣들 하느냐? 집 안에 무뢰배 놈이 뛰어들었는데, 빨리 때려잡지 않고!"

황방기가 발을 구르며 웅태를 뒤따라 들어온 하인들에게 고함을 질렀다. 그의 영이 떨어지자 하인 네 명이 몽둥이와 지게 작대기를 휘두르며 웅태에게 덤벼들 태세를 취했다. 그러나 그들은 웅태의 사나운 기세와 떡 벌어진 우람한 걸때에 겁이 나서 함부로 덤벼들지를 못했다.

"이놈들, 뭣들 하는 거냐? 단박에 그놈의 대갈통을 바숴 놓지 않고?!"

황방기가 다시 고함을 질렀다. 그의 고함에 떠밀려 하인들이 일제히 웅태에게 덤벼들었다. 웅태는 성난 호랑이처럼 날뛰었다. 몽둥이와 작대기가 타작하듯 그의 등허리와 어깨, 옆구리를 후려쳤으나, 그는 아픔을 느낄 겨를도 없었다. 금방 하인 네 놈이 그의 주먹과 발에 맞아 모두 땅바닥에 거꾸러져 버르적거렸다.

황방기는 하인들이 순식간에 모두 나가떨어지자 크게 놀라, 신발도 신지 못하고 안채로 줄행랑을 놓았다. 황방기가 달아나는 것을 본 웅태는

"끼놈, 게 섰거라!"

하고, 벼락같이 소리를 지르며 황방기를 쫓아가 북두갈구리 같은

22

손으로 황방기의 뒷덜미를 나꿔챘다.

"이놈, 내가 누군 줄 알고서 감히 이 따위 행패냐? 이놈, 내가 관청의 호장이라는 걸 모르느냐?"

웅태에게 붙잡힌 황방기가 눈을 부라리며 엄포를 놓았다.

"호장? 이 더러운 놈! 호장이면 그 따위 짓을 해도 좋다더냐? 이놈이 아직도 제정신을 못 차렸구나!"

웅태는 주먹으로 황방기의 얼굴을 힘껏 후려쳤다. 황방기는 얼굴이 뭉개지면서 비명도 지르지 못하고 통나무처럼 털썩 쓰러졌다.

"이 쥐새끼 같은 놈! 쥐꼬리 같은 권세를 가지고 간악한 잔꾀로 부녀자를 침탈하고, 사람을 해쳐서 죽게 하다니! 어디 오늘은 네놈도 뜨거운 맛 좀 보아라!"

그는 황방기를 들어올려 댓돌에 내리쳤다.

윽!

황방기의 입에서 처절한 비명이 터져 나오면서 그의 등뼈가 부서져 내렸다. 그리고, 으으으! 으으으! 그의 입에서 참혹한 신음이 비어져 나왔다. 축 늘어져서 푸들푸들 온몸을 경련하는 황방기를 보고서 웅태는, 그가 죽거나, 아니면 천신만고 끝에 살아나더라도 다시는 온전하게 몸을 쓰지 못할 것이라는 걸 알았다.

"이놈, 이제 다시는 그 따위 더러운 짓을 못할 것이다!"

하인들이 그의 살벌한 기세에 질려서 다시 덤벼들 엄두를 못 내고 있는 틈을 타서, 그는 바람처럼 황방기의 집을 빠져나와, 곧바로 감미탄으로 도망쳤다.

그러나 몇 시각도 지나지 않아 관병들이 웅태를 잡기 위해 감미탄 마을로 들이닥쳤다. 관병들이 그의 집을 덮칠 것을 미리 생각하고 이웃 마을 친구의 집에 숨어 있던 웅태는, 황방기가 죽었다는 말을 듣고 마을을 떠났다. 그러나 관청의 녹을 먹는 벼슬아치를 살해한 사람이 떳떳이 몸을 붙이고 살 수 있는 곳은 없었다. 웅태는 어쩔 수 없이 녹림에 몸을 의탁했다.

웅태는 처음엔 단산현의 죽령산에 있다가, 곧 속리산으로 들어갔고, 속리산에서 2년을 지내다가, 이산현의 가야산으로 옮아갔다. 그리고 4년 전에 이곳 계룡산으로 들어왔다.

"이곳 사람들은 다들 엇비슷하게 기구한 사연들을 숨기고 있다. 쥐꼬리만한 권력에 도취되어 설쳐대는 벼슬아치를 죽도록 패주고 도망친 놈, 원한 때문에 살인을 하고 도타한 놈, 사람 같지 않은 주인을 칼로 찌르고 도망친 노비, 수자리 살러 갔다가 몽니를 부리는 장교를 두들겨 패고 탈영한 놈, 주인집 계집과 눈이 맞았다가 들통이 나서 도망친 놈…. 이 계룡산만이 아니라 전국의 큰 산들엔 그러한 자들이 골짜기 골짜기마다 겨울옷 솔기에 서캐 박히듯 숨어 있다. 내 개경에 몇 번이나 부역을 갔다가 보고 들었는데, …개경의 왕과 왕족들, 또 그들과 한 패가 되어서 부귀영화와 권세를 누리는 귀족들이 사는 모습은 우리들과 너무나 다르다. 한마디로 말해서, 우리들은 모두 그들의 마소와 같다! 아니, 어쩌면 마소보다도 못할는지도 모른다! 너도 그간 소(所)에서 살았다니까 잘 알겠지만, 우리들은 그들을 위해 태어나 그들을 위해 피똥을 싸면서 죽살이로 일을 하다가, 쓸모가 없어지면 죽어 간다. 어떻게 다 똑같은 생김새에, 똑같은 생각을 가지고 태어난 사람이, 사는 것은 이렇게 하늘과 땅처럼 다를 수가 있단 말이냐?! 이런 세상은 하루라도 빨리 망해야 한다!"

웅태는 낮고 조용조용하게 말했지만, 끝에 가서는 목소리에서 뜨거운 열기가 뿜어져 나왔다. 망이는 웅태의 말을 들으면서 그가 세상에 대해 지니고 있는 원한과 분노가 얼마나 깊고 큰가를 느낄 수 있었다.

"말세가 되믄 미륵 부처님이 오시구, 그때는 새 세상이 열린다고 하던디, 그런 얘길 들어 본 적이 있습니까유?"

망이가 송곡암 뒷산 바위에 새겨져 있던 마애불을 떠올리며 물었다.

"어느 세월에 그 미륵 부처님이 오실 때를 기다리겠느냐? 부처님도 다 세상의 양지쪽에서 권세와 영화를 누리며 사는 사람들의 부처님이다. 전생(前生)에 착한 일을 많이 한 사람은 이 세상에서 좋게 태어나고, 전생에 좋지 못한 일을 많이 한 사람은 좋지 못하게 태어난다니, 도대체 우리가 전생에 얼마나 많은 죄를 지어서 이 모양 이 꼴로 태어났단 말이냐? 그렇다면 지금 부귀영화와 권세를 누리는 놈들은 모두 전생에 착한 일을 많이 해서 이 세상에 그렇게 태어났다는 얘기인데, 그렇게 착한 자들이 주인이 된 이 세상이 왜 이렇게 개판이란 말이냐? 그런 가르침을 말하는 부처님이라면, 그는 권세와 부귀영화를 누리는 자들의 부처님이지, 우리들의 부처님은 아니다. 우리들에겐 부처님이 기는커녕 어쩌면 가장 큰 적이고 마구니일 수도 있다!"

망이는 웅태의 말에 크게 놀랐다. 부처님이 부처님이 아니라 그들, 천한 자들의 적이고 마구니라니! 어떻게 그런 생각을 할 수 있단 말인가? 그는 깊은 혼란을 느꼈다. 웅태의 말은 큰 종소리처럼 그의 가슴을 강하게 흔들며 마음 속 깊이 파고들었다.

그날 밤, 이야기를 나눈 후로 망이는 자기도 모르게 웅태에게 깊은 관심을 갖게 되었다. 웅태는 단순히 어깻심이 다른 사람보다 좀 더 세고 주먹질하는 솜씨가 남보다 윗길이라서 녹림당의 우두머리가 된 게 아니었다. 그는 맺고 끊는 것이 분명하고, 통솔력을 갖추었을 뿐더러, 사려가 깊고 도량이 넓어서 사람을 포용할 줄 알았다. 망이는 웅태와 함께 생활하면서 그가 한낱 산도적떼의 두령이라기보다는 수많은 군졸을 지휘하는 장군 같다는 생각이 들었다.

3. 외거노비 마석이

　며칠 후, 웅태의 녹림당에 새 사람들이 들어왔다. 도망노비 마석이와 그의 아들 길두와 길복이었다. 길두와 길복이가 번갈아 마석이를 지게에 지고 밤도망을 치다가, 마침 동계티에 나가 있던 웅태를 만나, 산 속으로 들어오게 된 것이다. 그러나 마석이는 이미 장독(杖毒)이 온몸에 퍼져 죽기 직전이었다.

　마석이는 본래 전라도 부안현의 세력 있는 호족 왕수창의 노비였다. 대대로 왕수창 집안의 내림종으로 살아온 마석이와 그의 부모, 조부모는 부안에서 30여 리 떨어져 있는 병산 마을 왕수창 집안의 장원에서 농사를 짓는 외거노비였다.

　같은 노비(奴婢)라 할지라도 솔거노비와 외거노비 사이에는 그 지위에 상당한 차이가 있었다. 솔거노비가 늘 주인과 함께 살면서 자유라고는 전혀 없이 주인이 시키는 대로 온갖 일을 도맡아 해야 하는 처지인 데 비해, 외거노비는 주인의 농사처인 장원에서 상전(上典)의 간섭도 별로 받지 않고 꽤 자유롭게 농사를 지으면서 살았다. 물론 해마다 신공(身貢)으로 일정량의 면포와 곡식을 바쳐야 하지만, 그러나 가족들과 한 집에서 살 수가 있고, 상전의 눈앞에서 벗어나 있으니, 솔거노비와는 그 처지가 비교할 바가 아니었다. 부지런한 외거노비는 주변의 황무지를 개간하여 살림에 보탤 수도 있어서, 제법 안정적으로 삶을 꾸리기도 하고, 재물을 축적하기도 했다. 어떤 외거노비는 흉년에 굶어 죽어가는 기민(饑民)을 구제하기 위해 수백 가마의 곡식을 내놓았고, 그러한 사실이 조정에까지 알려져서 면천(免賤)을 받기도 했다 한다.

　마석이는 어려서부터 종일 부모를 도와 일을 하면서 잔뼈가 굵었다. 그러면서도 그는 그의 부모가 그랬었고, 또한 조부모와 증조부모가, 그리고 그 윗대의 조상들이 대대로 그랬었던 것처럼 주인을 위해 그렇게 일을 하는 것을 숙명으로 여겨, 그걸 부당하다고 생각하거나 불평불만을 품어 본 적도 없었다.

어렸을 적 아버지를 따라 읍내 주인집엘 갔다가 그 고래등 같은 저택과 고운 비단옷을 입은 왕수창의 아들딸들을 보고서,

"아부지, 왜 우리들은 일 년 내내 농사를 지어서 모두 쥔네에게 바치고, 쥔네는 일도 않고 좋은 집에서 비싼 비단옷을 입고 산대여?"

하고 물었다.

"사람마다 타고난 팔자가 다른께로! 우리들은 아래를 보고 살아야지, 우그를 보먼 안 돼야!"

"팔자가 뭐신디?"

"너무 알라고 허지 마라! 낭중에 크먼 저절로 알게 될팅게!"

그의 아버지는 어두운 얼굴로 말했다.

마석이는 어렸을 때부터 그렇게 길이 들여져서 사람마다 다 타고난 팔자와 운명이 있는 것이려니 하고 살았다.

왕수창의 장원은 부안 바닷가에서 가까운 병산 마을에 있었는데, 어느 날 마석이는 아들 길두와 길복이를 데리고 바닷가에 조개를 캐러 갔다가, 평소보다 먼 곳까지 가게 되었다. 솔쟁이란 곳이었는데, 생전 처음 가본 곳이었다. 바닷가엔 해당화와 순비기나무, 키 작은 갈대가 촘촘히 띠를 이루고, 바닷물이 빠져나간 개펄에는 해홍, 통통마디, 갯방풍, 모래지치 등이 자라고 있었다.

"야! 여그는 생긴 것이 꼭 호리병 같으네이!"

길두가 눈앞에 펼쳐진 거대한 개펄을 보고 말했다.

호리병이라니!? 마석이가 길두의 말을 듣고 개펄을 다시 보니, 정말 거대한 호리병이 누워 있는 모습이었다.

"여그가 다 논이라먼 좋겠네!"

길복이가 다시 말했다.

논이라! 아들의 말을 듣는 순간 마석이는 문득 가슴의 동계가 높아졌다. 병 주둥이에 해당하는 개펄을 막으면 엄청난 논이 되리란 생각이 들었다. 질펀하게 펼쳐져 있는 개펄은 그리 깊지도 않고, 건너편에 있는 사람과 말을 주고받을 만큼 가까웠다. 여기를 막기만 하면 논이 수백 두락은 될 텐데!

병산 마을엔 마석이와 같은 왕수창의 노비들이 2십여 가호가 있었는데, 마석이는 그날부터 그들을 찾아가 솔쟁이 바다를 간척하자고 설득을 하기 시작했다.

"전부터 그런 생각을 헌 사람이야 있었제. 그렇지마는 그게 다 부질없는 생각이여. 그렇게 쉽게 바다가 막아지겠는가? 그리 쉬웠으면 진작에 막았지!"

"여럿이 매달리면 산도 움직인다는디, 안 될 거이 뭣이 있어? 큰돈이 있으면 노비도 면천(免賤)헐 수 있다는 얘길 들었는디!"

"이 사람아, 헛꿈 꾸지 말어! 괘안시 헛꿈에 사람만 허랑하게 된당게!"

그러나 마석이는 포기하지 않고 줄기차게 마을 사람들을 찾아다녔다.

"솔쟁이 개펄을 막아서 논을 맨들면 우리도 우리 논을 가질 수 있당게! 왕수창 어른 논 아닌 우리들 논을 가질 수 있다고! 지금까지 우리 이름으로 된 논 한 마지기 가져본 적 있었능가?"

"어느 세월에 그걸 막는다는 것이여?"

"사람이 뜻을 세우면 산도 옮길 수 있다는 말도 있잖은가? 시작이 반이라는 말도 있고!"

결국 마석이는 병산 마을 사람들을 설득해 냈다. 내 논을 가진다! 자기 논을 가질 수 있다는 마석이의 말이 그들을 움직인 것이다. 그들은 대대로 노비로 살면서 제 논 한 마지기 가져본 적이 없었다. 조상 대대로 꿈도 꿔보지 못한 내 논을 가질 수 있다니! 그들은 간척을 하기로 뜻을 모았다. 나라에서도 농토와 소출을 늘리기 위해 누구든지 주인 없는 땅을 개척하면 그 땅의 소유권을 인정해 주고, 3년간은 조세도 면제해 주고 있다지 않은가.

뜻을 같이 한 병산 마을 사람들은 솔쟁이 개펄의 간척을 시작했다. 30여 명의 남정네들이 농삿일이 없는 날이면 계절을 가리지 않고 솔쟁이 바닷가에 가서 살았다. 그들은 바닷가에 있는 산을 깎아서 개펄을 막았다. 큰 바위는 여럿이서 소달구지에 실어 나르고, 바지게에 자갈과 흙을 져다가 돌 사이를 메꾸었다. 그러나 간척은 생각보다 쉽지 않았다. 하루 종일 일을 해놓고 다음날 가 보면 거센 썰물과 밀물에 흙이나 자갈이 모두 휩쓸려가고, 바위들도 여기 저기 흩어져 있기 일쑤였다. 그러나 병산 마을 사람들은 봄 가을은 물론 겨울에도 손이 얼어터지면서 언 땅을 곡괭이로 찍어내고, 여름의 뜨거운 날씨에도 땀에 절어가면서 흙짐을 져 날랐다. 일을 하다가 다친 사람도 한둘이 아니었다. 수레에 바위를 싣다가 다리가 부러진 사람, 무거운 바지게를 지고 가다가 넘어져 허리를 다친 사람, 팔이 부러진 사람, 얼굴을 다친 사람. ……. 중도에 포기하려는 사람도 있었으나, 마석이는 갖은 말로 그들을 달래가면서 일을 추진했다. 거대한 둑이 조금씩 바다를 향해 나아갔고, 드디어 6년여의 노력 끝에 둑은 건너편 바닷가에 닿았다. 병산 마을 사람들이 피땀을 흘리면서 천신만고 끝에 완성한 둑이었다.

그러나 둑이 완성된 후에도 할 일이 많았다. 우선 300여 두락이 넘는 간척지를 바둑판처럼 논둑을 쌓고, 사방으로 소달구지가 다닐 만큼 넓은 길을 냈다. 활 한 바탕 거리에 있는 안반천에서 물을 끌어오는 것도 쉬운 일이 아니었다. 그러고도 몇 년에 걸쳐 간척지에서 소금기를 뺐다. 마을 사람들은 그간 간척일에 나온 사람 숫자대로 논을 나누어, 드디어 모내기를 했다.

첫 가을걷이를 한 병산 마을 사람들은 집집마다 갓 수확한 볏가마니를 마당과 토방에 겹겹이 쌓아놓고 흠뻑진 잔치를 벌였다. 커다란 돼지도 한 마리 잡고, 떡을 찌고, 술을 빚었다. 그리고 징, 장구, 꽹과리를 치며 춤을 추었다.

　잔치가 한참 무르익었을 때였다.

　읍내 쪽 한길에 소달구지 여러 대가 줄을 지어 나타났다. 왕수창의 하인들이었다. 며칠 전 올해의 공납으로 벼와 저포를 다 바쳤는데, 대체 무슨 일인가?

　놀랍게도 왕수창의 하인들은 간척지에서 난 벼를 실어가려고 온 것이었다. 날벼락도 그런 날벼락이 따로 없었다.

　"아니, 이 간척지는 왕수창 어른의 논이 아니잖여? 우리 병산 마을 사람들이 뼈가 빠지게 간척한 땅인디, 어르신이 무슨 권리로 그걸 빼앗아간단 말이요?"

　"몇 년간을 죽살이를 치며 만든 논인디, 이제 와서 그게 뭔 말이여?"

　"날강도가 따로 없지, 어찌 이럴 수가 있단 말이여?"

　너무나 어처구니없는 일에 병산 마을 사람들이 우르르 대들었다.

　왕수창의 수노(首奴) 봉개가 큰 소리로 말했다.

　"이놈들! 네놈들이 왕수창 어르신의 노비란 걸 잊었냐? 네놈들이 간척한 너희 논이라고?! 허허허! 미친 놈들! 네놈들이 누구 곡식을 먹고 누구 집에서 살면서 간척을 했냐? 네놈들은 물론이고 네놈들의 처와 자식들도 모두 왕수창 어르신의 소유란 걸 잊었냐?! 뭐?! 네놈들의 논이라?! 미친놈들! 현청에 가 봐라! 진작에 그 논이 누구 것이라고 등록이 되어 있는지!"

　"나라에서도 우리가 개간한 땅은 우리 것으로 인정해 주고 있담서요?"

　"허어! 그놈 눈에 헛거미가 단단히 씌었군! 이놈아, 그건 집 주위 몇 평 안 되는 빈 땅에 소채나 가꿔 먹는 것을 너그럽게 봐준 것이지, 그

30

땅의 소유권을 말하는 게 아니다. 어느 노비가 자기 소유의 땅을 가질 수 있단 말이냐? 더 이상 우리를 막아서는 놈은 몸이 성치 못할 게다!"

왕수창의 하인들은 병산 마을 사람들을 아랑곳하지 않고 달구지에 볏가마니를 실었다. 성난 마을의 젊은이들이 그들의 앞을 가로막았으나, 봉개가 데려온 부안 읍내의 왈짜패들은 기다렸다는 듯 사정없이 몽둥이를 휘둘렀다. 마을 젊은이 몇이 금방 나가떨어졌다. 왕수창은 마을 사람들을 제압하기 위해 자기 노비들만이 아니라 읍내에서 행패깨나 부리는 주먹패들을 함께 보냈던 것이다.

"이 무지랭이 새끼들은 꼭 뜨건 맛을 봐야만 정신을 채린당게! 뎀비는 놈은 모조리 마빡을 쪼개 뇌라!"

왈짜패들은 마을 사람들을 무섭게 짓밟았다.

다음날 병산 마을 사람들은 읍내 왕수창의 집으로 몰려갔다.

"이놈들, 쥔 어르신이 그렇다 하면 그런 줄 알아야지! 주제넘게 노비놈덜이 어딜 찾아와서 행패를 부려?! 저놈들 뻑따구가 노골노골허게 조져뇌라!"

대문을 지키고 있던 고을 주먹패들이 닥치는 대로 몽둥이를 휘둘렀다. 마을 사람들은 무지막지한 몽둥이질에 여기저기 다친 채 왕수창의 얼굴도 보지 못하고 쫓겨왔다.

이듬해 팔월 한가위가 지나고 벼가 황금빛으로 익어갈 때였다. 왕수창의 수노 봉개는 여느 해와 같이 병산 마을의 농사를 살펴보러 왔다. 익은 벼를 보고 그해의 풍흉(豐凶)을 따져서 주인에게 바쳐야 할 벼의 양(量)을 결정하기 위함이었다. 그는 마을의 전답을 꼼꼼이 살펴본 다음, 새로 간척한 논이 있는 솔쟁이 바닷가로 갔다.

그런데 이게 웬 일인가?! 새로 간척한 솔쟁이 논이 여기저기 마치 누에가 뽕잎을 파먹은 듯 개흙이 드러나 있었다. 누군가 벌써 벼를 베어간 것이었다. 그는 병산 마을로 돌아와, 마을 사람들을 족대겼다.

"자네들, 이게 무슨 짓이대여? 이런 짓을 히갖구 왕수창 어른한테 무슨 일을 당할라고?"

"우리는 몰르는 일인디요."

"어허! 이게 잡아뗀다고 될 일인가? 나도 자네들과 같은 노비인지라 자네들 처지를 몰르지는 않으나 뒷갈망을 어찌케 헐라고 그려?"

그러나 마을 사람들은 한결같이 자기들은 모르는 일이라고 발뺌을 했다. 봉개는 부안 마정 마을로 돌아가 왕수창에게 이를 보고했다.

"뭬라?! 이눔들이!"

왕수창은 크게 노하여 곧바로 병산 마을의 노비들 중 가장(家長)들을 모조리 잡아들였다.

"이눔들, 네눔들이 감히 내 벼를 도독질해?! 우선 저눔들을 매우 쳐라!"

왕수창의 엄명에 주먹패 20여 명이 병산 마을 사람들을 수확 마당에서 도리깨질하듯 패댔다.

"아구구! 쥔 어르신 잘못되얐네요! 용서해 주시기요!"

"아이고, 나 죽네!"

"괘씸한 놈들! 늬눔들이 누구 덕에 먹고 사는데…. 한 놈쯤 죽어도 좋다! 매우 쳐라!"

한 동안 주먹패들이 나찰(羅刹)처럼 날뛰고 병산 마을 사람들은 모두 비명을 지르면서 마당에 널부러졌다.

"어르신, 이눔들이 이제 정신을 채렸을 것이고만요. 이눔들, 이리 와서 안 빌을래?"

수노 봉개가 나서서 말했다.

매 이길 장사 없다고, 마을 사람들은 모두 왕수창 앞에 무릎을 꿇었다. 끝까지 왕수창에게 굴복하지 않은 사람은 마석이 하나밖에 없었다.

"네 이놈! 네놈은 어찌서 안 비냐?"

왕수창이 호통을 놓았다.

"……."

"이놈! 귀가 먹었냐?"

"…쥔 어르신이 그리 말씀허싱게 한 말씀 사뢸라요. 솔쟁이 논은 순전히 병산 마을 사람들이 피땀 흘려 맹근 병산 사람들의 논입니다요."

"뭬라구?! 저놈이 지금 무슨 말을 지껄인 대여?"

"저그들은 그간 쥔 어르신의 전답을 가구어 꼬박꼬박 신공을 바쳐 왔지라요. 솔쟁이 논은 순전히 우리가 일군 우리 논이지라요!"

"저런 쥑일 놈이 지금 무슨 말을 하는 거냐?!"

왕수창은 분이 머리끝까지 뻗쳐올랐다.

"안 되겠다! 저놈을 매우 치고, 옥방(獄房)에 가둬라!"

마석이는 다시 소나기 같은 몽둥이질을 당하고 왕수창의 사옥(私獄)에 갇혔다. 그는 며칠이 지나도록 물 한 모금 얻어 마시지 못한 채 어두컴컴한 사옥에서 심한 기갈에 시달렸다. 사옥을 들여다보는 사람도 없었다.

그가 갇힌 지 나흘이 지난 한밤중이었다. 사옥 문에 걸린 쇠자물통이 소리 없이 열리더니, 살그머니 그림자 하나가 스며들었다.

"이놈아, 네 분수를 알아야지, 어쩌자고 그런 터무니없는 생각을 히갖구 이 모냥이 되었냐?! 지금 왕수창 어른은 너를 아예 쥑일 심산이다! 그리고 네 식솔들 또한 여기저기로 팔아버리려고 사방으로 물색 중이다. 왕수창 어른이 자기 뜻을 어기거나 대들먼 어찌 되나 다른 노비들한티 이 참에 뽄때를 보일 모냥이랑게! …죽지 않을라면 먼 디로 튀어라! 금방 염라대왕보다 무서운 추노(推奴)꾼들이 뜰 테니!"

그림자는 말을 마치고 다시 바람처럼 옥을 빠져 나갔다. 마석이는 그의 말을 듣고, 그가 왕수창의 수노 봉개라는 것을 알았다.

그는 만신창이가 된 몸을 억지로 일으켜 왕수창의 사옥(私獄)을 빠져 나왔다. 기다시피 하여 가까스로 병산 마을에 도착한 마석이는 즉시 두 아들을 채근해서 마을을 떴다. 그의 아내는 연전(年前)에 시난고

난하다가 세상을 뜨고, 식구라곤 달랑 아들 둘뿐이었다.

마석이는 모진 매와 굶주림 때문에 지칠 대로 지쳐 있었으나, 사잣밥을 등에 지고 달아나는 처지인지라 발걸음을 늦출 수가 없었다. 추노(推奴)꾼들이 금방이라도 덜미를 덮칠 것 같았다. 마석이의 식구들은 낮에는 산 속에 들어가서 숨어 있다가, 밤에만 걸음을 재촉하여, 사흘 만에 계룡산 골짜기를 지나다가 웅태를 만난 것이다.

그러나 마석이는 계룡산에 들어온 지 며칠 후 그예 죽고 말았다. 장독이 난 데다가 도망을 치느라고 제대로 먹지도 자지도 못한 것이 기어이 그를 쓰러뜨리고 말았다.

"평생 남의 종살이를 허다가 그 쥔놈의 몽둥이질에 죽다니, 이게 어디 사람의 삶이라 하겠는감?"

"그 쥔놈이 쥑일 놈이여! 호랭이는 그런 놈 안 잡아묵고 뭘 묵고 사는 가 몰러!"

"그나저나 인생이 너무 덧없구믄!"

계룡산 산사람들은 마석이를 둔덕골 양지 바른 곳에 묻어 주었다. 길두와 길복이는 초라한 무덤에 엎드려 오래 울었다.

4. 오누이탑

망이는 몸의 상처가 다 아물자 계룡산 여기저기를 돌아다니기 시작했다. 젊은 혈기가 뻗쳐서, 웅태의 비좁은 산채에 웅크리고 있을 수가 없었다. 천쌍봉과 장군봉 같은 봉우리에도 올라보고, 용문폭포와 은선폭포가 있는 골짜기도 가 봤다. 계룡산은 산기슭마다 크고 작은 마을들이 옹기종기 모여 있고, 골짜기마다 조금 넓은 곳엔 화전민이 사는 듯싶은 초라한 띠집들이 몇 채씩 자리잡고 있었다.

어느 날 삼불봉에 올랐다가 반대편으로 내려가는데, 늙은 스님 한 분이 길가에 쓰러져 있었다.

"스님! 스님!"

망이는 스님을 안아 일으켰다.

"스님, 정신 채리세유! 스님!"

망이가 몇 번이나 스님을 부르며 몸을 흔들어 깨우자 스님이 가까스로 눈을 떴다.

"스님, 정신이 났어유?"

"…내가 돌부리에 걸려 넘어져, 잠깐 정신을 잃었다!"

"스님 절이 어디세유?"

"…저 밑에 있다."

망이는 스님을 업고 산길을 내려갔다. 기진맥진한 스님을 두고 차마 그냥 내려갈 수가 없었다. 그냥 길이랄 것도 없는 비좁은 길은 풀과 덩굴들이 덩거칠게 우거져서, 스님을 업고 내려가는 게 쉽지 않았다. 그러나 망이는 그런 내색을 하지 않고 묵묵히 산길을 내려갔다. 두어 마장을 족히 내려갔을 때 스님이 말했다.

"…저 절이다."

스님이 말한 절은 淸凉寺(청량사)라는 현판이 붙어 있는 아담한 암자로, 마당 좌우에 두 개의 크고 작은 돌탑이 서 있었다. 망이는 스님을 법당 옆에 있는 작은 요사채의 마루에 내려놓았다.

넓지 않은 절 마당 한쪽에 맑은 샘물이 솟아, 작은 줄기를 이루며 밑으로 흐르고 있었다. 망이는 샘가에 있는 조롱바가지로 물을 떠서 스님에게 가져다 드렸다. 그리고 다시 샘으로 가서 한 모금 들이켰다. 정신이 번쩍 날 만큼 차가운 물이었다. 그는 물을 몇 모금 더 마시고, 그 물에 얼굴을 씻었다.

망이는 요사채 마루에 널부러져 있는 스님을 안아다가 방에 눕혔다. 방바닥이 썰렁했다. 망이는 정재(淨齋)로 가서 아궁이에 장작을 넣고, 불을 피웠다.

"이제 가 봐라."

망이가 다시 방으로 들어가자 스님이 말했다.

"이 절엔 스님 혼자 계세유?"

"…상좌가 한 놈 있는데, …시주라도 받으러 갔나 보다."

스님이 가까스로 말했다.

망이는 스님에게 인사를 하고 절을 나왔다. 그는 한참 길을 내려오다가 다시 발길을 돌렸다. 창백한 얼굴로 누워 있던 늙은 스님을 두고 차마 발길이 떨어지지 않았다.

"…왜 다시 왔느냐?"

스님이 누운 채로 물었다.

"상좌 스님이 오시는 걸 보고 가려구유."

망이는 정재로 가서 기장과 좁쌀로 동자를 끓이고, 산나물 절인 것과 장종지를 소반에 얹어 방으로 들어갔다. 그는 몸을 못 가누는 스님을 억지로 일으켜, 몇 술 뜨게 했다. 그런데 뜻밖에도 스님이 쉽게 몸을 일으키지 못했다. 꼬박 닷새를 망이의 병구완을 받고서야 늙은 스님은 자리를 털고 일어났다.

"내 그 동안 부처님을 못 뵈었다. 가자!"

망이는 스님을 따라 법당으로 들어갔다.

"너도 부처님께 절을 올려라!"

스님은 부처님께 절을 올리며 망이에게 말했다. 망이도 부처님께 오체투지로 큰절을 올렸다. 스님은 한 시간이 넘도록 염불을 하고, 그 동안 망이는 계속 절을 올렸다.

"너, 저 탑이 무엇으로 보이느냐?"

염불을 끝낸 스님이 법당 앞에 서 있는 두 개의 돌탑을 가리키며 물

었다. 돌탑 하나는 7층탑으로 북쪽에, 다른 하나는 5층탑으로 남쪽에
서 있었다.

"돌탑이지유."

"돌탑 안에 무엇이 있느냐?"

"……."

스님이 탑의 유래에 대해 이야기를 시작했다.

신라 선덕여왕 원년에 당나라의 승려 상원 조사가 성스러운 기운을
지닌 계룡산을 찾아와 토굴에 들어, 불도를 닦았다. 어느 해 가을 비
바람이 치고 천둥 번개가 요란한 밤이었다. 야심한 시간까지 참선에
빠져 있던 상원 스님 앞에 집채만한 호랑이가 나타나, 붉은 아가리를
쫙 벌렸다. 깜짝 놀란 스님이 호랑이 아가리를 보니, 커다란 뼈가 걸
려 있었다. 스님은 호랑이의 입 속에 걸려 있는 뼈를 빼 주었다.

그로부터 석 달쯤 지난 겨울밤이었다. 몇 날 며칠 눈이 내려 천지
가 온통 눈으로 뒤덮였는데, 다시 호랑이가 나타났다. 그런데 놀랍게
도 호랑이 등에 웬 처자가 기절을 한 채 업혀 있었다. 경상도 상주에
사는 김화공이라는 대호족의 딸이었다. 그녀는 아리따운 자태와 요조
(窈窕)한 부덕을 지닌 열여섯 처자였는데, 밤에 뜰에 나섰다가 호환을
당한 것이다. 호랑이는 김 처자를 상원 앞에 내려놓고, 사라졌다. 깊은
산 속에 혼자 사는 상원 스님에게 제 나름으로 은혜를 갚은 것이다.
상원은 의식을 잃은 김 처자를 정성을 들여 보살폈고, 곧 김 처자는
의식을 되찾았다. 상원 스님은 김 처자를 그녀의 집에 데려다 주려 하
였으나, 폭설에 길이 막혀 하는 수 없이 석 달을 토굴에서 함께 지냈
다. 남녀가 함께 지내면서도 상원은 그녀의 손가락 하나 까딱 하지 않
았다.

겨울이 지나 계룡산에 진달래가 다투어 꽃을 피울 때 상원 스님은
김 처자를 상주 그녀의 본가에 데려갔다. 그런데 상원이 그 집을 나오

려 할 때 김 처자가 그의 옷깃을 잡았다. 김 처자는 석 달 동안 상원과 토굴에서 살면서 그에 대한 사모의 정이 깊을 대로 깊어 있었다. 준수한 외모와 단정한 몸가짐, 깊은 불심과 청정한 도덕…. 그녀는 이미 상원을 떠날 수가 없었다. 김화공 또한 딸을 구해 준 상원이 마음에 들었다. 그러나 상원은 승려로서 혼인을 할 수 없었다.

"그럼 제가 스님의 누이가 되어, 평생 스님을 모시겠어요."

김 처자가 눈물로 매달렸다. 상원도 그것까지 거절할 수는 없었다.

두 사람은 다시 계룡산의 토굴로 돌아왔다. 김화공은 딸이 토굴에 거처하는 것을 안타깝게 여겨, 정재(淨財)로 절을 지어주고, 청량사라 이름했다. 또한 두 사람이 기거할 요사채를 청량사 옆에 따로 마련했다. 상원과 김 처자는 평생을 한 마음으로 불도에 정진했고, 한 날 한 시에 입적했다. 두 사람의 다비를 하자 옥 같은 사리가 쏟아졌다. 상원 조사의 제자였던 회의 화상이 두 사람의 사리를 거두고, 청량사 마당에 탑을 세워, 그 안에 사리를 봉안하였다. 이에 세상 사람들이 그 탑을 이르기를 오누이탑(남매탑)이라 하였다.

"이제 탑 안에 무엇이 들었는지 알겠느냐?"

이야기를 마친 스님이 물었다.

"…뜨거운 마음이 아닐까유? 세월두 비켜가는 두 사람의 뜨거운 마음!"

"뜨거운 마음이라! …허허! 네가 제법이로구나!"

망이는 오누이의 얘기를 들으며 난명을 생각했다. 상원 선사와 김 처자는 승려와 세속이라는 장벽에 가로막혀 평생을 그리워하며 살았다는데, 그와 난명 사이에는 귀족과 천민이라는 장벽이 놓여 있지 않은가. 그는 밤새 잠을 이루지 못했다.

다음 날, 망이가 절을 떠나려 하자 스님이 말했다.

"내 너에게 며칠 신세를 졌는데, 내 몸 쓰는 법을 좀 안다! 배워 볼 생각이 있으면 내 몇 수 가르쳐 주마!"

"스님이 몸을 쓰셔유?"

"왜? 믿어지지 않느냐? 그럼 한번 겨뤄 볼까?"

스님이 법당 앞 마당으로 내려섰다. 망이는 긴가민가 하는 마음으로 수벽치기의 기본자세를 취했다.

"네가 수벽치기를 익혔구나! 공격해 봐라!"

그를 바라보는 스님의 눈빛이 번쩍 무섭게 빛났다. 망이는 문득 이 스님이 놀라운 고수(高手)인지도 모른다는 생각이 들었다. 그리고 그의 그런 생각은 곧바로 증명이 되었다. 망이가 재빠르게 주먹을 내뻗는데, 어느새 그의 몸이 공중으로 한 바퀴 돌며 땅바닥에 나가떨어졌다. 이럴 수가?! 그는 속으로 크게 경악했다. 그는 다시 사정 두지 않고 번개처럼 두발당성으로 스님을 향해 몸을 날렸는데, 그의 두 발은 허공만을 차고 어처구니없게 또 땅바닥에 나가떨어졌다. 망이는 마지막으로 성난 호랑이처럼 스님을 덮쳤다. 그러나 스님은 슬쩍 몸을 비틀며 그를 업어던졌다. 망이는 제풀에 사정없이 땅바닥에 꼴아박혔다.

"…스님, 이게 무슨…?!"

망이가 가까스로 몸을 추스르며 믿어지지 않는다는 얼굴로 묻자

"이건 유술(柔術)이라는 것으로, 상대방의 힘을 이용해서 상대방을 쓰러뜨리는 기술이다! 방금 너는 네 힘에 의해 쓰러진 것이다."

"……!"

"내 보아하니 네가 몸이 빠르고 힘이 엄청난데, 유술을 익히면 가히 금상첨화가 될 것 같구나!"

그날부터 20여 일을 망이는 노 스님에게 유술을 배웠다. 수벽치기가 공격과 방어를 위주로 한 무예인데 비해 유술은 스님의 말대로 공격해 오는 상대방의 힘을 이용해 상대방을 쓰러뜨리는 기술이었다. 평소 몸 쓰는 일에 관심이 많았던 망이는 새로 배운 유술을 열심히 익

혔고, 곧 상당한 수준에 도달했다.

"이제 기본적인 것은 다 가르쳤다. 꾸준히 연습을 하면 상대방의 움직임에 따라 네 몸이 저절로 움직이게 될 것이다!"

망이는 스님에게 작별 인사를 하고 청량사를 떠났다.

5. 청천 하늘에서 날벼락이 떨어지다

부안 내변산 위 하늘에 둥근 달이 둥실 떠올랐다. 그러나 희뿌연 구름 때문에 저만치 내려다보이는 부안 고을은 마치 옅은 물 속에 잠긴 듯이 희미하게 가라앉아 보였다. 내변산 나무 그늘에 숨어 있던 수상쩍은 장정 20여 명이 밤이 깊어지자 읍내 마정 마을을 향하여 질풍처럼 달려가더니, 마정 마을 입구에서 멈추어 섰다.

"다 왔네유!"

앞장섰던 젊은이가 두령인 듯한 사내에게 말했다.

"너희 둘이 마을에 들어가서 살펴보고 오너라!"

명을 받은 두 사람이 마정 마을 안으로 들어갔다.

"마을 사람들은 모두 잠들어 있는 것 같네유!"

한참 만에 돌아온 두 사람이 말했다.

장정패들은 두 사람의 안내에 따라, 고래등 같은 기와집이 첩첩이 들어서 있는 저택 앞에 이르렀다. 부안고을에서 떵떵거리는 호족 왕수창의 집이었다.

"다들 두건을 써라! 그리고 저쪽 담장 낮은 곳으로 넘어가자!"

그들은 두령의 명에 따라 두건을 쓰고, 담장을 넘어갔다. 그리고 네 패로 나뉘어, 한 패는 행랑채로 가서 하인들을 덮치고, 또 한 패는 별채로 가서 왕수창의 아들들과 그 부인, 아이들을 잡았다. 그리고 한 패는 왕수창의 아내와 몸종이 있는 안채로 가고, 두령이 거느린 마지막 한 패는 왕수창이 거처하는 사랑채로 향했다.

사랑방엔 두 사람이 누워 있다가 사람들이 왈칵 문을 열고 들어가자,

"누, 누구요?"

하고, 윗몸을 일으켰는데, 애동대동한 젊은 처자였다. 처자는 놀랍게도 발가벗은 몸이었다.

"왜 그러느냐?"

인기척에 늙은 왕수창이 윗몸을 일으키다가, 복면을 쓴 두억시니 같은 사람들을 보고 소스라치게 놀라 외쳤다.

"…누구, …누구냐?"

"이놈, 늙은 놈이 어린 계집을 끼고 색을 밝히느라 아직도 제정신이 아니구나!"

두령이 왕수창의 뱃구레를 힘껏 걷어차자 왕수창이 어쿠! 비명을 지르며 나자빠졌다.

"이것들을 묶어서 끌어내라!"

"왜, 왜들 이러시는 게요?"

"이놈 죽고 싶지 않으면 조용히 해라!"

시퍼렇게 빛나는 검을 보고 왕수창이 금방 주눅이 들었다.

"이 집은 이미 우리들에게 완전히 점령당했다! 조금이라도 딴 짓을 하려다간 이 검에 목이 날아갈 것이다"

두령이 으름장을 놓았다.

그들은 왕수창과 어린 여자를 밧줄로 묶어 마당으로 끌어냈다. 마당에는 노비들, 왕수창의 아들과 며느리, 손자들, 첩들, 왕수창의 부인 등이 무릎을 꿇고 있었다.

"아니, 저년이?! 저년 옹샘이가 언제부터…?!"

왕수창의 부인이 왕수창과 함께 끌려나온 하녀를 보고 무섭게 도끼

눈을 떴다.

  장정들 몇 명은 마당에서 왕수창의 식솔들을 감시하고, 나머지는
안채와 사랑채, 별채, 창고를 샅샅이 뒤져, 그곳에 쌓여 있는 재물들을
모두 끄집어냈다. 금편과 은병, 갖가지 엽전, 금은이나 옥으로 만들어
진 화려한 노리개, 송나라에서 온 화려한 비단들과 값비싼 술들, 대식
국에서 온 진귀한 보석들과 상아로 세공한 예술품들, 국산 비단과 저
포 등이 엄청나게 쏟아져 나왔다. 왕수창의 윗대부터 전해져 내려온
것도 있고, 왕수창이 마련한 것도 있었다. 장정들은 그 재물들을 차곡
차곡 쌓아, 봇짐을 만들었다. 봇짐을 다 꾸리고 난 장정들이 모두 마
당으로 모여들었다.
  "왕수창! 네놈의 죄를 네가 알렷다?!"
  두령이 말했다.
  "…그게 무슨 소리요?"
  "얼마 전에도 네가 마석이란 노비를 때려죽이고 그 마을 노비들이
간척한 땅을 빼앗았다는 소문을 들었다!"
  "……!"
  "네놈도 오늘 몽둥이맛을 좀 보아라!"
  두령이 눈짓을 하자 장정들이 사옥(私獄)에서 곤장 치는 형틀을 가
져다가 왕수창의 사지를 비끌어맸다. 그리고 아까 길 안내를 했던 두
사람이 몽둥이를 들고 나와, 무지막지하게 몽둥이질을 했다. 아구구!
아구구! 아구구! 몽둥이가 떨어질 때마다 왕수창이 비명을 지르며 버
둥거렸다. 그러나 몽둥이질은 왕수창이 기절을 할 때까지 멈추지 않
았다.
  "이제 그만 됐다!"
  두령의 말에 두 젊은이는 몽둥이질을 멈추었다. 장정들은 미리 꾸
려 놓은 봇짐들을 짊어지고 총총히 왕수창의 집을 떠났다.

계룡산 비쭉비쭉한 산봉우리 위에 둥근 달이 둥실 떠올랐다.

저녁을 먹고 난 후에 망이가 웅태의 거처를 찾아갔다.

"웅태 두령님, …이제 가 보겠습니다유."

"기어이 갈 테냐? 여기 우리와 함께 있으면 안 되겠느냐?"

웅태가 아쉽고 섭섭한 얼굴로 말했다.

"어차피 떠나야 할 텐데…, 이제 가 봐야지유. 그간 신세 많이 졌수다."

망이의 목소리에서도 섭섭한 느낌이 진하게 묻어났다. 그는 아까 낮에 웅태를 찾아와, 날이 어두워지면 산채를 떠나겠다는 말을 해 두었었다.

"정히 가겠다면 잡을 수야 없지. 내 보기에도 너 같은 장사가 이런 산 속에서 평생을 엎드려 있을 수는 없을 것 같다. 아까 너의 말대로 넓은 세상을 훨훨 돌아다니다 보면 배우는 것도 많을 것이다. 그리고 개경이나 양계(兩界)에 가서 군인이 되면 너 같은 장사는 반드시 크게 쓰일 것이다. …그러나 일이 뜻대로 되지 않아 갈 곳이 없을 땐 아무 때나 다시 이리 오너라. 그리고 내 도움이 필요하면 언제나 연락해라! 내 만사를 제쳐 두고 달려가겠다! 부디 몸조심해라!"

망이는 웅태의 말이 마음에 없이 늘어놓는 빈말이 아니라는 걸 느꼈다. 그 동안에도 그가 얼마나 마음을 써 주었던가.

"웅태 두령님, 정말 고맙수다! 이 은혜는 잊지 않겠어유!"

웅태가 은병과 엽전들이 들어 있는 보따리를 망이 앞에 내놓았다.

"먼 길 가는데 노자가 있어야 할 게다. 사양하지 마라!"

"주시는 것이니, 고맙게 받겠슈. 또 뵐 날이 있을 것이유."

망이는 허리를 깊이 숙여 인사를 하고, 자리에서 일어났다. 웅태도 망이를 따라 밖으로 나왔다. 그가 떠난다는 말이 돌았는지 공터에는 산채 사람들이 다 나와 있었다.

"명학 장사, 그간 정들었는데, 섭허네!"

"언제든 또 와라! 몸조심해라!"

망이는 계룡산 녹림당과 작별을 하고, 어둠 속으로 잦아드는 계룡산을 떠났다.

제2장

황산황야(荒山荒野)

1. 주막 거리

　안성(安城)은 본래 고구려의 내혜홀(奈兮忽)이었는데, 신라 경덕왕이 백성군(百城郡)으로 이름을 고쳤고, 고려에 들어와서 지금의 명칭으로 불리며 현(縣)이 된 곳이다. 사통팔달로 길이 뚫려서 북으로는 수원, 양주를 거쳐 개경에 이르고, 남으로는 천안과 청주를 거쳐 삼남의 각 지방으로 통했다. 서쪽으로는 평택과 양성, 진위를 지나 아산 앞바다로 바닷길이 열려 있고, 동으로는 한강을 통한 물길이 광주(廣州)와 여주, 충주, 단양에까지 닿아, 사철 사람들의 왕래가 끊이지 않는 요해처였다.

　해동갑해서 안성으로 들어선 망이는 고을 어구에 있는 커다란 아름드리 느티나무 밑에서 걸음을 멈추고 고을 쪽을 주의 깊게 살펴보았다. 오가는 사람들을 기찰하기 위해 군졸이나 관노 들이 나와 있지 않나 하는 염려 때문이었다. 한길 양쪽엔 주막집으로 보이는 초가집들이 몇 서 있고, 어린애들 몇 명이 길가에 나와서 놀고 있을 뿐, 털벙거지나 더그레의 모습은 눈에 띄지 않았다.

　망이는 한참 동안 느티나무 밑에 앉아서 땀을 들이며 주위를 살피고 나서, 이윽고 고을 안으로 발걸음을 옮겼다.

　"손님, 하룻밤 묵어가시게요?"

　망이가 인가 근처로 다가가자 맨 초입에 있는 허름한 주막에서 열서너 살쯤 되어 보이는 중노미 아이가 다람쥐처럼 달려나왔다.

　"그려!"

　"그럼 저희 주막으로 가시지요! 따뜻하고 깨끗한 방이 있습니다요!"

중노미 소년은 망이의 옷소매를 붙잡고 말했다. 망이가 어떻게 할까 하고 망설이고 있는데, 길 반대편 주막에서 덩치가 제법 장대하고 우락부락하게 생긴 젊은이가 달려나왔다.

"너 이 새끼, 어제 뜨거운 맛을 보고도 또 나왔어?"

젊은이가 아이의 멱살을 바투 쥐고서 사납게 밀쳤다. 그의 왁살스런 힘에 아이는 길바닥에 엉덩방아를 찧었다. 아이를 떼쳐 버린 젊은이는 얼굴에 빙글빙글 웃음을 띄워올리며 망이에게 넉살을 떨었다.

"아이구, 손님, 어서 오십쇼! 그렇지 않아도 손님이 오실 줄 알고 제일 좋은 방을 비워 놓았습지요! 밥맛도 좋고, 술맛은 더욱 기가 막힙죠! 그리고 원하시면 꽃같이 예쁜 색시도, 물이 오를 대로 오른 나긋나긋한 과부도 대령해 드립죠!"

"왜 이래요? 우리 주막으로 가시기로 한 분인데! 손님, 저의 집으로 가세요!"

중노미 아이가 일어나 다시 망이의 팔을 붙들며 말했다.

"이놈의 새끼, 너 저리 안 꺼져? 이 분은 내가 진작에 약속을 해 둔 손님이야!"

젊은이가 아이에게 눈을 부라리며 험악하게 을러댔다. 그러나 아이도 지지 않고 맞섰다.

"거짓말 말아요! 생전 처음 보는 손님인데, 약속은 무슨 약속이에요?"

"이놈의 새끼가 아직도 입이 살아서 나불대? 너 이 새끼, 어디 한 번 뒈져 봐라!"

젊은이는 다시 소년의 엉덩이를 세차게 걷어찼다. 소년은 젊은이의 발길질에 다시 땅바닥에 사정없이 거꾸러졌다.

"손님, 제가 모시겠수! 저 주막으로 가십죠!"

젊은이는 망이의 팔을 붙잡고 거의 우격다짐으로 자기 주막집으로 끌고 가려고 했다.

"이 팔 놓으시우! 난 저 주막으루 가겠수!"

망이는 젊은이의 행티가 마음에 들지 않아서 무뚝뚝하게 말했다.

"아따, 이 사람이! 객지 밥 먹고 돌아다니면 세상 물정도 알 만큼 알 텐데, 아무 말 말고 따라 오슈! 괜히 낯선 객지에 와서 봉변 당하지 말고!"

젊은이는 붉은 기운이 도는 불량한 눈에 힘을 주고 은근히 으름장을 놓았다.

"글쎄, 나는 이쪽 주막이 마음에 드우! 이 팔 놓으시우!"

망이는 젊은이의 협박이 불쾌해서 불퉁하게 내뱉았다.

"이 사람이, 이거?! 우리 주막이 밥값도 더 싸고, 방도 더 좋다구! 쓸데없이 고집 부리지 말고 순순히 따라오는 게 좋을 게유! 숙맥이 아니면 이 안성이 모두 내 손바닥 안에 있다는 걸 한눈에 알아 봤어야지! 촌 떡부엉이 중에 덩저리가 제법 크고 어깻심 좀 쓴다고 거센 체하다가 이 안성 바닥에서 큰코 다친 놈이 한두 놈이 아니라구! 흐흐흐!"

젊은이는 도끼눈으로 망이를 노려보며 망이의 옷소매를 거세게 잡아끌었다.

"이거, 정말 이럴 거야?"

망이가 끌려가지 않자 젊은이가 험악하게 인상을 쓰며 금방이라도 망이를 후려칠 듯이 사납게 으르렁거렸다. 망이는 그의 옷소매를 잡고 있는 젊은이의 팔목을 움켜쥐고, 손아귀에 은근하게 힘을 주었다.

아얏!

젊은이의 입에서 비명이 터져나왔다.

"이 새끼가!"

젊은이는 팔목뼈가 으스러지는 듯한 고통과 머리끝까지 치솟는 분기를 이기지 못해 다른 주먹으로 망이의 얼굴을 힘껏 후려쳤다. 그러나 망이는 재빨리 얼굴을 비키면서 그 팔마저 낚아채서 다시 힘을 주었다. 금방 젊은이의 얼굴이 붉어졌다가 다시 하얗게 질렸다.

"아야얏! 어이쿠, …형님! 형님, 제가 잘못했수다! 이 팔 놓으슈! 팔

끊어지겠수다!"

"이녁이 먼저 힘을 쓰려구 하지 않았수?"

망이가 점점 더 손아귀에 힘을 주면서 말했다.

"아구구! 아구구! 형님, 제가 잘못했수다! 다신 안 그러겠수! 형님, 어서 이 팔을 놓아 줍슈!"

"…내가 왜 이녁의 형님이우?"

"예?! 아, 예, 예, 알겠수다! 손님! 제발 이 팔 좀 놓아 주십쇼! 어이쿠, 정말로 이놈 숨 넘어가우다!"

젊은이는 얼굴이 사색이 되어 숨을 헐떡거리며 애원했다.

망이가 젊은이의 팔을 놓아주자 그는 두어 걸음 뒤로 물러나 망이를 무섭게 째려보더니,

"씨팔 놈, 어디 두고 보자!"

하고는, 후다닥 달아났다.

"얘, 너 다치지 않았냐?"

망이가 소년에게 물었다.

"예, 늘쌍 당하는 일인 걸요, 뭐."

"늘쌍 당햐?"

"어제도 그놈한테 얻어맞았어요. 며칠 전에도 그랬고요!"

"그놈이 어떤 놈인디?"

"재팔이라고, 우리 고을 주먹패들 중의 한 놈인데, 걸핏하면 몽니를 부리고 주먹을 휘두르기로 이름난 놈이에요! 용개란 놈이 그 주먹패들의 우두머리인데, 다들 그 각다귀들을 만나면 똥 피하듯 슬슬 피하지요!"

"저 주막이 그놈 집이냐?"

"그놈 집도 아녜요! 용개 패거리들이 얼마 전부터 저 주막 주인과 똥창이 맞아서 번갈아 저 주막으로 손님을 끌어다주고 있는데, 자기들 뜻을 따르지 않을 눈치가 보이는 손님들에게는 노골적으로 으름

장을 놓고, 심할 땐 주먹을 휘두르며 행패를 부려서, 봉변을 당한 손님이 한둘이 아니에요! 우리 주막은 어쩔 수 없이 파리만 날리고 있지요."

중노미 소년은 나이답지 않게 영악스럽게 말했다.

"관가에 가서 고을님께 고하믄 될 거 아녀?"

"군졸과 관노 들이 모두 그놈들과 한통속이에요! 용개와 그 졸개들이 다들 관가 놈들과 형 아우하며 보통 친하게 지내는 게 아니거든요! 섣불리 관가에 고했다가는 오히려 되술래를 잡혀, 곤장이나 맞기 십상이지요."

소년의 눈에 분개한 빛이 가득했다. 망이는 소년을 따라 주막으로 들어갔다.

사립 안으로 들어간 망이가 봉놋방이 있는 쪽으로 몇 걸음 옮겼을 때였다.

"여보시오, 젊은이! 나 좀 봅시다!"

하는 날카로운 목소리가 망이의 발걸음을 붙잡았다. 소리 나는 쪽으로 고개를 돌리자 굽바자 옆 커다란 대추나무 그늘에 앳되어 보이는 청년이 서 있었다.

"왜 그러시우?"

망이가 경계하는 눈으로 청년을 살피며 물었다. 청년은 눈에 띄게 얼굴이 준수하고 풍채가 아담했는데, 화려한 비단옷에 두건을 쓰고 있는 게 행세깨나 하는 호족이나 양반집 도령 같아 보였다. 대추나무 밑에는 널평상이 놓여 있고, 그 위에 술상이 차려져 있었다.

"이리 와서 탁배기나 한 잔 하시오!"

"…말씀은 고맙지만, 사양하겠슈."

망이는 신분이 다른 낯선 사람이 그를 부르는 게 선겁게 느껴졌다.

"그러지 말고 이리 오시오. 같이 한 잔 합시다!"

망이가 사양하자 젊은이가 다시 청했다.

"보아하니 오늘밤 한 봉놋방에서 지내야 할 것 같은데, 탁배기 한 잔 나누는 게 뭐 대수겠소? 사양하지 말고 이리 오시오."

도령이 다시 청하는데, 그 어조가 매우 정중하고 나볏했다.

"정 그러시다믄…."

망이는 왠지 도령에게 마음이 끌려서, 널평상 위로 올라갔다.

"나는 여주에 사는 정첨이라는 사람이오."

망이가 자리에 앉기를 기다려, 도령이 말했다.

"예, 저는… 명학이라구 허구, 공주에 살어유."

망이는 제 이름 대신 마을 이름을 댔다. 관에 쫓기고 있는 몸으로 낯선 사람에게 제 이름을 곧이 말할 수가 없었다. 정첨은 망이에게 술사발을 권하고, 두루미를 들어 사발 가득 탁배기를 따랐다.

"먼 길을 온 듯한데, 어서 드시오."

"그럼 초면에 실례허겠수."

망이는 인사를 차리고 탁배기를 죽 들이켰다. 종일 길을 걸어서인지 탁배기 맛이 제법 괜찮았다.

"그래, 손님은 어디로 가는 길이오?"

망이가 술을 마시고 나자 정첨이 물었다.

"개경이나 북관 쪽으루 가는 길이우. 도령께선 어디루 가시우?"

"나는 그냥 여기저기 유람을 다니고 있소."

정첨은 망이에게 다시 술을 권하고는, 뭔가 예사롭지 않다는 듯 술을 마시고 안주를 드는 망이의 얼굴을 찬찬히 뜯어보더니,

"…내 방금 우연하게 울타리 너머로 손님이 소악배 녀석을 혼내 주는 걸 보아 알았거니와, …손님의 상(相)이 또한… 범상치 않소."

하고 엉뚱한 말을 꺼냈다.

"상이 범상치 않다니유?"

"…비와 바람을 부르고, …하늘과 땅을 뒤집어엎을 늦이 보이오."

"…그게 무슨 엉뚱한 말이우?"

"…내 일찍이 기이한 인연으로 이인(異人)을 스승으로 뫼셔서, 사람의 상(相)을 조금 볼 수 있게 되었는데…, 젊은이 같은 상은 처음이오."

정첨이 찬탄이 넘치는 눈으로 망이의 얼굴을 응시하며 말했다.

"나는… 시골 무지렁이에 지나지 않수!"

망이는 당황하여 말을 더듬었다. 그러나 정첨은 계속 망이의 얼굴을 바라보다가, 다시 말했다.

"…앞으로 큰 풍운을 일으키고, 오랜 훗날까지 세상에 이름을 남길 상이 틀림없소. 사람의 상은 거짓말을 하지 않소이다."

"…당치 않은 말이우. 우스갯말이라두 그런 말은 듣기 거북하외다."

"하기야… 내 말이 쉬이 믿어지지 않을 게요. 지금 손님은… 관가에 죄를 입고 쫓기고 있는 중이지요?"

"뭐라구유? …그게, …무슨 말이우?"

망이는 정첨의 말에 놀라 자기도 모르게 그를 노려보았다. 마치 거울을 들여다보듯 그의 행적을 모두 알고 있는 것 같아서 온몸에 오싹소름이 끼쳤다.

"…손님의 얼굴에 그렇게 쓰여 있소이다. 그러나 뭐, 그렇게 경계할 건 없소이다. 나도 관청 놈들과는 썩 사이가 좋지 못한 사람이니까."

정첨은 안심하라는 듯 얼굴에 웃음을 머금으면서 부드러운 표정으로 말했다. 그리고 잠시 후에 다시

"…손님이 오늘 이곳에 머물다가는 필시 어려움이 닥칠 것 같은데, …당장 이 고을을 떠나는 게 좋겠소!"

하고, 말했다.

"어려움이라니? 대체 그게 무슨 뜻이우?"

"손님한테 금방 시끄러운 일이 일어날 것 같으니, 몸을 피하는 게 좋을 것이라는 뜻이오."

"무슨 말인지 모르겠수다! 이 시각에 다시 길을 떠나라니! 그 무슨

말이우?"

"…오늘밤 이곳에서 손님한테 좋지 않은 일이 있을 것 같소이다."

"아닌 밤중에 홍두깨두 아니구, 갑자기 무슨 일이 생긴단 말이우?"

"내 말이 미덥지 않소?"

"뜬금없이 그런 말씀을 하시니…. 저는 이만 방으로 들어가겠슈. 막걸리 잘 마셨수다."

망이는 정첨에게 머리를 숙여 보이고는, 널평상에서 일어나 봉놋방으로 갔다. 그는 방에 짐을 벗어놓은 다음 주막 뒤쪽 개울가로 가서 손발과 얼굴을 씻었다.

그가 다시 주막으로 돌아와 봉놋방 마루에 걸터앉아 있을 때였다.

갑자기 사립께가 시끌시끌하는 듯싶더니, 젊은이 네 명이 사립 안으로 들어왔다.

"저놈이다! 저놈이 도망가지 못하게 에워싸라!"

무리 중에 아까 망이에게 혼쭐이 난 재팔이라는 놈이 있었다. 그들은 망이를 둘러쌌다. 다들 제법 탄탄하고 건장한 체격에 불량스런 눈빛을 지닌 자들이었다.

"왜들 이러시우? 나는 이녁들과 다투구 싶지 않수!"

"얌마, 네 맘대로 다투고 안 다투고 해? 허울은 제법 그럴싸하게 생긴 놈이 잔뜩 겁을 집어먹은 꼬락서니라니!"

"그놈, 호랑이 만난 똥개처럼 대번에 꼬리를 사리는구나!"

"이 안성 바닥이 어떤 곳인지도 모르고 꺼불어? 뒈지려구 환장을 한 놈이지!"

그들은 망이의 기를 꺾으려는 듯 살똥스럽게 이기죽거리면서 바짝 포위망을 압축해 왔다.

"아까 그 일루 앙심을 품구 이러는 모냥인디, 그까짓 일루 꼭 이르케까지 혀야겠수?"

망이가 그들의 공격에 대비하며 재팔이에게 말했다.

"그까짓 일이라니?! 네놈이 내 비위를 건드려 놓고도 온전하기를 바랐더냐? 너 오늘 염라대왕 만났다!"

재팔이가 망이에게 달려들자 나머지 세 놈도 일제히 망이에게 덤벼들었다. 망이는 잽싸게 왼팔을 휘둘러 재팔이의 주먹을 쳐 내고, 오른팔로 다른 한 놈의 발길질을 막아냈다. 그러나 그 사이에 나머지 두 놈의 주먹과 발길이 망이의 등허리와 옆구리를 사정없이 파고들었다. 이놈들이 제법 싸움으로 잔뼈가 굵어진 놈들이구나! 그는 바짝 긴장하였다. 그리고 몸을 힘껏 솟구쳐올려 주먹과 발을 휘둘렀다.

으!

흐읗!

에구!

어쿠!

순식간에 네 명이 비명을 토하며 땅바닥에 거꾸러져 버르적거렸다.

"나는 애당초 이녁들과 싸우구 싶지 않았수! 돌아가슈!"

망이의 말에 네 놈이 허겁지겁 도망쳤다.

"그놈들이 저잣거리에서 주먹질로 잔뼈가 굵은 놈들이던데, 순식간에 네 놈을 때려눕히다니, 이녁의 손발 쓰는 솜씨가 정말 놀랍소이다!"

정첨이 놀랐다는 듯 말했다.

"쑥스럽수! 제가 아까 좀 참구 그놈을 덧들이지 않았어야 혔는디."

"힘 있는 장사가 하찮은 각다귀 놈들에게 업신여김을 당하면서 참는다는 게 어디 쉬운 일이겠소이까? 그러나 그놈들이 그렇게 호락호락 물러날 놈들이 아니니, 조심하시오."

"…또 무슨 일이 있겄수?"

"그놈들의 얼굴을 살펴보니, 마음속으로 승복한 게 아닌 것 같았소이다. 시골 소악패들 중에도 의외로 음흉한 놈들이 있으니, 조심하는 게 좋을 게요."

"말씀 고맙수다."

망이는 새삼 정첨이 예사 인물이 아니라는 생각을 했다. 아까부터 그의 지난 일은 물론이고 앞으로 일어날 일까지 환하게 꿰뚫어 보고 있는 게 아닌가!

두 사람이 봉놋방에서 겸상으로 저녁을 먹은 다음 상을 물리고 앉아 있는데, 중노미 소년이 마당을 허겁지겁 달려와 봉놋문을 벌컥 열어젖히고 말했다.

"손님, 아까 그놈들이 다시 몰려오고 있어요!"

망이는 밖으로 나가 미투리를 꿰어 신었다.

"손님, 빨리 도망쳐야 한다니까요!"

소년이 어쩔 줄을 모르고 다시 외쳤다. 그러나 망이는

"걱정 마라. 괜찮을 게다."

하고는, 마당으로 내려섰다.

망이가 마당으로 내려서는 것과 거의 동시에 재팔이 패거리들이 주막 안으로 들어섰다. 이번에는 여덟 명이었다. 그들은 떼를 지어 성큼성큼 다가와서, 망이 앞에서 걸음을 멈추었다. 키가 작달막하고 땅땅한 사람이 앞으로 나서며 어험스럽게 입을 열었다.

"나는 용개라는 사람이오! 아까는 우리 애들이 장사님을 몰라보고 큰 실례를 한 모양인데, 내가 다시 사과를 드리려고 이렇게 왔수다. 이놈들이 아무 것도 모르고 한 짓이니 용서해 주시우! 내가 사과하는 뜻으로 장사님께 탁배기를 한 잔 사려고 하니, 거절하지 말아 주시우!"

"사과는 무슨…, 당치 않수다!"

망이는 그가 그들 패거리의 우두머리라는 걸 알았다.

"아니우! 사과를 받아 마땅합니다. 가시지요! 개경만은 못하겠지만 제법 얼굴 해반드레한 젊은 기생이 술을 치고 소리를 하는 집이 있수다! 내가 애 한 놈을 시켜서 술자리를 준비하도록 일러 두었수다!"

"성의는 고맙지만 사양하겠수. 나는 원래 술을 별루 좋아하지 않구, 또 그르케까지 대접 받을 까닭이 읎수."

"그러지 말고 우리 함께 가서 한번 즐겨 봅시다. 장사님 같은 분과 사귀어 보는 게 내 평소의 소원이었수다!"

"말씀은 고맙지만 가지 않겠수다. 이만 돌아가 주시우."

망이가 정중하지만 단호하게 말했다.

"아니, 우리 형님이 사과하는 의미로 이렇게까지 몸을 낮추고 청하는데, 거절을 하다니! 이거, 우리를 너무 업신여기는 게 아니슈?"

망이의 말이 채 끝나기도 전에 재팔이가 불쑥 나서며 시비조로 말했다. 그러자 용개가

"이 자식이! 아직도 정신을 못 차리고 어딜 함부로 나서!"

하며, 주먹으로 재팔이의 뒤통수를 사정없이 후려쳤다.

어이쿠!

재팔이가 비명을 지르면서 망이 앞으로 고꾸라졌다. 그런데 땅바닥에 고꾸라졌던 재팔이가 몸을 일으키면서 갑자기 망이에게 달려들어, 번개같이 망이의 두 발을 꽉 부둥켜안았다. 그리고 그와 동시에 용개가 망이를 향해 몸을 날리면서 외쳤다.

"쳐라!"

용개의 말에 다른 놈들도 일시에 망이를 향해 덤벼들었다. 망이는 마음속으로 그들을 경계하고 있었으나, 재팔이가 그렇게 두 발을 붙들고 늘어질 줄은 미처 몰랐다. 눈 깜짝할 사이에 용개 패거리 몇 명이 망이를 꼼짝 못하게 붙잡고서 나머지 패거리들이 마구 망이를 후려쳤다. 무작스런 주먹과 발길질이 소나기처럼 망이를 향해 쏟아졌다. 용개 패거리들은 미리 그렇게 하기로 짝짜꿍이를 놓고 덤빈 게 분명했다.

"이놈들!"

망이가 벽력 같은 소리로 울컥 솟구치는 분노를 터뜨렸다. 잔꾀를

부려 사람을 속이다니! 망이는 한순간 힘껏 용을 써서 그를 붙잡고 있는 놈들을 떨쳐 버리고는, 성난 호랑이처럼 사납게 날뛰었다.

"안 되겠다! 칼침을 놔라! 이놈이 수상쩍은 놈이 틀림없다! 며칠 전 그 놈들과 한 패인지도 모르니, 사정없이 쳐라!"

맨손으로는 도저히 망이를 제압할 수 없다는 것을 느낀 용개가 허리춤에서 칼을 빼들며 외쳤다. 용개의 말이 떨어지자 패거리들이 일제히 칼을 뽑아들고 덤벼들 기회를 노렸다.

그때였다.

"이놈들, 여러 놈들이 칼까지 들고서 한 사람에게 덤비다니!"

정첨이 서슬이 퍼렇게 선 검을 빼들고서 방에서 뛰쳐나와, 용개 패거리를 향해 다가섰다.

"여기 몽둥이가 있소!"

정첨은 용개 패거리가 무춤하여 조금 물러선 틈을 이용하여 망이에게 그의 박달나무 몽둥이를 던져주었다. 방에서 나올 때 망이의 봇짐에 비주룩이 비어져 나와 있던 몽둥이를 빼어들고 나온 것이다.

"혼자인 줄 알았더니, 또 한 놈이 숨어 있었구나! 이놈들이 검을 숨겨 가지고 온 걸 보니 더욱 수상하다! 인정사정없이 쳐라!"

용개가 사납게 부르짖으며 용약하여 불쑥 칼을 내질렀다. 망이는 몸을 비틀어 용개의 칼을 피하며 몽둥이로 용개의 칼 든 팔을 힘껏 내려쳤다.

억!

용개가 칼을 놓치고 비명을 토해내며 비틀거렸다. 그 틈을 놓치지 않고 망이가 다시 몽둥이로 용개의 뒤통수를 후려치자 용개는 정신을 잃고 땅바닥에 거꾸러졌다. 용개가 채 거꾸러지기도 전에 재팔이가 망이에게 덤벼들어 그의 왼쪽 옆구리를 향해 칼을 내질렀다. 망이는 재빨리 몸을 뺐으나 옆구리가 서늘했다. 칼이 어느새 옆구리를 살짝 스쳤던 것이다. 망이는 매가 병아리를 덮치듯 재팔이에게 육박하여 그의 어깨를 후려쳤다. 어쿠! 재팔이가 비명을 지르면서 마당으로 나뒹굴었다.

망이가 용개와 재팔이를 쓰러뜨리는 동안 정첨에게도 패거리 한 명이 칼을 치켜들고 덤벼들었다. 그러나 정첨은 날렵하게 몸을 옆으로 움직여 상대방의 칼을 비키고는, 검을 휘둘렀다. 정첨의 현란한 칼솜씨에 패거리들은 다시 덤벼들 엄두를 내지 못하고 뒷걸음을 쳤다.

"이놈들, 어디 또 덤벼 봐라! 이번엔 목을 도려 줄 테니!"

"어이구! 우리가 사람을 잘못 보았수다!"

"이 두 놈을 데리구 썩 꺼져라!"

용개 패거리들은 땅바닥에 거꾸러져 있는 용개와 재팔이를 업고 똥줄이 빠지게 사립 밖으로 줄행랑을 놓았다.

"우리도 빨리 이곳을 나갑시다! 방금 도망친 놈들이 곧 군졸들을 데리고 들이닥칠 것이오!"

정첨이 망이에게 말했다.

"그래야겠슈!"

망이도 마음이 급했다. 관가에 쫓기고 있는 몸으로서 일을 저질렀으니, 잠시도 머뭇거리고 있을 수 없었다.

"그럼 서두릅시다."

두 사람은 봉놋방의 짐을 챙겨 밖으로 나왔다.

"이거, 미안하게 됐다!"

망이가 중노미 아이에게 말하자,

"빨리 도망가세요! 관가 놈들이 들이닥치기 전에! 그놈들이 다 한통속이우!"

중노미 소년이 다급하게 말했다. 두 사람은 서둘러 주막을 나왔다.

"나 때문에 도령까지 괜한 고생을 허게 되었으니, 미안하우!"

한길로 나서서 망이가 정첨에게 말하자

"뭐, …그렇게 생각할 것은 없소이다. 나도 어차피 떠날 몸이었으니까."

정첨은 아무렇지도 않다는 듯 대답하고서,

"이녁은 개경이나 북관 쪽으로 가는 길이라고 했지요? 급한 길이 아니면, 가까운 곳에 쉴 만한 곳이 있는데, 나와 함께 그곳으로 가겠소?"

하고 말했다.

"그르케 허겄수."

망이가 흔쾌하게 말했다.

"그럼 갑시다! 그곳으로 가기 전에 먼저 관가로 가 봅시다! 적을 알고 나를 알면 백 번 싸워도 위태롭지 않다는데, 관가 놈들의 동태를 지켜보고 난 다음 떠나도 좋지 않겠소?"

망이는 정첨을 따라 안성 현청으로 갔다. 두 사람은 현청 삼문 앞 넓은 공터 한쪽 으슥한 곳에 몸을 감추고 관가의 동태를 살폈다. 아니나 다를까, 아까 주막으로 쳐들어왔던 소악패 두 놈이 앞장을 서고, 병장기를 든 군졸과 관노 30여 명이 현청에서 몰려나왔다.

"그놈들이 수상쩍은 놈들이 분명하다! 어쩌면 지금 옥사에 갇혀 있는 놈들과 한 패거리들인지도 모르니, 꼭 잡아야 한다!"

어둠 때문에 잘 보이지는 않았으나 장교인 듯 싶은 사내가 큰 소리로 말했다. 두 사람을 잡으러 가는 게 틀림없었다.

군졸들이 한길 저쪽으로 멀어지자 정첨이 말했다.

"이제 우리도 여길 떠납시다. 관가 놈들과 맞닥뜨리지 않으려면 큰길을 피해 가는 게 좋을 것 같소."

두 사람은 읍내를 돌아서 남쪽에 있는 서운산으로 걸음을 재촉했다.

2. 차현(車峴) 사람들

"저게 서운사라는 절이오. 이제 얼마 남지 않았소이다."

정첨은 서운사를 우회하여 골짜기를 따라 계속 산 속으로 들어갔다. 망이는 말없이 정첨을 뒤따랐다. 하늘에 총총하게 박혀 있는 별 때문에 시야는 흐릿하게 트여 있었으나, 사람들이 다니지 않는 산길엔 나무와 풀들이 마구 우거져서 걷기가 쉽지 않았다. 두 사람은 쉬지 않고 산길을 올라갔다.

"이제 다 왔소이다. 저게 오래되어서 중들이 살지 않는 적멸암이라는 암자요."

정첨이 산 속 널찍한 공터 앞에 이르러서 저만치 거무스레하게 서 있는 건물을 가리키며 말했다. 적멸암에서는 불빛이 새어 나오고 있었다.

그들이 암자 마당으로 들어가자

"누구냐?"

하는 소리와 함께 암자 안에서 굴때장군같이 시커먼 그림자들이 우루루 몰려 나왔다. 모두들 손에 병장기를 들고 있는데, 금방이라도 두 사람을 짓쳐 없앨 듯 험악한 기세였다.

"나, 정첨이오!"

정첨의 말에

"어이쿠, 두령님! 어서 안으로 드시지요."

"두령님, 어서 오십시오!"

그들은 정첨을 보고서 허리를 굽실거렸다.

망이는 그들의 말을 듣고 속으로 크게 놀랐다. 양반이나 호족인 줄 알았던 정첨이, 그것도 얼굴이 마치 옥으로 깎아 만든 듯 준수하게 생긴 청년이 깊은 산 속에 숨어 있는 수상한 무리들의 두령이라니!

"놀랐소? 우선 안으로 들어갑시다."

망이의 속마음을 눈치챈 듯 정첨이 말했다. 망이는 정첨을 따라 법당 안으로 들어갔다. 법당은 퇴락할 대로 퇴락해서 금방이라도 무너져 내릴 것 같았는데, 마루 위에 화로가 놓여 있고, 화로엔 숯불이 타고 있었다. 망이는 정첨의 뒤를 따라 들어오는 무리를 헤아려 보았다. 여덟 명이었다.

"여러분, 이 분은 명학이라는 장사요!"

졸개들이 모두 암자 안으로 들어오자 정첨이 그의 무리들에게 망이를 소개했다.

"나는 공주 명학소 사람 망이유! 아까는 도령에게 거짓 이름을 댔수. 도령에겐 미안허게 됐수."

망이가 무리들에게 꾸벅 고개를 숙여 보이며 말했다.

정첨이 입가에 웃음을 띄워올리며 말했다.

"나도 망이 장사를 속였으니 미안해 할 건 없소이다."

"나를 속이다니유?"

망이가 의아한 얼굴로 묻자 정첨이 머리에 쓰고 있던 초립을 벗고, 머리를 풀어내렸다. 이럴 수가! 정첨은 새파랗게 젊은 여자였다. 정첨과 몇 시간이나 함께 있었으면서도 그녀가 여자라는 걸 그렇게 감쪽같이 몰랐다니! 망이는 믿어지지가 않았다.

"지금도 내가 도령으로 보이오?"

정첨이 다시 미소를 지으면서 놀리듯 물었다. 그런데 그녀의 음성이 남장을 했을 때와는 전혀 다른 고혹적인 여자 목소리로 변해 있었다. 망이는 어안이 벙벙해서 말문이 막혔다. 여자가, 그것도 젊고 아름다운 여자가 어떻게 그렇게 완벽하게 남자 목소리로 말을 하고, 남자처럼 행동할 수 있단 말인가! 새삼 정첨이 예삿사람이 아니라는 생각이 들었다.

"자, 모두들 자리에 앉읍시다!"

정첨의 말에 우중우중 서 있던 무리들이 그녀를 중심으로 화롯불 주위에 빙 둘러앉았다.

"읍내에 가서 알아보니…."

정첨이 좌중을 둘러보며 입을 열었다.

"우리의 짐작대로 맹돌이와 지뱅이가 심하게 형문을 당해서, 거의 다 죽게 된 것 같소이다. 빨리 구하지 않으면 두 사람 다 옥방 귀신이 되어 나올 게 틀림없소!"

"그럼 당장이라도 현청을 들이쳐서 맹돌이와 지뱅이를 빼 옵시다!"

한 사내가 불쑥 말했다.

"나도 그럴 생각으로 현청을 염탐해 봤소. 그러나 그게 그리 쉬울 것 같지 않았소이다. 군졸과 관노 들이 수십 명이나 되고, 그들을 거느린 장교란 놈이 매우 용맹할 뿐만 아니라 지략이 제법 있는 자라 하였소. 그 장교가 군졸과 관노 들을 수족 부리듯 하고, 읍내의 주먹 패들까지 모두 딴꾼으로 부리고 있는 것 같았소이다. 이번에 우리 식구들이 그 놈의 손아귀에 걸려든 것만 보아도 그 놈이 만만치 않은 놈이라는 걸 알 수 있지 않겠소? 게다가 그놈은 옥사 주위에 사나운 개까지 배치해 놓고 있소이다. 설불리 덤볐다가는 우리 식구들을 구출해 내기는커녕 우리들까지 그놈이 쳐 놓은 그물에 떨어질지 모를 일이오."

"그럼 맹돌이와 지뱅이가 죽어가는 걸 이렇게 보고만 있자는 말이슈?"

방금 관가를 들이치자고 했던 사내가 다시 불퉁스럽게 말했다.

"이 사람 말복이, 자네 마을 사람 맹돌이가 옥사에 갇혀 있으니 자네의 급한 마음을 모르는 건 아니지만, 두령님께 그게 무슨 말본새인가?"

나이가 지긋해 보이는 부두령 산바우가 말복이란 사내에게 타이르듯 말했다.

"죄송하우! 그러나 우리 아우들이 금방이라도 변을 당할 것 같아서 견딜 수가 없수!"

"직접 관가를 습격하는 방법 말고…, 무슨 좋은 생각이 있으면 말해 보시오."

정첨이 졸개들을 둘러보며 말했다. 입을 여는 사람이 없었다.

"지금까지 무슨 일에나 늘 두령님께서 꾀를 내지 않았수? 이번에도 두령님께서 좋은 방책을 내셔야지유!"

사람들이 말이 없자 산바우가 말했다.

"…내 아까부터 한 가지 계책을 생각하고 있지만, 아직 생각할 게 많소이다. 다들 내일 아침까지 좋은 계책이 없나 생각해 보기로 하고, 오늘은 이만 쉽시다."

정첨은 말을 마치고, 자기 짐에서 개털가죽 한 장을 꺼내어 망이에 게 건네주고는,

"이걸 바닥에 깔면 한기는 막을 수 있을 게요."

하고 말했다.

"두령께선 어뜨케 자려구 그러시우?"

"걱정 마시오. 나한테는 또 한 장이 있으니."

정첨은 벽 옆으로 가서 바닥에 개털가죽을 깔고, 그 위에 드러누웠다. 무리 중에 몇 명은 여기저기 바닥에 아무렇게나 눕고, 나머지는 화롯불 가에서 이야기를 나누었다.

망이도 화롯불에서 멀리 떨어진 방 한쪽으로 가서 개털가죽을 깔고 자리에 누웠다.

정첨의 무리는 공주에서 서북쪽으로 60여 리 밖에 있는 차현(車峴, 차령)과, 북쪽으로 80여 리 떨어져 온양과의 접경에 있는 가문현(加文峴), 천안과의 경계에 있는 쌍령현(雙嶺峴)의 깊고 으슥한 곳에 세 군데의 산채를 두고 있는 녹림당이었다. 차현 녹림당은 전라도와 양광도, 교주도 등 전국 각지에서 도망쳐 온 무리로서 40여 명이나 되었지만,

산채가 세 곳에 분산되어 있고, 그 움직임이 매우 은밀하고 교묘할 뿐더러, 그들이 본거지와 멀리 떨어진 곳으로 나가 활동을 해 왔기 때문에, 그간 관(官)에 포착되거나 주목을 받은 일은 없었다.

엿새 전 정첨은 졸개인 지뱅이와 맹돌이, 걸구를 산채에서 내려보냈다.

맹돌이는 몇 년 전 고향 금천(衿川)에서 술에 취해 이웃 마을 사람들과 패싸움을 하다가 말복이와 함께 사람을 해치고 도망친 뒤 차현으로 들어와 정첨의 무리가 된 젊은이였다. 그는 오래 전부터 가족이 어떻게 되었나 궁금해서 고향엘 다녀오고 싶어 했다. 정첨은 맹돌이가 집에 다녀오겠다며 말미를 달라고 할 때마다 여러 가지 말로 그를 달래기도 하고, 때로는 단호하게 그의 청을 거절하기도 했다. 그가 해친 사람의 가족과 관청의 군졸들이 그가 나타나길 기다리고 있을 게 뻔한데, 그걸 알면서 그를 고향으로 보낼 수는 없었다.

그러나 맹돌이는 이레 전에 또다시 정첨을 찾아와서,

"두령님, 나 고향에 좀 갔다와야겠수! 어젯밤에도 처와 자식, 늙은 부모가 모두 굶어 죽는 꿈을 꾸었수다! 나 이러다간 정말 미치고 말 것이우! 이번엔 아예 날 말릴 생각일랑 마슈! 만약 이번에도 못 가게 하면, 나 두령님 허락 없이 그냥 산을 내려가 버리겠수다!"

하고 떼를 썼다.

정첨은 더 이상은 그를 말릴 수 없었다. 그의 절박한 얼굴을 보건대, 이번에도 허락하지 않으면 밤에 몰래 도망쳐 버릴 게 분명했다. 그러나 정첨은, 너무 덩둘하고 퉁어리쩍은 데다가 화가 나면 앞뒤를 가리지 못하는 맹돌이를 혼자 보낸다는 게 아무래도 마음이 놓이지 않았다. 그녀는 생각 끝에 평소 맹돌이와 늘 어울려 지내는 지뱅이와 걸구를 불러, 맹돌이와 함께 그의 집엘 다녀오도록 했다.

정첨은 세 사람이 길을 떠나기 전에 그들이 도중에 지켜야 할 일들을 상세하게 신칙하고, 은밀하게 맹돌이를 따로 불러, 그의 가족에게 전하도록 약간의 금붙이와 은으로 만든 활구 두 개를 건네주었다. 그리고 먼 길 가는 노복처럼 세 사람에게 피륙과 쌀을 한 짐씩 짊어지고 길을 떠나게 했다.

그런데 그들이 산을 내려간 지 사흘째 되는 날 한밤중에 걸구 혼자서 허겁지겁 되돌아왔다. 걸구는 양쪽 눈두덩이가 시커멓게 멍이 들고 관자놀이와 입술이 찢어져 피떡이 앉은 볼썽사나운 몰골이었다.

"큰일났수! 두령님! 사고가 났수다!"

"사고라니? 무슨 말이오?"

"지뱅이와 맹돌이가 지금 안성 관아에 떨어졌수다!"

"두 사람이 안성 관아에 떨어지다니? 어쩌다가 그리 되었소? 알아듣게 차근차근 말해 보시오."

"안성 고을에서 주먹패들한테 당했수다! 그놈들이 처음부터 우리를 노리고 있었던 걸 모르고 그놈들 계략에 빠져서 그만 허망하게…."

산채를 떠난 맹돌이와 지뱅이, 걸구는 천안을 지나 북쪽으로 시오 리쯤을 더 가서 가을원(加乙院)에서 하룻밤을 묵었다. 짊어진 짐이 무거웠고, 살을 에는 듯한 바람이 얼굴을 할퀼 뿐더러, 날씨까지 매섭게 차가워서 종일 70여 리밖에 걷지 못했다. 그들은 이튿날 직산현을 거쳐 오후 한것이 좀 지난 시간에 안성에 도착하여, 고을 입구에 있는 주막으로 들어갔다. 해가 지려면 아직 멀었으나 모두들 춥고 배고프고 피로해서 더 걷고 싶은 마음이 없었다.

그들은 봉놋방에 짐을 풀어놓은 다음 탁배기라도 한 사발씩 마시려고 술청으로 나갔다. 아직 저녁밥이 나오기엔 이른 시간이었으므로 우선 어한이라도 하기 위함이었다. 그들이 술청으로 들어가자 목로 앞 의자에 앉아 있던 서른쯤 되어 보이는 육덕이 좋은 여자가 반색을 하며 일어나 맞았다.

"이쪽 안으로 들오시오! 먼 길을 오신 모양인데, 날씨가 춥지요?"

"툽툽한 탁배기하고 따끈한 술국 좀 내오슈!"

맹돌이가 말하자,

"예! 우선 자리에 앉으시고, 잠깐만 기다리시오! 어제 잡은 좋은 돗고기가 있는데, 한 근 썰어올릴깝쇼?"

여자가 해반주그레한 얼굴에 교태를 지으며 대답했다.

"그렇게 하슈!"

"예. 금방 대령하겠습니다요!"

여자는 나긋나긋 감기는 목소리로 부닐고는, 엉덩이를 요란스럽게 흔들면서 부엌으로 들어갔다.

"그 계집, 사내 여러 놈 잡아먹게 생겼네그려!"

걸구가 여자의 육감적인 뒷태를 바라보며 말하자

"엉덩이를 흔들며 꼬리를 치는 게 자네한테 마음이 있는 눈치던데, 쫓아 들어가 보게나!"

지뱅이가 킬킬거리면서 대꾸했다.

세 사람은 술과 안주가 나오기를 기다리며 흐드러지게 육담을 주고받았다.

한참 후에 여자가 술상을 들고 나오자 걸구가 여자의 엉덩이를 슬쩍 쓰다듬으면서 능청스럽게 말했다.

"주모 엉덩이가 남정네 여럿 잡아먹게 생겼네! 밤마다 사내 뼈가 흐물흐물하게 녹아내리겠는걸!"

"그럴 사내가 있으면 이런 델 나와 있겠소? 공방살이 끼어 사내 구경한 게 언제인지도 모르겠소."

여자는 여간내기가 아닌 듯 코맹녕이 소리로 태연하게 농지거리를 받았다.

"그게 정말이우? 이래 봬도 내가 어렸을 때부터 양물이 왜뚜리로 소문이 났는데, 오늘밤 구경 한번 해 보겠수?"

걸구가 여자의 허리에 팔을 두르며 말하자,

"이놈아, 수숫대도 위아래 마디가 있고, 찬물도 순서가 있는 법이여! 양물만 크면 제일이냐? 초고리는 작아도 매를 잡는다는 말도 못 들었냐?"

맹돌이가 여자의 엉덩이를 은근슬쩍 쓰다듬으며 걸구에게 핀잔하듯 말했다.

"못된 소나무 솔방울만 많고 못난 일가가 나이만 많다더니! 그까짓 두어 살 더 먹은 게 무슨 자랑이라고?"

그들은 농탕한 농지거리로 여자를 희롱하며 술잔을 비웠고, 여자는 길거리 주막에서 남정네들의 짓궂은 장난과 농담을 숱하게 겪은 탓인지 그들의 농지거리를 태연하게 받아넘기며 술을 따랐다.

그들이 네 두루미의 술을 비우고 거나하게 되었을 즈음이었다.

주점 안으로 젊은이 두 명이 문을 거칠게 밀치고 들어오더니, 대뜸 한 놈이

"야, 이거 정말 눈뜨고 못 봐 주겠구만!"

하고 아니꼽다는 듯 말했다. 그러자 다른 놈이

"이 작자들이 간덩이가 부어도 나우 부었지! 남의 고을에 들어와서 겁대가리없이 우리 형수님을 끼고서 마구 주물러 대다니!"

하고, 세 사람을 노려보며 입정사납게 말했다.

"뭐라구? 이놈들이! 아직 새파랗게 어린 것들이 어른들을 몰라보고?"

애동대동한 청년들이 노골적으로 시비를 걸어오자 지뱅이가 불쑥 울뚝밸을 터뜨렸다.

"어쭈? 이 작자들이 어른 대접은 받고 싶은가 보네? 다직해야 하천(下賤) 중에 하천인 노복놈들 주제에!"

"어른 대접을 받고 싶으면 어른답게 놀아야지! 나잇살이나 처먹은 것들이 대낮부터 남의 형수님을 끼고 노닥거리면서 어른 타령이 어디 당키나 하냐!"

청년들은 일부러 세 사람의 울화를 돋우려는 듯 복장을 지르며 엇

섰다. 지뱅이가 자리를 박차고 일어서자

"아서, 이 사람아! 참으라구!"

걸구가 그의 옷소매를 붙잡아 자리에 주저앉혔다.

"어쭈? 그 주제에 여자 앞이라고!"

"야코 죽기는 싫다, 이거지? 웃기네!"

청년들이 느물느물 야기죽거리며 얄밉게 용골대질을 계속하자 맹돌이가 벌떡 일어나 그들을 향해 몸을 날렸다. 맹돌이가 그들과 치고받자 걸구와 지뱅이도 달려들어 주먹을 휘둘렀다. 그들의 맹렬한 기세에 놀란 듯 청년들은 후다닥 몸을 빼쳐 달아났다.

"조무래기 같은 놈들이 까불어대기는!"

그들은 다시 술자리로 돌아가, 술을 마셨다. 그런데 청년들이 달아난 뒤 채 한 식경도 지나지 않아 여남은 명이나 되는 주먹패들이 술청으로 들이닥쳤다. 세 사람은 그들을 향해 돌진했다. 그러나 이미 술에 취해 있었고, 워낙 그들의 숫자가 많았다. 술청이 비좁아서 싸움다운 싸움도 해 보지 못하고 세 사람은 어이없게 그들에게 붙잡히게 되었다. 그들은 세 사람에게 무룃매를 놓은 뒤에 뒷짐을 지워 새끼줄로 꽁꽁 묶었다.

"이거, 왜 이러는 거요? 지나가는 길손에게 이렇게 행패를 부려도 되는 거유? 우리 주인이 누구신지 몰라서 이러는 모양인데, 주인께서 아시면 가만있지 않을 게요!"

걸구가 사납게 엄포를 놓았으나, 그들은 코웃음을 치면서 말했다.

"네놈들이 비적질을 일삼는 도둑놈들이라는 걸 다 알고 있다! 아까 네놈들끼리 쑥덕거리는 걸 밖에서 몰래 다 엿들었다! 네놈들이 두령이 어떻고 산채가 어떻고 하면서 떠들어대지 않았냐?"

처음에 그들에게 시비를 걸었던 녀석이 얄이 나서 의기양양하게 말했다. 세 사람은 그의 말에 가슴이 철렁 내려앉았다. 술이 나오기를 기다리면서 그들끼리 한 말을 엿들었음에 틀림없었다.

"물건을 잔뜩 짊어진 걸 보니 어느 대갓집을 털어서 도망치고 있는 게 틀림없어!"

"김차혁 장교가 이런 놈들이 나타나면 즉시 연락하거나 잡아서 끌고 오라고 하지 않았나? 이놈들이 도적놈으로 밝혀지면 김차혁 장교의 약속대로 이놈들의 물건은 모두 우리 것이 된다구!"

그들은 세 사람을 안성 현청으로 끌고 갔다. 세 사람은 자기들이 죽을 구멍으로 떨어졌다는 걸 깨달았으나 방도가 없었다. 걸구는 끌려가는 동안 그들 몰래 죽살이를 치면서 뒤로 묶인 두 손을 비틀어댔다. 손목의 살갗이 찢어지고 피가 배어났으나 그는 필사적으로 두 손을 움직여 새끼줄을 느슨하게 하고, 마침내 관가에 닿기 직전 새끼줄에서 손을 뺐다. 그리고 미처 눈치 채지 못한 주먹패들을 와락 밀치며 몸을 빼쳐, 마구 도망쳤다.

"어! 저놈 잡아라! 저놈이 토낀다!"

"저놈 잡아라! 잡아라!"

주먹패들이 고함을 지르며 그를 뒤쫓아왔으나, 걸구는 죽을힘을 다해 그들을 따돌렸다. 그는 지뱅이와 맹돌이를 구출할 방도를 생각했으나, 아무런 방도도 생각나지 않았다. 정첨 두령의 신칙을 소홀히 하여 큰 재앙에 빠졌다는 후회가 앞서며, 두령이라면 귀신같은 방책으로 관가에 떨어진 두 사람을 구해낼 것이라는 생각이 머릿속을 스쳤다. 그는 밤을 새워 산채로 돌아왔다.

걸구의 말을 듣고 난 정첨은 곧바로 산채 사람들을 불러모아, 두 사람을 구출할 대책을 의논했다. 몇 사람이 관가에 떨어진 사람을 어떻게 구해내겠느냐면서, 그들을 구하려다간 오히려 다른 사람이 더 큰 희생을 당할 수 있다면서 포기하자는 의견을 내놓았다. 그러나 정첨은

"우리 같은 사람들일수록 의리가 있어야 하외다! 지금 맹돌이와 지뱅이가 죽을 구멍에 빠져 있는데 우리가 내 몰라라 한다면 어찌 한솥

밥을 먹는 식구라 하겠소이까? 인정과 의리로 보아도 마땅히 그들을 구해야 할 뿐 아니라, 또한 그들을 구출하는 것은 바로 우리 자신을 구출함이오. 그들을 빨리 구하지 못하면 종내는 그들이 관가의 고신(拷訊)을 못 이겨 우리 산채의 모든 것을 토설하게 될 것이며, 그리 되면 결국 관군들이 우리를 토벌하러 올 것이기 때문이오."

하고, 그들의 의견을 일축했다.

필요한 준비를 갖추고 난 뒤 정첨의 무리는 두세 명씩 패거리를 지어 안성 서운사로 출발했다. 전에 서운사에서 불목하니 노릇을 하며 잠시 몸을 의탁했던 졸개 한 명이 서운사의 뒤쪽 깊은 골짜기에 폐사가 되어 사람이 살지 않는 적멸암이라는 암자가 있음을 알고 있었다. 우선 적멸암에 은밀하게 집결한 뒤 관가의 사정을 염탐하여, 적절한 계책을 세울 작정이었다.

적멸암에 도착한 정첨은 우선 지뱅이와 맹돌이가 어떻게 되었나를 탐문했다. 눈치 빠른 졸개 두어 명을 도부장수로 꾸미고, 정첨은 고운 옷을 입고 들병이 술장수 차림으로 안성 읍내로 나갔다. 그녀는 삼문 밖 공터에 진을 치고 있다가 드나드는 관노나 군졸 들을 붙잡고 술을 사 먹으라고 꼬드기기도 하고, 공짜로 술을 주기도 하면서 그들이 눈치 채지 않게 궁금한 것들을 요령껏 캐냈다.

"그놈들이 처음엔 개경으로 심부름을 가는 하인이라고 주장을 했다는구먼! 그러나 김차혁이가 그런 거짓말에 넘어갈 사람인가? 그놈들에게 모진 형문을 가하자 그놈들이 결국 도적이라고 불어댔다는 게야!"

정첨은 생글생글 웃기도 하고, 나긋나긋 살갑게 굴면서 지뱅이와 맹돌이가 얼마나 몸이 상했으며 지금은 어떤 상태인지, 사또와 호장이 어떤 사람인지, 관노와 군졸 들이 몇 명이나 되는지, 옥사가 어디 있으며, 그 형태와 경비 태세는 어떠한지, …궁금한 것들을 정탐해냈고, 군졸과 관노 들은 그녀의 교태에 녹아서 그녀가 묻는 것들을 술술

불어댔다. 정첩은 관가가 의외로 빈틈이 없고, 특히 김차혁이라는 장교가 치밀하고 계략에 밝은 만만치 않은 인물이라는 걸 알게 되었다. 정첩은 현청을 들이치기가 어렵다는 것을 깨닫고 사또와 그의 가족들에 대해 세세한 것까지 알아냈다.

다음날, 정첩은 지체 높은 젊은 도령처럼 남장을 하고 염탐을 나갔다. 그녀는 고을의 지세와 한길, 골목과 여염집들의 위치 등을 꼼꼼하게 살폈다. 그리고 날이 저물녘에 주막에 들어가서 술상을 차려놓고 술을 마시는 체하며 길 건너편에 있는 주막과 주먹패들을 염탐했다. 그 주막에서 지뱅이와 맹돌이가 붙잡혀 갔던 것이다.

정첩은 한길을 오가는 사람들을 살피다가 우연히 동구 밖으로 눈을 주었다. 그리고 걸때가 놀랍게 걸출한 젊은이를 보게 되었다. 젊은이는 동구에 있는 느티나무 밑에서 걸음을 멈추고, 주변을 주의 깊게 살피고 나서 읍내로 들어왔다. 무언가를 몹시 경계하고 있음이 분명해 보였다. 정첩은 젊은이가 주먹패 한 명을 너무나 간단하게 제압하는 걸 보고서 그에게 강한 호기심을 느꼈다. 그렇게 당당한 풍채와 남다른 힘을 지닌 젊은이는 여태껏 본 적이 없었다. 그녀는 주막으로 들어오는 망이를 청해서 술을 권하며 그를 관찰했다. 얼핏 보기엔 시골 출신의 숫보기 같았으나 볼수록 범상치 않은 이목구비와 형형하고 힘 있는 눈빛을 지닌 청년이었다. 정첩은 망이의 얼굴에서 무언가에 쫓기고 있는 듯한 초조와 불안의 기색을 간파해냈다. 그녀는 장난기가 발동해서 관상을 보고 미래를 꿰뚫어보는 혜안을 갖춘 듯이 그럴싸하게 연극을 하여 망이의 마음을 사로잡았다. 그리고 용개 패거리들이 몰려와서 망이를 공격하자 망이를 도와주고, 그를 적멸암으로 데려왔다. 초면인데도 왠지 마음이 몹시 끌려 그를 놓치기가 싫었다.

3. 정첨

정첨은 영춘현(永春縣) 대곡 마을에서 정을휘의 딸로 태어났다. 어렸을 적 그녀의 집은 말할 수 없이 가난해서 하루에 한 끼 먹기도 어려웠다. 그녀와 그녀의 오빠, 두 동생은 못 먹어서 대꼬챙이처럼 마른 몸으로 늘 먹을 것을 찾아 산과 들을 헤매곤 했다. 정첨의 부모는 사철 남의 집에 가서 일을 했고, 저녁에 밥 한 그릇씩을 얻어가지고 돌아와, 자식들에게 나누어 먹였다. 정첨네는 한 뙈기의 논밭도 없었으나, 한 마을에 사는 백부(伯父) 정갑휘는 엄청나게 넓은 전답을 소유한 호족이었다. 그는 인색하기 짝이 없어서 소작인들에게도 원성이 높았고, 아우의 식솔들이 굶고 있는 걸 알면서도 보리쌀 한 됫박 도와주는 일이 없었다.

정첨의 아버지 을휘는 다섯 살 때 부모를 여의고, 나이 차이가 많이 나는 형 갑휘와 형수 밑에서 자랐다. 집이 널리 소문난 호족으로서 남부럽지 않은 부자였으나 을휘는 채 철이 나기 전부터 머슴이나 하인처럼 일을 해야 했다. 형과 형수가 인정사정없이 온갖 궂은 일을 다 시켰다. 두 사람은 똑같이 욕심이 많고 인색해서, 해마다 근동의 전답을 사들여 점점 부자가 되었으나 만족할 줄을 몰랐다. 을휘는 형과 형수에게 남에게보다 더한 천대와 구박을 받으며 일로 잔뼈가 굵어지고 일로 나이를 먹어갔다.

을휘의 나이가 들어 장가갈 때가 되었으나 갑휘는 계속 일만 부려먹을 뿐 장가를 들여 줄 생각은 하지 않았다.

"형님, 이제 저도 장가를 가고, 분가를 해야지요. 제 나이가 벌써 스물이 아닙니까?"

그러나 그 말을 들은 갑휘는 대뜸 얼굴에 노한 기색을 띠고서,

"뭐라구? 장가를 들고 분가를 해? 못난 송아지 엉덩이에 뿔나고, 못된 고양이 부뚜막에 먼저 올라간다더니, 이놈이 일은 않고 장가갈

생각만 해? 이놈, 이제 나한테 의지할 나이도 넘었으니, 내 집에서 나가라!"

하며 야멸차게 을휘를 집에서 쫓아냈다.

을휘는 하릴없이 마을에서 조금 떨어진 산비탈에 오두막을 짓고, 혼자 살았다. 그는 형이 화가 풀리면 언젠가는 그에게 제 몫의 재산을 나누어 줄 것이라고 생각하고 기다렸으나, 몇 년이 지나도 갑휘는 끝내 모르쇠로 나갔고, 을휘가 장가를 들 때도 깨진 쪽박 하나, 닳아빠진 숟가락 한 개 나누어주지 않았다.

형의 너무나 야속한 처사에 분개한 을휘는 관가에 송사를 냈다. 그러나 갑휘는 관청의 구실아치들과 사또에게 골고루 듬뿍듬뿍 뇌물을 쓰고, 집안의 늙은 하인과 이웃집 소작인을 매수하여 증인으로 내세운 다음 동헌에 나가서 말했다.

"돌아가신 우리 선친께서 을휘에게 재산을 나누어주지 않은 데에는 까닭이 있습니다. 본래 이놈은 우리 집 대문 밖에 버려진 업둥이였는데, 선친께서 거두어 길렀던 것입니다. 제 이웃에 사는 이들에게 하문하면 그때의 일을 여실하게 알 수가 있습니다. 제 선친께서 돌아가신 뒤로는 제가 이놈을 부모처럼 거두어 주었는데, 이놈이 그간 길러 준 은덕은 모르고 터무니없는 욕심 때문에 눈에 헛거미가 잡혀서 저를 무고했으니, 이놈에게 중벌을 내려 주시기 바랍니다."

을휘는 재산을 찾기는커녕 오히려 배은망덕한 하리쟁이로 몰려서 엉덩이가 너덜너덜해지도록 혹독한 곤장을 맞고 내쳐졌다.

열 살이 된 뒤에야 정첨은 어머니한테 그 얘기를 듣고, 큰아버지에게 심한 분노와 증오를 느꼈다.

그날부터 정첨은 길에서 큰아버지를 만나도 인사를 하지 않고 빤히 그를 노려보았다. 마을에서 호랑이로 소문난 큰아버지였으나 그녀는 큰아버지가 조금도 겁나지 않았다. 그녀의 맹가리진 모습에 큰아버지는 우리우리한 눈을 부릅뜨며

"저년이 버릇없게!"

하고 발을 굴렀으나, 그녀는 끄떡도 하지 않고 당돌하게 계속 큰아버지를 노려보았다.

정첨이 열한 살 때였다. 해마다 그렇지만 그해엔 보릿고개를 넘기기가 유난히 어려웠다.

"얘들아, 보리 구워 먹으러 가자."

정첨은 심한 굶주림에 까부라져 누워 있던 두 동생을 데리고 마을 앞 들판으로 나갔다. 넓은 들판 보리밭에는 잘 자란 보리들이 누릿누릿 소담스럽게 익어가고 있었다. 모두 갑휘의 보리밭이었다. 그녀는 보리밭으로 들어가, 불에 익혀 먹기에 알맞게 여문 보리를 골라 베어서 밭두렁에 놓고, 불을 피웠다. 약간 덜 마른 보릿대는 연기를 피우면서 타올랐고, 이내 구수한 냄새를 풍기면서 보리이삭이 익었다. 그들은 잘 익은 보리이삭을 손바닥으로 비벼 겉껍질을 벗기고 난 뒤에 낟알을 입 속에 털어넣었다. 아직 완전히 여물지 않아서 말랑말랑한 보리는 달금하게 감칠맛이 났다. 정첨과 두 동생은 얼굴과 입술에 시커멓게 묻어나는 검댕을 보고 깔깔거리면서 정신없이 보리이삭을 몽글리어 먹었다.

"이놈들! 게서 뭐하는 게냐?"

마을 쪽에서 갑휘의 아들 희민이 그들을 향해 달려왔다. 희민은 정첨보다 네 살이 위였다. 깜짝 놀란 동생들이 달아나려 하자 정첨이 두 동생의 손을 붙잡았다.

"이 도둑년놈들! 이게 누구 보리밭인데, 여기서 보리서리를 해 처먹어?"

희민은 갸기를 부리며 거만하게 말했다.

"그게 오라범이 할 말이야?"

정첨이 비양하듯 다기지게 말했다.

"뭐라구? 오라범? 누가 네 오라범이냐?"

희민이 버럭 고함을 질렀다. 정첨이 조금도 기죽지 않고 앙칼지게 대받았다.

"나도 오라범 같은 사람이 우리 일가라는 게 싫어!"

"뭐라구? 이 싸가지 없는 년이!"

희민이 주먹으로 정첨의 얼굴을 후려쳤다. 정첨의 코에서 피가 터졌다.

"왜 치는 거야?"

정첨이 눈에 불을 켜고 대들었다. 희민이 다시 그녀의 뱃구레를 사정없이 걷어찼다. 정첨은 엉덩방아를 찧으며 털썩 땅바닥에 주저앉았다.

"이 도둑놈의 새끼들!"

희민은 다시 정첨의 두 동생을 무작스럽게 걷어찼다. 동생들이 땅바닥에 뒹구는 모습을 본 정첨은 벌떡 일어나 희민을 떠다박질렀다. 희민은 불을 피우던 자리로 넘어져 명주옷이 검댕으로 범벅이 되고, 게다가 아직 다 꺼지지 않은 불씨 때문에 옷 여기저기에 불구멍이 나고, 손을 데기까지 하였다.

"이런 개 같은 년이!"

희민이 정첨의 얼굴을 무지막지하게 후려쳤다. 정첨은 뒤로 나가떨어지며 아뜩하게 의식을 잃었다. 희민은 정신을 놓아 버린 정첨을 마구 짓밟아댔다.

사흘 동안을 꼼짝 못하고 누워 앓다가 겨우 일어난 정첨은 밤이 깊은 뒤에 아직 채 낫지 않은 몸으로 갑휘의 보리밭으로 가서, 보리이삭을 베어서 망태기에 가득 담아 돌아왔다. 다음날 밤에도, 또 그 다음날 밤에도 정첨은 보리를 베어다가 집 뒤 후미진 더금에 숨겨 두었다.

정첨이 닷새째 보리를 베어 온 다음날 털벙거지를 쓴 관청 군졸들이 마을로 몰려왔다. 그들은 대뜸 을휘의 집으로 들어가 뒤란에 숨겨져 있던 보리를 적발하고는, 을휘를 관가로 끌고 갔다. 며칠 밤 보리를 도둑맞은 갑휘가 하인을 시켜서 망을 보게 했고, 관가에 을휘를 도둑으로 고발했던 것이다.

"보리를 베어온 것은 아버지가 아니라 나예요! 내가 베어 왔다구요!"

정첨이 군졸들의 앞을 가로막고 말했으나,

"어린 년이 참 맹랑하구나!"

군졸들은 그녀를 밀쳐 버리고, 을휘를 관가로 끌고 갔다.

사또 앞에 불려 나간 을휘는 차마 정첨이 보리를 베어왔다는 말을 하지 못했다. 갑휘에게서 철철이 적지 않은 재물과 인사를 받아온 사또는 갑휘에게 생색을 내려고 을휘를 엄혹하게 다스렸다. 을휘는 엉덩이가 터져서 피가 흐르도록 지독한 치도곤을 맞고서 옥에 떨어졌다.

을휘가 옥에 갇힌 지 보름이 지난 어느 날 옥바라지를 하러 간 을휘 아내와 정첨에게 낯 모르는 노파가 다가와 말했다.

"듣자 하니 아이 아버지가 장독이 났다던데, 이렇게 손을 놓고 앉아 있으면 어떡해? 장독난 사람 아차하면 옥중귀신이 된다는 말도 못 들었나? 어떻게든 손을 써야지!"

"손을 쓸래도 뭣이 있어야 손을 쓰지요."

"정말 그럴 생각은 있나? 그럴 생각이 있으면 길이 아주 없는 건 아닌데…."

노파는 을휘 아내의 눈치를 살피며 뜸을 들였다.

"무슨 방책이 있어요? 무슨 일이든 하겠으니, 알려 주세요."

"관가에 재물을 바쳐야지! 재물이면 귀신도 움직인다는 말도 못 들었나?"

"당장 옥에 갇힌 사람에게 죽 한 그릇 넣어 줄 것도 없는 처지인데, 관가에 바칠 재물이 어디 있겠소?"

"…가야(伽倻) 마을에 사는 최홍제 어르신이 큰 부자라는 얘기는 들은 적이 있지? 그 어르신께 이 아이를 몸종으로 보내면 살 길이 트일 것도 같은데…."

노파는 정첨을 가리키며 말끝을 흐렸다.

"그게 무슨 말이오?"

"내 바른 대로 말하자면 그 어르신의 심부름으로 왔네. 그 어르신께서 얼마 전 사또를 만나러 관가에 들르셨다가 우연히 저 아이를 보고 귀엽게 생각하신 모양이야. 딸년을 그 어르신의 몸종으로 보내면 곡식과 피륙을 주고, 사또에게 말하여 옥에 있는 아이 아비도 풀려나게 해 줄 수 있을 게야. 그 어르신께서 사또께 부탁하시면 사또께서도 소홀히 듣지는 못하실 게야."

"그렇다고 딸을 어떻게 몸종으로 보내겠소?"

"허! 옥중에 떨어진 지아비를 구하겠다면서? 지아비가 죽고 사는 일에 그만한 일을 못해? 그리고 딸년도 허구한 날 입에 거미줄을 치고 사는 것보다야 그 집으로 가서 밥이라도 제대로 먹는 게 백 번 천 번 낫지!"

을휘의 아내가 이튿날 옥사로 가서 을휘에게 노파의 말을 전하자 을휘는 펄쩍 뛰면서 반대했다.

"아무리 어렵다고 어린 딸을 팔아먹다니, 그걸 말이라고 하오? 다시 그 따위 말은 입 밖에 내지도 마시오!"

그러나 정첨은 자진하여 최홍제의 집으로 갔다.

정첨이 최홍제의 노비가 된 대가로 받은 것은 쌀 네 가마와 보리 한 섬, 삼베가 세 필이었는데, 쌀 네 가마를 관가에 모두 바치고 나서야 을휘가 풀려났다.

최홍제는 사십이 넘은 중년 사나이로서 커다란 저택과 많은 재산, 드넓은 전답을 지니고, 많은 하인들을 거느린 호족이었다. 그는 부인과 두 명의 젊은 첩을 데리고 살고 있으면서도 마음이 끌리는 여자를 보게 되면 여염집 여자이든 노비이든 가리지 않고 정복하고야 말았다.

어느 날 관가에 갔다가 깜찍하고 초롱초롱한 눈을 가진 정첨을 본 그는 불현듯 성숙한 여자에게 느끼는 욕망과는 다른 새로운 욕구에 휘둘리게 되었다. 그는 정첨이 을휘의 옥바라지를 하는 아이라는 것을 알고, 마을의 노파를 을휘의 아내에게 접근하게 했고, 생각보다 쉽게 정첨을 사 들이게 되었다.

정첨이 최홍제의 집으로 간 날 밤이었다. 정첨과 한 방을 쓰는 늙은 계집종은 밤이 이슥해지자 정첨을 헛간으로 데려갔다. 헛간에는 가마솥과 커다란 나무통이 있었는데, 나무통에는 김이 무럭무럭 나는 뜨거운 목욕물이 반쯤 차 있었다. 계집종은 정첨을 씻긴 다음 단장을 시키고, 최홍제가 거처하는 사랑채로 데려갔다.

최홍제가 한참 동안 정첨을 훑어보더니, 빙긋 입가에 만족스러운 웃음을 띠며 말했다.

"과연 그렇게 꾸며 놓고 보니, 항아가 따로 없구나!"

그날 밤 최홍제는 몇 번이나 정첨의 몸을 탐했다. 그는 다음 날도, 또 그 다음 날도 정첨을 그의 거처로 불렀다. 정첨은 고통과 치욕을 견디지 못해 몇 번이나 그녀의 집으로 도망쳤으나, 최홍제의 하인들이 득달같이 쫓아와, 그녀를 다시 붙잡아갔다.

최홍제에게는 열일곱 살과 열아홉 살 먹은 두 아들이 있었다. 최홍제는 아들들을 과거에 급제시키려고 집 후원에 있는 조용한 별당에 독 선생을 모셔놓고 글을 읽게 했다. 그러나 형제는 공부에는 별 재미를 붙이지 못하고, 기회만 있으면 집을 빠져나가 읍내의 호족 집안 자식들과 어울려 노느라 정신이 없었다. 술 마시고, 싸움질하고, 처녀애들을 건드리고, 기생들과 희롱하는 게 그들의 일과였다. 그들은 창고에 있는 곡식과 재물을 훔쳐내다가 최홍제에게 들켜서 호된 꾸지람과 매질을 당한 게 한두 번이 아니었다. 그러나 이미 주색잡기에 제정신이 아닌 그들은 다음 날이면 다시 집을 빠져나갈 궁리에 골몰하였다.

정첨이 최홍제의 몸종이 된 지 두어 달 지난 어느 날 최홍제가 이웃 고을에 있는 장원을 둘러보러 출타하였다. 아버지가 집을 비운 것을 안 두 아들은, 밤이 이슥해지자 발소리를 죽이고 정첨의 거처를 찾아가, 정첨을 불러냈다. 그들은 그녀를 별당으로 데려가, 차례로 겁간하였다.

"너 이년, 이 일을 입 밖에 내면 그날로 죽을 줄 알아!"

"입만 뻥긋하면 쥐도 새도 모르게 없애버릴 거야!"

그들은 정첨을 내보내면서 무서운 얼굴로 으름장을 놓았다.

형제는 그 후로도 최홍제가 집을 비울 때면 수시로 정첨을 농락하곤 했다.

최홍제의 아내는 뒤늦게야 아랫것들이 수군거리는 걸 듣고서 몸종 한 명을 닦달하여 남편과 두 아들이 정첨과 관계를 가졌다는 걸 알게 되었다. 망칙스럽게도 아비와 아들들이 한 계집을, 그것도 아직 어린 종년을 상관하다니! 눈이 뒤집힌 그녀는 곧바로 정첨을 붙잡아다가 무지막지하게 구타하면서 포악을 떨었다.

"요사스런 년, 아직 이마에 솜털도 안 벗어진 어린 년이 벌써부터 꼬리를 쳐서 남정네들을 홀려? 이년이 사람이 아니라 우리 집안을 망쳐먹을 작정을 한 여우여! 여우! 이년이 다시는 그런 짓을 못하게 내 이년을 오늘 요절을 내고 말겠다!"

최홍제의 아내는 마구 몽둥이를 휘둘렀다. 그녀는 제정신이 아닌 듯 정첨이 완전히 의식을 잃고 늘어져 버린 뒤에도 몽둥이질을 그치지 않았다.

정첨은 한 식경 후에야 가까스로 의식을 회복했다. 그녀의 몸은 여기저기 터지고 찢어져 시커멓게 피멍이 들었을 뿐 아니라 불덩이 같은 열에 의식이 계속 오락가락하였다. 정첨과 한 방을 쓰는 늙은 계집종이 죽을 쑤어 가져왔으나 그녀는 죽은커녕 물 한 방울 넘길 수 없었다. 먹을 수도 없었을 뿐더러 억지로 먹고 싶은 생각도 없었다. 그녀는 살고 싶지 않았다. 이렇게 살 바에는 차라리 죽는 게 낫다는 생각이 들었다. 더러운 세상에 살아남기 위해 구차하게 매달리고 싶지 않았다. 정첨은 계속 먹기를 거부했다. 늙은 계집종이 그녀의 마음을 돌이키기 위해 갖은 말로 달랬으나. 그녀는 말 한마디 하지 않고 죽음을 기다렸다. 그리고 마침내 완전히 탈진하여 빈사상태에 빠졌다.

정첨은 풀 한 포기 나무 한 그루 없는 황막한 길을 지정지정 걸어서 아득하게 넓은 강가에 이르렀다. 강가에는 나룻배 한 척이 매어져 있었다. 불현듯 그 배를 타면 이제 다시는 돌아오지 못하리라는 생각이 들었다. 그녀는 배에 오르려다가 마지막으로 뒤를 돌아다보았다. 까마득하게 멀리 사람들의 모습이 보였는데, 길 한쪽에선 그의 가족들이 가슴을 찢어내는 듯한 오열을 터뜨리고 있고, 또 한편에서는 큰아버지와 사촌 희민, 최홍제와 그의 두 아들, 그리고 관가 사람들이 즐겁게 떠들어대며 큰 소리로 웃고 있었다. 내 이대로는 못 죽으리! 그렇게는 못하리! 그녀는 사무치는 원한 때문에 차마 배를 타지 못하고 몸을 돌이켰다.

"…물 좀…."

그녀는 견딜 수 없이 목이 탔다. 늙은 계집종이 숟가락으로 그녀의 입에 물을 떠넣어 주었다.

정첨은 서서히 건강을 되찾았다.

가을걷이가 끝나자 몇 날 며칠 인근의 외거노비와 소작인들의 소달구지가 최홍제의 집으로 줄을 이었다. 봄부터 뼈 빠지게 가꾼 벼를 탈곡하여 지주인 최홍제의 집으로 실어오는 것이다. 여러 채나 되는 최홍제의 곳집에는 볏가마니가 그득그득 쌓였다. 낮 동안 이리저리 바빴던 정첨은 자리에 눕자마자 잠에 빠졌다. 늙은 계집종도 옆에서 드르렁거리며 코를 곯았다. 정첨은 누군가 우악스레 걷어차는 바람에 눈을 떴다. 어둠 속에 두억시니 같은 장정들의 모습이 눈에 들어왔다. 정첨과 늙은 계집종은 밖으로 끌려나와 두 손을 묶인 채 안마당으로 끌려갔다. 놀랍게도 최홍제의 식솔은 물론 노비들도 모두 끌려나와 무릎을 꿇고 있었다. 화적패가 든 것이다.

화적패들은 스무 명쯤 되어 보였는데, 서두르지도 않고 집안을 샅샅이 뒤졌다. 그들은 비단과 삼베, 은병과 패물들을 모두 챙기고, 소달구지 두 대에 볏가마니를 그득하게 실었다.

"이놈! 네 더러운 이름이 우리한테까지 들려왔다. 우리는 너같이 못된 호족놈을 징치하는 저승사자다! 네놈을 죽이고 이 집에 불을 질러 버리려고 왔으나, 저 하인들이 불쌍하여 오늘은 이 정도로 그친다. 관청에 달려가도 소용없다. 우리가 관청 떨거지들에게 잡힐 리도 없지만, 어떤 놈이든 우리를 뒤쫓는 기미가 보이면 다시 와서 네놈을 죽이고 이 집을 잿더미로 만들어 버릴 것이다!"

화적패 두령인 듯한 자가 최홍제에게 엄포를 놓았다.

"……."

최홍제는 말 한마디 못하고 머리를 숙이고 있었다. 그때였다.

"나 좀 데려가 주시오!"

정첨이 자리에서 발딱 일어나며 말했다. 화적패들이 모두 정첨에게 눈을 돌렸다.

"내 무슨 일이든 할 테니 날 좀 데려가 주시오!"

화적패들은 어이없다는 표정들이었다. 그들은 잠깐 수군수군 의논하더니, 정첨의 손에 묶인 밧줄을 풀어주었다.

그들은 차현 녹림당 장두일 패거리였고, 정첨은 그날로 장두일의 수양딸이 되었다.

차현 녹림당의 두령 장두일은 서른여덟 살 먹은 사내였는데, 풍모가 매우 당당하고 기개가 있을 뿐더러, 거덕친 산채 사람들과는 어딘지 모르게 좀 다른 데가 있었다.

장두일은 한때 왕궁을 호위하는 개경의 응양군에서 교위(校尉)로 있었다. 오랜 동안 검술과 수벽치기를 힘써 익혀 실력이 출중하였으나, 윗사람에게 굽히지 않고 바른 말을 잘해서 여러 상관의 눈에 났다. 평소 장두일을 눈엣가시처럼 여기던 한 낭장(郎將)이 사사건건 그에게 트집을 잡고 잔소리를 하곤 했는데, 장두일은 어느 날 울화를 참지 못해 그의 멱살을 잡게 되었고, 그 일이 진티가 되어 그는 결국 응양군에서 쫓겨나게 되었다. 화가 난 장두일은 낭장의 집을 찾아가 낭장과 드잡이질을 하다가, 검으로 그를 베고 말았다. 낭장이 먼저 검을 뽑아 그를 공격하자 그도 어쩔 수 없이 검으로 대적하다가 그만 살인을 하게 되었던 것이다. 그는 즉시 줄행랑을 놓아 산 속으로 몸을 숨겨 이곳저곳을 전전하다가, 차현으로 들어와 거먹쇠의 패거리가 되었다. 힘이 남 못지 않고 경군(京軍)에 있을 때 제대로 익힌 검술 덕택에 그는 산에 들어온 지 몇 달 지나지 않아서 부두령의 자리에 앉게 되었고, 곧 거먹쇠보다 더 부하들의 신망을 받는 사람이 되었다.

두령 거먹쇠는 닥치는 대로 화적질을 하고, 함부로 살인을 할 뿐만 아니라 여자를 보면 으레 늑탈을 하곤 했다. 장두일은 이런 거먹쇠가 못마땅해서, 여러 번 바른 말로 간(諫)했다. 그러나 거먹쇠는 그런 장두일을 용납하지 못했다.

어느 날 밤 잠든 장두일의 처소에 산바우가 찾아왔다.

"부두령, 일어나시우!"

"아니, 산바우 형님이 웬일이요?"

"내 부두령을 죽이라는 명을 받고 왔소!"

"아니, 그게 무슨 말이우?"

"거먹쇠 두령이 부두령을 죽이라고 했소!"

"그게 정말이요? …그런데 어찌 나를 죽이지 않고?"

"거먹쇠와 나는 오랜 동안 함께 지내왔소! 그는 나를 믿고 부두령을 제거하라고 했으나, 나는 막돼먹은 거먹쇠와는 생각이 다르오! 지금 거먹쇠는 술자리를 마련해 놓고 나를 기다리고 있을 것이오!"

장두일은 즉시 칼을 빼들고 거먹쇠에게 달려갔다. 두 사람은 산채 마당에서 졸개들이 보는 앞에서 목숨을 건 싸움을 벌였다. 힘은 거먹쇠가 월등했으나, 검술을 제대로 익힌 장두일을 당하지 못했다. 장두일은 힘겹게 거먹쇠를 베었다.

두령이 된 그는 무리들에게 말했다.

"비록 우리가 세상에서 쫓겨나 산 속에서 구차한 목숨을 이어가고 있다 하나, 우리는 사람이다. 사람에겐 도(道)가 있다. 해야 할 일과 하지 않아야 할 일이 있다. 오늘 내가 거먹쇠를 벤 것은, 나를 거두어 준 사람에겐 의리에 어긋난 일이지만, 거먹쇠는 사람의 도리에 어긋나는 일을 서슴없이 했기 때문이다. 옛날 중국에 도척이라는 유명한 도적이 있었는데, 그 도척이 말하길 도적에게도 도(道)가 있다 하였다. 내가 이제 차현 산채의 두령이 된 이상 우리는 오늘부터 사람을 함부로 죽이지 않는다. 여자를 겁탈하지 않는다. 일반 백성은 건드리지 않고 못된 호족놈들 재물만 턴다. 서로 간에 다투지 않고 배반하지 않는다. 나와 생각이 다른 사람은 지금 떠나도 좋다!"

장두일은 수양딸이 된 정첨을 친딸같이 사랑했다. 정첨을 볼 때마다 자기가 버리고 떠난 개경의 딸 생각이 났다. 또한 어린 것이 볼수록 예쁜 데가 있을 뿐더러, 영특하고 총명하기가 제갈공명이었다. 장두일은 틈 날 때마다 무리들에게 병장기 쓰는 법과 호신술을 가르쳤는데, 그때마다 정첨은 무리들과 함께 권법과 무술을 익혔다. 정첨은 세상에 원한이 많았고, 그 원한을 갚기 위해서는 남자들 못지않은 힘을 가져야 한다고 생각했다. 정첨은 혼자서도 쉬지 않고 권법을 익히고, 검술과 표창술을 연마했다. 그리고 장두일에게 글자도 배웠다. 몇 년이 지나자 산채에선 장두일 빼놓고 정첨을 당할 사람이 없었다. 그녀는 나이가 들어감에 따라 용모도 놀랍게 피어났고, 무예 또한 출중한 여장부가 되었다.

정첨은 산채의 일에도 앞장서 나섰다. 그녀는 때로는 방물장수로, 때로는 시골 아낙네로, 양반댁 도령으로 변장을 하고 산을 내려갔다.

약탈하려는 대상을 물색하고, 그 집의 내부 사정을 정탐하기 위함이었다. 천성이 놀랍게 예민하고 행동이 기민할 뿐더러 담대한 정첨은 늘 남다른 성과를 거두었다. 그리고 구체적인 약탈 계략을 세울 때도 그녀는 다른 사람들이 미처 생각지 못한 기발한 의견을 제시했다. 또한 그녀는 약탈에 나설 때도 빠짐이 없었고, 남자들보다 오히려 앞장을 섰다. 정첨은 남자로 변장을 하고 무리들과 함께 행동했는데, 그 행동이 놀랍게 대담해서 동료인 남자들까지도 가슴이 서늘해질 지경이었다. 몇 년 지나지 않아 정첨은 산채의 참모와 부두령을 겸하는 위치를 차지하게 되었고, 산채 사람들 모두 그것을 당연하게 생각했다.

어느 날, 밤 깊어 영춘현 대곡 마을 정갑휘의 집에 수상한 무리들이 스며들었다. 그들은 정갑휘가 거처하는 사랑채로 들어가서, 잠에 떨어져 있는 정갑휘를 깨웠다.

"누, 누구냐?"

정갑휘가 놀라서 소리를 지르려 하자 무리 중 한 명이 그의 입을 틀어막고 목에 칼을 들이댔다.

"소리 지르면 단칼에 베겠다!"

"제발 목숨만 살려줍쇼! 재물은 얼마든지 드리겠소!"

"우리는 도둑질을 하러 온 게 아니다!"

"그럼? …대체 …무슨…?"

"우선 일어나라!"

무리들은 방에 불을 밝혔다. 방 안에 가득한 험상궂은 사람들을 본 갑휘의 얼굴이 사색이 되었다. 무리들은 갑휘의 아내와 아들 희민을 사랑방으로 끌고 왔다.

우두머리가 말했다.

"우리는 인륜을 저버린 짐승 같은 놈들을 징치하러 온 녹림당이다! 너는 어린 동생을 오랜 동안 마소처럼 부려먹은 뒤 맨손으로 쫓아냈

84

다. 마땅히 아우에게 주어야 할 부모의 전답도 가로채고, 아우가 그 전답을 요구하자 아우를 개구멍받이라고 터무니없는 거짓말을 해서 형제간의 우애마저 끊는, 차마 인두겁을 쓰고는 할 수 없는 더러운 짓을 저질렀다! 긴 말은 하지 않겠다. 지금 당장 네 전답의 절반을 아우에게 주어라! 그리고 하인들을 깨워서 네 창고에 쌓여 있는 곡식의 절반을 아우네 집으로 옮겨라! 너에겐 선택의 여지가 없다. 만약 거역하면 지금 당장 네 식솔들을 모조리 참하여, 체천행도(替天行道)를 세상에 널리 보여 주겠다!"

갑휘와 희민은 너무나 놀라 온몸을 덜덜 떨며 제정신이 아니었다.

"그리 하겠느냐? 아니면 칼을 받겠느냐?"

두령이 갑휘의 목에 칼을 들이대며 슬쩍 긋자 붉은 피가 주루룩 흘러내렸다.

"예! 예! 시키는 대로 합죠! 예, 하겠습니다요! 제발 목숨만 살려 줍쇼!"

갑휘는 소스라치게 놀라 어쩔 줄을 몰랐다. 그는 녹림당이 시키는 대로 하인들을 깨워서 창고의 곡식들을 아우 을휘의 집으로 옮기도록 명했다. 그리고 영문도 모르는 아우 을휘를 불러 땅문서를 넘겨주었다.

하인들은 영문도 모른 채 밤새도록 소수레에 곡식을 실어 을휘의 집으로 날랐다. 동녘에 우련하게 동살이 잡혀올 무렵 그들은 갑휘의 집을 떠났다. 떠나기 전에 두령이 다시 한번 갑휘와 희민의 꼭뒤를 질러 말했다.

"우리는 너의 일거수일투족을 환하게 보고 있다! 만약 아우에게 돌려준 재산에 미련이 남아서 엉뚱한 짓을 하면 그날로 우리가 다시 와서 이 집안 식구들을 모조리 없애 버리고, 집에 불을 질러 쑥대밭을 만들어 버릴 것이다! 내 말을 허투루 듣지 마라!"

녹림당이 떠난 뒤 희민은 화를 참지 못해 펄펄 뛰면서 을휘에게 준

전답 문서와 곡식을 다시 가져와야 한다고 날뛰었다. 그러나 갑휘는,

"아서라! 자칫 잘못하다간 우리 집안이 멸문을 당한다!"

하고 아들을 말렸다. 갑휘는 무리를 지휘하고 있는 젊은이가 누구란 걸 알아챘고, 그의 말이 단순한 엄포가 아니라는 걸 느꼈다. 후환이 두려워 희민을 말리기는 했지만 갑휘 또한 아들 못지않게 울화가 치밀었다. 그는 그 울화를 참지 못해 자리에 누웠다가, 다시 일어나지 못하고 세상을 떴다.

정첨이 스무 살이 되던 해 장두일이 병으로 세상을 뜨자 정첨은 아랫사람들의 추대를 받아 차현 녹림당의 두령이 되었다.

4. 구출

이튿날, 정첨의 무리는 아침 일찍 일어나, 싸리나무를 베어다가 밥을 지었다. 싸리나무는 불땀이 좋으면서도 연기가 나지 않으므로 예로부터 남의 눈을 피해 불을 지피는 사람들이 으레 사용하곤 하던 땔감이었다. 정첨의 무리는 밥이 다 되자 솥을 통째로 들어다 놓고 반찬도 없이 소금을 뿌린 주먹밥으로 요기를 했다. 맹돌이와 지뱅이가 안성 관아에 갇혀 있다는 말에 급히 원행을 하느라고 취사에 필요한 도구들을 충분히 가져올 겨를이 없었다.

"망이 장사는 어떻게 하겠소?"

아침을 마친 뒤 정첨이 망이에게 물었다. 그녀는 어제와는 달리 얼굴을 곱게 단장하고, 눈부시게 화사한 비단으로 만든 분홍 저고리와 옥색 치마를 입고 있었다. 망이는 그녀의 아름다운 모습에 속으로 몹시 놀랐다.

"이제 가던 길을 가야지유."

"어젯밤 우리 얘길 듣고 대강 짐작은 했겠지만, 우리는 이곳 관가에 갇혀 있는 우리 동지 두 사람을 구출하러 왔소이다. 갈 길이 바쁘지 않으면 이곳에 며칠 머물면서 우리를 도와주지 않겠소?"

정첨이 정색을 하고 말했다.

"내가 도울 일이 있겠수?"

"아무래도 한번은 저들과 맞부딪쳐야 될 것 같은데, 저들의 형세가 우리보다 훨씬 강하오."

"큰 도움이야 안 되겠지만 두령의 말대루 하겠수."

"고맙소이다."

정첨이 그윽한 눈길로 말했다. 망이는 정첨의 활짝 열린 눈동자를 바라보다가 당황해서 얼른 눈길을 다른 곳으로 돌렸다. 문득 그녀의 눈동자에 걷잡기 어렵게 빨려들어가는 듯한 느낌이 들었기 때문이었다.

"그럼 망이 장사는 오늘은 이곳에서 머무시오. 나는 우리 식구 몇 명을 데리고 읍내로 나가 보겠소."

"무슨 계획이 있수?"

"마음속으로 생각해 둔 게 있긴 하지만, 뜻대로 될지 모르겠소이다."

"나두 함께 가믄 어떻겠수?"

"뜻은 고맙지만, 망이 장사는 안 가는 게 좋겠소. 어제 망이 장사한테 혼쭐이 난 읍내 주먹패 놈들 가운데 망이 장사의 얼굴을 기억하고 있는 놈들이 있을 게요. 또 용케 그들의 눈에 띄지 않는다 해도 오늘 우리가 하려고 하는 일은 쥐도 새도 모르게 은밀하게 해야 하는 일인데, 망이 장사는 풍채가 너무 걸출해서 아무래도 사람들의 시선을 끌기가 쉽소이다."

정첨은 무리 가운데에서 얼굴이 순량하게 보일 뿐더러 나이가 많고 몸집도 허약하게 보이는 여섯 명의 졸개를 가려 뽑아, 그들 중 두 명은 버들고리를 지게에 진 짐꾼으로, 네 명은 차현(車峴) 산채에서 가져온 사인교를 멘 가마꾼으로 꾸며 읍내로 나갔다.

정첨과 네 사람이 암자를 나간 다음 반나절쯤 지나서였다.

"다들 마당으로 나오너라!"

부두령 노릇을 하고 있는 구레나룻 산바우의 말이 떨어지자 법당에 있던 사람들과 뜰에서 어정거리던 사람들이 마당으로 나왔다.

"몸이란 늘 움직여야지, 느런히 누워 있으면 순식간에 힘이 다 빠진다!"

산바우의 말에 무리들이 검이나 몽둥이를 휘두르거나 맨손으로 수벽치기를 단련하기 시작했다. 망이는 조금 열려져 있는 문을 통해 그들의 모습을 지켜보았다. 그들 가운데서 검을 쓰는 젊은이 한 명이 유난히 눈에 띄었다. 몸이 유연하고 날렵할 뿐만 아니라 힘이 넘쳤고, 자유자재로 변화하는 검세(劍勢)가 매우 위맹스러웠다. 스물예닐곱쯤 먹어 보이는 젊은이였는데, 몸집 또한 탄탄해 보였다. 망이가 한참 그를 바라보고 있는데, 그가 맹렬하게 휘두르던 검을 멈추고 댓돌 위로 뛰어올라, 망이에게 말했다.

"그렇게 구경만 하지 말고 이리 나와서 나하고 한번 겨뤄 보는 게 어떻소?"

"나는 검을 쓸 줄 몰르우."

"검을 쓸 줄 모르다니?! 그게 무슨 말이우? 겁이 나서 꽁무니를 빼겠다는 게요?"

"꽁무니를 빼는 게 아니라, 증말 검을 쓸 줄 몰르우."

"검도 못 쓰는 사람을 우리 두령께서 데려왔을 리가 있겠소? 그러지 말고 한 판 붙어 봅시다!"

망이가 거듭 사양하자 젊은이는 더욱 얄똥치매랍게 말했다. 그것을 본 다른 사람들도 망이에게 다가와 말했다.

"이봐, 젊은이! 이리 나와서 천사니와 한 판 해 보지 그래? 덩치를 보면 제법 힘꼴깨나 씀 직한데!"

"사내가 덩치값을 해야지! 호랭이 만난 개새끼처럼 꼬리를 사리다니!"

"빨리 나와서 한번 해 보슈!"

"검 쓰는 법을 배운 적이 없수."

망이는 그들의 무례한 말에 기분이 언짢았으나 다시 심상하게 말했다.

"그럼 검은 그만두고 수벽치기로 한번 겨뤄 봅시다!"

천사니가 다시 말했다.

"그래, 맨손이라면 할 만하겠지?"

"빨리 나와서 한번 붙어 봐라!"

사람들이 다시 큰 소리로 부추겼다.

"난 별루 하구 싶지 않수다!"

"뭐라구? 하기가 싫어? 이 자식이 아주 겁쟁이구먼! 겁쟁이야! 내 말이 떫으면 나와서 붙어 보자구!"

천사니가 노골적으로 망이를 비웃었다.

"…겁쟁이라니? 말이 지나치지 않수? 아무래두 손을 쓰다 보믄 몸을 다칠 수두 있구, 치구받다 보믄 서루 감정이 격해지기 마련인디, 손(客)의 처지인지라 마음이 내키지 않수."

"허, 그놈! 그럴싸하게 둘러대는 말솜씨 하나는 제법이구나! 허우대가 제법 덩그렇다고 우리 두령님께서 데려온 모양인데, 키 크고 싱겁지 않는 놈 없다더니, 그 말이 허튼 말이 아니구나!"

"저놈이 어제 공주 무슨 소(所)에서 왔다고 했지? 천한 소놈이 그럼 그렇지 별 수 있을라구!"

"이거, 말이 너무 지나치지 않수? 천한 소놈이라니?"

망이가 치밀어오르는 노여움을 참지 못하고 불쑥 목소리를 높였다.

"천한 소놈을 소놈이라고 하지, 그럼 뭐라고 하나?"

"다시는 천한 소놈이라는 말은 하지 마시우! 내 참지 않을 테니!"

"뭐? 참지 않아? 사람 웃기고 있네! 네깟놈이 참지 않으면 어쩔 테냐?"

"천한 놈도 배알은 있다 이거 아닌가!"

무리들의 짓까부는 말에 망이가 몸을 일으켜 법당에서 밖으로 나가, 마당 한가운데에 섰다.

"자, 나와 겨뤄 보구 싶은 사람은 나오시우!"

"네놈이 힘은 좀 씀직하다만, 미련한 소가 어떻게 날쌘 늑대를 당해 내겠냐?"

천사니가 얼굴에 비웃음을 띠고 말하고는, 양쪽 팔을 들었다가 오른쪽 팔은 세우고 왼쪽 팔은 옆으로 내려비키면서 탐마세(探馬勢)를 취했다가 비호처럼 몸를 날려 현각허이세(懸脚虛餌勢)로 두 발을 연이어 내지르며 공격했다. 망이는 구류세(丘劉勢)를 취해 오른팔로 천사니의 공격을 막고 나서, 재빨리 옆으로 돌며 번개같이 발을 들어 천사니의 등허리를 내질렀다. 천사니는 바위에 맞은 듯한 충격을 받고 몇 걸음 비틀거리며 내딛다가 땅바닥에 거꾸러졌다.

"또 겨뤄보구 싶은 사람은 나서 보시우! 다 함께 뎀벼두 좋수!"

"어린 놈이 손발 좀 쓸 줄 안다고 기고만장이구나! 천사니가 네놈을 깔보고 뎀비다가 엉겁결에 한 수 당했지만 우리를 얕보다간 큰코다칠 줄 알아라!"

무리 중에 세 명이 공격 자세를 취하고 망이를 향해 다가들었다. 그러나 그들은 천사니가 당하는 것을 본 때문인지 그의 주위를 빙빙 돌면서 기회를 노릴 뿐 섣불리 뎀벼들지 못했다. 망이는 그들을 유인하기 위해 일부러 슬쩍 빈틈을 보였다. 무리 가운데 한 명이 그 틈을 놓치지 않고 몸을 날렸고, 그와 때를 같이 하여 다른 두 명도 망이를 덮쳤다. 망이는 그들이 덤벼드는 순간 몸을 솟구쳐 높이 뛰어오르며 한 명의 가슴을 차고, 그 반동으로 몸을 돌려 다시 또 한 명의 옆구리에 발길을 질러넣으며, 동시에 한 명의 가슴을 팔꿈치로 쳤다. 세 사람은 한 순간에 땅바닥에 고꾸라져서 나뒹굴며 고통스런 신음을 토해냈다.

"또 겨뤄 볼 사람이 있수?"

망이가 나머지 사람들에게 묻자

"젊은이의 솜씨가 정말 놀랍구먼!"

그때까지 구경만 하고 있던 부두령 산바우가 감탄한 얼굴로 말했다. 아무도 더 덤벼볼 엄두를 내지 못했다. 망이는 그들이 자기와 겨뤄 볼 뜻이 없음을 알고 몸을 돌렸다.

그가 암자로 들어가려고 몇 걸음 옮겼을 때였다.

"잠깐! 아직 끝나지 않았다!"

성난 목소리가 망이의 귓전을 쳤다. 망이는 걸음을 멈추고 돌아섰다. 수치와 분노로 얼굴이 무섭게 일그러진 천사니가 땅바닥에서 일어나며 말했다.

"네놈이 손발은 제법 쓴다만, 이번엔 검으로 해 보자!"

놀랍게도 천사니는 진검을 들고 나섰다. 정첨의 무리들 가운데에서 검술과 호신술이 가장 뛰어난 천사니는 그간 자기의 솜씨에 대해 대단한 자긍심을 지녀 왔고, 또한 남모르게 정첨에 대해 정념을 품고 있었다. 그는 장두일이 두령으로 있었을 때에도 은근히 정첨을 탐냈고, 장두일이 죽은 뒤부터는 더욱더 정첨을 자기 여자로 만들겠다는 생각을 품고 있었다. 그런데 예기치 않게 정첨이 망이를 데려오자 그는 두 사람을 주의 깊게 훔쳐보았고, 문득 심한 질투심과 함께 제 위치에 대해 위기감을 느꼈다. 정첨이 망이를 대할 때의 눈빛과 표정, 어조에서 문득 지금까지 다른 남자를 대할 때와는 전혀 다른 여자다움을 발견했기 때문이었다.

"진검으루 하잔 말이우?"

망이는 천사니의 눈빛에서 맹렬한 살기를 느끼고 의아스러운 생각이 들었다. 그가 왜 그렇게 자기에게 무서운 적의를 품고 있는지 이해할 수가 없었다.

"왜? 겁이 나냐?"

"…진검을 쓰믄 크게 다치거나 목숨이 위태로울 텐디, 그르케 위험한 장난을 할 건 옳지 않겠수?"

"장난이라니? 목숨을 걸고 겨뤄야만 진짜 실력을 알 수 있다!"

망이는 천사니의 살천스러운 얼굴을 보고 그와의 대결을 피할 방도가 없다는 것을 알았다. 그는 법당으로 들어가 그의 봇짐에서 비주룩이 비어져 나와 있는 박달나무 몽둥이를 빼들고 나왔다.

"나를 모욕하겠다는 거냐? 아니면 대결을 피하려고 잔꾀를 쓰는 거냐?"

천사니가 망이의 몽둥이를 보고서 말했다.

"나는 이 몽둥이가 편하우!"

"그래? 그렇다면 할 수 없지!"

천사니가 두 손으로 검을 쥐고 왼편 어깨에 얹은 지검대적세(持劍對賊勢)로 섰다가 진전격적세(進前擊賊勢)로 검을 휘둘러 크게 베었다. 망이가 몽둥이로 그의 검을 쳐내며 옆으로 한 걸음 옮겨 피하자 천사니는 계속해서 용약일자세(勇躍一刺勢)로 몸을 솟구쳤다가 창으로 찌르듯 불쑥 검을 내질렀다. 망이는 재빨리 옆으로 몸을 비껴 가까스로 검을 피하고 나서, 몽둥이로 천사니의 검을 세차게 후려쳤다. 천사니는 망이의 몽둥이를 맞받아치다가 그의 너무나 강한 힘에 팔목이 저려서 잠시 손을 쓸 수가 없었다. 그 틈을 타서 망이가 다시 천사니의 팔목을 내려쳤다.

아얏!

천사니가 비명을 지르면서 검을 떨어뜨리며 땅바닥에 나뒹굴었다.

"젊은이가 풍채만 좋은 줄 알았더니, 손 쓰는 솜씨는 더욱 놀랍구려! 우리 두령님이 젊은이를 데려온 까닭을 알겠소!"

옆에서 지켜보고 있던 산바우가 망이에게 다가와 말했다. 산바우는
차현 무리들 중에 나이가 제일 많고 사람됨이 너그러워서 장두일이
두령으로 있을 때부터 부두령 노릇을 해 왔고, 정첨을 조카처럼 보살
펴온 사람이었다.

"팔목을 안 다쳤는지 몰르겠수! 좀 살펴보아 주시우!"

망이는 법당으로 들어가서 봇짐을 챙겨 짊어지고 나왔다. 경위야
어찌되었든 그들의 자존심을 건드려 놓고서 빤히 얼굴을 마주보고 앉
아 있기가 민망했다.

"난 떠나겠수!"

망이가 산바우에게 말했다.

"아니, 그게 무슨 말이오? 우리 애들이 젊은이의 기분을 언짢게 한
모양인데, 미안하외다! 젊은이가 이렇게 가 버리면 두령님이 돌아와
우리들한테 뭐라 하시겠소? 가더라도 정첨 두령님이 돌아온 뒤에 두
령님을 만나보고 가는 게 인사가 아니겠소?"

산바우의 말이 매우 간절했다.

"아까는 우리가 큰 장사를 몰라보고 구습을 함부로 놀렸소! 용서하
시오!"

"우리가 잘못했수다! 노여움을 푸시우!"

다른 사람들도 덩달아 망이를 붙잡았다.

"짐 이리 주시오! 내가 갖다 놓겠소이다!"

산바우가 망이의 봇짐을 억지로 빼앗아 들고 법당으로 들어갔다.

안성 고을의 향교는 관아에서 동쪽으로 5리쯤 떨어진 곳에 있었다.
향교 앞 넓은 공터엔 몇 아름이나 되는 커다란 은행나무가 두 그루 서
있고, 외삼문을 거쳐 내삼문으로 들어서면 공자의 위패를 모셔 놓은
대성전이 나오며, 대성전 뒤에 고을의 토호와 양반의 자제들이 글공부

를 하는 명륜당이 있었다. 대성전과 명륜당 사이엔 높은 담장이 쳐져 있어, 담장 끝에 있는 쪽문을 통해 사람들이 드나들도록 되어 있었다.

오전 한 나절이 거의 다 되어, 나이 어린 학생들이 글공부를 파할 즈음이었다. 어린 도련님을 모시러 온 하인 너댓 명이 향교 앞 공터에 불을 피워 놓고 어한을 하며 공부가 파할 때를 기다리고 있는데, 대갓집 아씨들이나 탐 직한 화려한 가마 한 채가 향교 앞 공터로 들어섰다. 가마 뒤에는 이바지 음식을 짊어진 듯한 짐꾼 두 명이 따라왔다.

"아씨, 여기가 향교입니다요!"

하인이 가마를 내려놓고서 큰 소리로 말하자 가마 속에서

"알았다."

하는 낭랑한 목소리가 흘러나오고, 이어 하인이 가마문을 들추어 주자 가마 안에서 스물너댓 되어 보이는 젊은 아씨가 밖으로 나왔다. 호기심이 동해 가마를 지켜보던 사람들은 여자의 모습에 다들 눈이 휘둥그레졌다. 여자의 얼굴이 놀랍게 아름답고, 입고 있는 옷 또한 휘황한 대국 비단으로 만든 것이었기 때문이었다.

"이 가운데 사또 자제님을 뫼셔온 사람이 있소?"

가마꾼 중의 한 명이 공터에 있는 사람들을 둘러보며 물었다.

"내가 도련님을 뫼셔왔는데, 왜 그러시우?"

땅바닥에 앉아서 고누를 두고 있던 한 중년 사내가 의아한 얼굴로 일어나며 말했다. 관아에서 일하는 관노였다.

"아, 하님이 도련님을 뫼셔왔소? 우리 아씨 마님께 인사 올리시오! 이 고을 정수흥 사또님의 처제 되시는 분입니다요!"

"사또님의 처제가 되신다고요? 그럼 우리 마님의 동생이란 말이오?"

"왜요? 잘 모르시겠소? 사또님을 모신다는 하님이 개경에서 한림학사 벼슬을 하고 있는 분에게 출가한 아씨를 모르시다니?"

"그런 말을 들은 적이 있소이다만 직접 뵙지를 못해서 몰라봤습니다요! 아씨, 이놈 인사올립니다요!"

관노가 아씨에게 깊게 머리를 숙이며 말했다.

"추운 날씨에 고생이 많으이! 내 오랜만에 말미를 얻어서 친정에 들렀다가 언니까지 보고 가려고 나섰는데, 조카가 향교에 다닌다는 말이 생각나서 이 앞을 지나다가 함께 가려고 들렀네!"

아씨가 얼굴 가득 화창한 미소를 지으며 옥이 구르는 듯한 목소리로 말했다.

"그러십니까요? 그럼 가서 도련님을 뫼셔올까요?"

"점심 때가 다 되어가는데, 곧 글공부가 끝나지 않겠나? 잠깐 기다리면 될 것을, 공부에 방해되게 일부러 모시러 들어갈 거야 있겠나? 금방 나올 테니 기다리세나!"

"따는 그렇기도 합니다만!"

"여보게 개삼이, 아까 자네들이 마시던 술과 육포 좀 남은 것 없나? 날씨가 여간 아닌데, 저기 불가에 앉아 한 잔씩 하고, 이 사람에게도 한 잔 권하게나! 나는 가마 속에 들어가 있을 테니."

"예, 아씨!"

아씨를 따라온 하인이 지게 위의 버들고리에서 술두루미와 육포를 꺼내들고 모닥불 옆으로 갔다.

"우선 관청 하님 먼저 한 잔 하시우! 그리고 여러분도 한 모금씩 하시우! 추운 날씨를 이기려고 독한 화주를 가져왔수다!"

하인은 관노와 그밖의 하인들에게 술을 권했다.

"아이구, 이런 고마울 데가 있나!"

관노와 다른 하인 들은 황감한 얼굴로 술잔을 받았다. 아씨의 하인들은 허튼 소리를 주고받으면서 번갈아 관노에게 여러 잔의 술을 권했다.

한참 후에 삼문 밖으로 공부를 마친 아이들이 쏟아져나왔다.

"아씨, 도련님이 나오십니다요!"

관노가 가마를 향해 말하고는, 여섯 살쯤 되어 보이는 한 아이를 데려왔다. 가마에서 나온 아씨가 아이를 덥석 안으면서 말했다.

"아이고, 우리 현석이가 이렇게 많이 컸구나! 예전 모습 그대로구나!"

"…누구세요?"

아이는 어리둥절한 표정으로 아씨를 바라보며 물었다.

"얘, 현석아, 날 몰라보겠니? 내가 네 이모 아니냐? 하기야 네가 세 살 때 보고서 이제야 만나니, 못 알아보는 것도 당연하지!"

아씨는 아이가 귀여워 죽겠다는 듯 볼을 비비면서 다정하게 말했다.

"도련님, 개경 사시는 이모님이십니다요! 도련님께서 몰라보시는 것도 무리가 아닙지요!"

관노가 아이에게 말했다.

"그럼 이제 가시지요, 도련님!"

관노가 아이 앞에 등을 돌려대고 업으려고 하자, 아씨가 관노에게 말했다.

"이보게, 날씨도 춥고, 자넨 술도 몇 모금 하지 않았나? 가다가 넘어지면 어쩌려고? 내가 안고 갈 테니, 자넨 그냥 뒤따라오게나."

"아, 예! 그렇게 하시겠습니까?"

"현석아, 이리 온!"

아씨가 아이를 안고 가마에 오르자 하인들이 가마를 메고 출발했다. 가마 뒤를 지게를 진 아씨의 하인 두 명과 관노가 따라갔다.

"하님, 이 근처 어디 뒷간 없소? 이거, 술을 마셨더니 소피가 급한데!"

가마가 향교의 돌담을 돌아서 사람들이 보이지 않는 으슥한 곳에 이르렀을 때 하인 한 명이 관노에게 말했다.

"이런 데에 어디 뒷간이 있겠수? 아무 데서나 일을 봐야지!"

"그래요? 옳지! 저기 나무 뒤가 좋겠군! 우리 저기서 일 좀 보고 갑시다!"

"정말 소피를 보고 가야지, 잘못하면 옷에 싸겠는걸! 하님도 같이 갑시다!"

다른 하인이 맞장구를 쳤다.

"그럽시다!"

관노는 무심하게 두 사람을 따라갔다. 관노가 소변을 보고 돌아서려는데, 갑자기 뒤에서 하인 한 명이 지게작대기로 그의 뒤통수를 호되게 후려쳤다. 관노는 비명 한마디 지르지 못하고 그 자리에 거꾸러졌다. 두 사람은 잽싸게 관노의 팔다리를 묶고, 입에 아갈잡이를 시킨 다음 사람들의 눈에 띄지 않게 관노를 나무 뒤 덤불 속에 밀어넣었다.

"이제 빨리 이곳을 벗어납시다!"

그들이 가마로 돌아오자 아씨가 말했다.

이튿날, 열 살쯤 먹은 소년이 관아를 찾아와서 삼문을 지키고 있는 군졸에게 말했다.

"저, 심부름을 왔는데요. 오늘 밤 날이 어두워지면 지뱅이와 맹돌이란 사람을 고을 남쪽 어구에 있는 큰 느티나무 밑으로 데리고 오면 도련님을 볼 수 있다고 하던데요. 은병 열 개와 대국 비단 열 필도 함께 가져와야 한다고 했어요."

"뭐라구?!"

군졸이 너무 놀라서 입을 다물지 못했다.

"그렇게 말하면 다 안다고 하던데요."

군졸은 소년을 사또에게 데려갔다.

"어떤 놈이 너에게 그런 심부름을 시켰단 말이냐? 이놈, 이실직고하지 않으면 살아남지 못하리라!"

사또는 벌겋게 충혈된 눈으로 소년에게 엄포를 놓았다.

"처음 보는 사람이었어요! 심부름 값으로 삼베 한 필을 준다기에 말씀만 전하러 왔어요. 그 사람 말이, 사또님께서 은병과 비단을 지고올 심부름꾼과 둘이서만 나와야 한다고 했어요. 만약 군졸들을 데리고 오면 도련님을 다시 볼 생각은 말라면서…."

사또는 소년을 구슬러 보기도 하고 무섭게 을러 보기도 했으나, 소년은 아무 것도 아는 게 없었다. 사또는 전날 향교에 갔던 아들이 돌아오지 않고, 아들을 데리러 갔던 관노가 사지를 묶인 채 발견된 뒤부터 너무 놀라 제정신이 아니었다. 그는 장교와 구실아치들을 불러서 당장 아들을 찾아오도록 고래고래 호통을 치며 살 맞은 맹수처럼 날뛰었다. 그러나 하루가 지나도 아들을 찾기는 고사하고 어떤 놈들이 무엇 때문에 그의 아들을 유괴했는지도 알 수가 없었다.

그는 장교 김차혁을 불러 소년을 넘겨주면서 말했다.

"이놈이 내 아들을 붙잡아간 비적놈들의 전갈을 가지고 왔는데, 데려가 취조해 보아라! 그놈들이 이렇게 백주에 고을을 횡행하며 날뛰고 있는데도 너와 네 휘하에 있는 군졸들은 모두 손을 놓고 앉아 있으니, 이렇고도 네가 이 고을의 치안을 담당하고 있는 장교라고 할 수 있겠느냐? 너는 어떤 일이 있어도 오늘 밤 내 아들을 구해내고, 그놈들을 일망타진하여라! 만약 내 아들이 조금이라도 다치거나 그놈들을 잡지 못하면 책임을 물어 너를 파직하고 하옥시키겠다!"

사또의 엄혹한 질책을 받은 장교 김차혁은 곧 군졸과 관노 들을 불러 모아, 유괴범들을 잡을 준비를 했다. 그는 날이 어둡기 전에 미리 공터를 포위하듯 군졸과 관노 들을 멀찍이 매복시켜 놓고, 밤이 되자 스스로 관노들이 입는 입성으로 갈아입고서 은병과 비단이 든 짐꾸러미를 짊어지고 사또와 함께 지뱅이와 맹돌이를 느티나무 밑으로 끌고 갔다. 그러나 한 시각이 지나도록 도둑떼들은 나타나지 않았다. 차가운 날씨와 매서운 바람에 온몸이 꽁꽁 언 사또와 장교는 울화가 치밀대로 치밀었으나, 그렇다고 그냥 돌아가 버릴 수도 없었다.

그들이 추위와 분노로 치를 떨며 기다리고 있는데, 고을 쪽 한길에서 한 사람이 달려왔다.

"누구냐? 거기 서라!"

김차혁이 말하자,

"사령 노릇하는 조삼입니다요! 급한 전갈을 가져 왔습니다요!"

그가 가까이 다가와 숨을 몰아쉬며 말했다.

"무슨 일이냐?"

사또가 다급하게 물었다.

"사또님, 방금 전 험상궂게 생긴 두 놈이 삼문을 두드리더니, 저 두 놈을 한 시각 안으로 북좌촌 마을 어구로 데려오라고 했습니다요! 그들은 이곳 주위에 군졸들을 매복시켜 둔 걸 다 안다면서 또 다시 그런 장난을 했다가는 도련님을 땅에 묻어 버리겠다고, 무지막지한 말을 하고 갔습니다요!"

"뭐라구? 이런 육시를 해 죽일 놈들!"

사또는 분노 때문에 금방 머리가 터질 것 같았으나, 도둑들의 말을 따르는 수밖에 달리 방도가 없었다. 김차혁은 급히 매복해 있던 군졸들을 불러모아 놓고 말했다.

"도적떼들은 생각보다 매우 교활하고 영리한 놈들이다! 놈들은 우리가 이곳에 숨어 있다는 걸 알아채고, 장소를 북좌촌으로 바꿨다. 우리가 다 함께 북좌촌으로 몰려가면 그놈들은 또 그걸 알고 나타나지 않을 것이다. 너희들은 지금부터 내 명령대로 행하라!"

김차혁은 군졸들을 두세 명씩 짝지워 병산현과 직산현, 양성현, 양지현으로 나 있는 큰길과, 천흥산과 청룡산, 서운산, 백운산, 구포산, 비봉산으로 통하는 길가에 잠복하도록 하고, 수상한 놈들을 발견하면 섣불리 행동하지 말고 즉시 그에게 알리도록 지시했다. 그리고 사또와 함께 지뱅이와 맹돌이를 데리고 북좌촌으로 달려갔다.

"사또님이십니까요?"

그들이 허겁지겁 북좌촌에 다다르자 마을 어구에서 늙은이 한 명이 기다리고 있다가 물었다.

"너는 누구냐?"

"저는 이 마을에 사는 늙은이인데, 방금 어떤 젊은이가 제 집에 와서 급히 문을 두드리더니, 사또께서 곧 이곳에 오실 거라면서 말씀을 전해 올리라고 해서 기다리고 있었습니다요."

"그래, 무슨 말이냐?"

"사또께서 즉시 송죽촌으로 오셔야만 도련님을 구할 수 있다고, 그렇게만 말씀드리면 다 아실 거라고 하더군입쇼."

"이런 쳐죽일 놈들! 나를 마음대로 우롱하다니!"

사또와 김차혁은 울분을 못이겨 치를 떨면서도 어쩔 수 없이 또다시 송죽촌으로 향했다.

그들이 북좌촌을 떠나 송죽촌으로 두어 마장쯤 갔을 때였다. 길가 양쪽으로 덤부렁듬쑥 덤불숲이 우거져 있는 고갯길을 지나가는데,

"거기, 걸음을 멈춰라!"

하는 거친 목소리가 등뒤에서 발걸음을 붙잡았다. 깜짝 놀라 돌아보니 어둠 속에 예닐곱 명의 그림자가 우중우중 서 있는 게 어렴풋하게 보였다. 덤불숲에 몸을 감추고 있다가 튀어나온 게 분명했다.

"누구냐?"

사또가 물었다.

"네가 이 고을 사또냐? 우리가 너를 불렀다!"

"뭐라고?! 이놈들, 사또께 감히 그게 무슨 말버릇이냐?"

김차혁이 벌컥 목소리를 높여 꾸짖자,

"무슨 말버릇이라니? 이놈, 네놈은 하찮은 관가 나부랭이 주제에 힘없는 백성들에게 호통치는 게 버릇이 되어서 아무한테나 호통을 놓는 모양인데, 한 번 더 그 따위 돼먹잖은 호통을 놓으면 당장 달려들어 모가지를 도려 놓겠다!"

상대방이 칼끝처럼 날카롭게 대거리를 했다.

"뭐라고?! 이놈들이?!"

김차혁이 울화를 참지 못하고 불쑥 고함을 질렀다.

"내가 이 고을 사또다! 내 아들은 데려왔느냐?"

사또가 김차혁을 제치고 말했다.

"물론 데려왔다! 아들을 불러 봐라!"

"현석아, 현석이 거기 있느냐?"

"아버님! 아버님, 무서워요!"

어린애의 울음 섞인 목소리가 어둠 속에서 들려왔다. 현석의 목소리가 분명했다.

"한밤중에 먼 길을 오락가락하게 해서 미안하다! 피차 다치는 일이 없도록 하기 위해서 어쩔 수 없었다! 우리 동지는 데려온 것 같고, 은병과 비단도 우리가 말한 대로 가져왔느냐?"

"가져왔다!"

"그럼 우리 동지 두 사람의 결박을 풀어주고, 그들에게 물건을 주어서 이리 보내라! 그러면 우리도 애를 그리 보내겠다!"

"알았다! 두 놈을 풀어 주어라!"

사또가 김차혁에게 말하자, 김차혁이 지뱅이와 맹돌이의 손목에 묶인 포승을 풀어 주었다.

"맹돌아, 그 고리 속에 은병 열 개와 비단 열 필이 들어 있는가 확인해 보아라!"

도적떼 중의 한 명이 맹돌이에게 말했다.

맹돌이와 지뱅이가 고리를 열고 물건을 확인하고서,

"은병 열 개와 비단 열 필이 맞는 것 같수!"

하고 외쳤다.

"사또! 그럼 어린애를 보낼 테니, 우리 식구를 이리 보내라!"

"알았다!"

맹돌이와 지뱅이가 고리짝을 들고 도적떼 쪽으로 가는 것과 동시에 현석이 사또에게로 왔다.

"우리가 사라진 뒤 우리를 뒤쫓아 붙잡을 생각일랑은 하지 마라! 우리도 수십 명의 동지들이 있어서 이런 작은 관가의 군졸이나 관노 들은 조금도 두렵지 않다! 이번에도 관가를 들이치고 직접 우리 동지를 구하려다가, 피차간에 애꿎은 살상을 피하려고 이런 방법을 택한 것이다! 너희들은 드러나 있고 우리는 숨어 있으니, 막상 큰 싸움이 붙으면 누가 불리한 지 세 살 먹은 어린애도 알 것이다! 몇 년 전 제천현의 관아가 불타고 감무가 중상을 입었을 뿐 아니라 장교가 죽임을 당한 사건을 알고 있는지 모르겠다! 한때의 노여움을 참지 못해 섶을 지고 불 속으로 뛰어드는 어리석음을 저지르지 않기를 바란다!"

말을 마치고 도적떼는 어둠 속으로 사라졌다.

"육시를 할 놈들! 감히 나를 능멸하다니! 내 저놈들의 목을 베지 못하면 사내가 아니다! 김차혁! 며칠 내로 저놈들을 잡아들여라! 저놈들을 잡아들이지 못하면 네놈이 저놈들과 내통한 것으로 간주해서 목을 벨 것이다!"

사또가 울분으로 치를 떨며 김차혁에게 부르짖었다.

5. 불타는 암자

지뱅이와 맹돌이를 구출한 정첨의 무리는 적멸암으로 돌아가, 그날 밤을 새웠다. 정첨은 밤을 도와 차현의 산채로 돌아가고 싶었으나, 지뱅이와 맹돌이가 몸이 많이 상해서 길을 오래 걷기가 어려웠고, 그의 패거리들이 모두 하룻밤 묵었다가 다음날 출발했으면 해서 자기 생각을 접었다. 그녀는 언제나 재물을 약탈한 뒤엔 즉시 그곳을 떠나, 그 고을의 경계를 벗어난 뒤에야 휴식을 취하거나, 밤을 더새곤 했다. 그런 그녀가 안성 관내인 서운산의 낡은 암자에서 하룻밤을 묵게 된 건 망이 탓이 컸다. 그들이 차현의 산채로 돌아간다면 망이와 헤어

져야 할 텐데, 정첨은 왠지 망이와 그렇게 아무 기약도 없이 헤어지고
싶지가 않았다. 망이를 만난 지 얼마 되지 않았는데 왜 그에게 그렇게
걷잡을 수 없이 마음이 끌리는지 그녀는 자기의 마음을 알 수가 없었
다. 생전 다른 사내에게선 느끼지 못했던 야릇한 감정이었다. 그러한
스스로가 이상해서 정첨은 피곤한 몸인데도 밤잠을 제대로 이루지 못
했다.

　다음날 채 날이 밝지 않은 새벽이었다.

　정첨의 무리가 곤한 잠에 떨어져 있는데, 미명의 어스름을 뚫고 40
여 명의 장정들이 도둑고양이처럼 발소리를 죽이고 살금살금 암자
로 다가왔다. 장교 김차혁이 거느리고 온 관아의 군졸과 관노 들이었
다. 김차혁은 부하들을 산문 앞에서 멈추게 한 다음 혼자서 법당으로
다가가, 문틈으로 법당 안을 살며시 엿보았다. 어둠 때문에 법당 안의
모습은 잘 보이지 않았으나 도적들은 요란하게 코를 골며 깊은 잠에
빠져 있었다. 주의 깊게 귀를 기울이며 살펴봤으나 깨어 있는 놈은 없
는 것 같았다. 그는 마음속으로 쾌재를 부르며 부하들을 불러들여 법
당의 앞문과 양쪽의 옆문을 겹겹이 에워쌌다.

　서운사 뒤의 오래된 적멸암이 도적떼의 본거지라는 것을 탐지해낸
사람은 서운산으로 통하는 길가에 잠복해 있던 군졸 두 명이었다. 그
들은 김차혁의 명령에 따라 안성에서 서운산으로 통하는 한길의 중
간쯤 되는 곳에 잠복해 있다가 자정이 훨씬 넘은 야심한 시간에 10여
명의 수상쩍은 무리가 서운산 쪽으로 가는 것을 보게 되었다. 두런두
런 떠들면서 산 속으로 향하는 놈들을 발견한 순간 군졸들은 그들이
바로 사또의 아들을 유괴한 그 도적떼라는 느낌을 받고, 길가 논둑 밑
에 몸을 감추고 그들이 지나가길 기다렸다가, 그들이 눈치 채지 못하
게 멀찍이 떨어져서 조심조심 뒤를 밟았다. 그리고 수상한 무리가 서
운사 뒤의 적멸암으로 들어가는 것을 확인한 다음 부리나케 관가로
돌아가 김차혁에게 고했던 것이다.

"이놈들이 지금 정신없이 자고 있다! 와락 덮쳐서 모조리 잡아 묶어라! 만약 도망치려고 하거나 대항하는 놈은 베어도 좋다!"

김차혁이 포위를 마친 다음 목소리를 낮춰 군졸과 관노 들에게 말했다.

정첨이 퍼뜩 눈을 뜬 것은 바로 그 순간이었다. 밤새 잠을 제대로 이루지 못하고 뒤척거리다가 잠깐 눈을 붙인 듯싶었는데, 법당 밖에서 수상한 인기척이 났던 것이다. 그녀는 잠이 완전히 깨지 않아 그게 무슨 소리인가 생각하다가 다음 순간 소스라쳐 몸을 일으켰다. 불현듯 관가의 토벌군이 왔다는 것을 깨달았기 때문이었다.

"관청놈들이다! 관청놈들이 쳐들어왔다!"

정첨은 옆자리에 놓아둔 검을 집어들고 문으로 달려가며 큰 소리로 외쳤다.

"관청놈들이다! 관청놈들이 왔다!"

그녀는 계속 날카롭게 외쳐 잠에 빠져 있는 졸개들을 깨웠다.

"놈들이 눈치를 챘다! 문을 열고 안으로 쳐들어가라!"

정첨의 목소리를 들은 김차혁이 다급하게 명을 내렸다. 그의 명이 떨어지자 군졸 한 명이 법당 문을 벌컥 열어젖히고 안으로 뛰어들었다. 어둠 속에 몸을 감추고 있던 정첨이 안으로 들어오는 군졸을 향해 검을 내리그었다. 가슴을 베인 군졸은 외마디 비명을 지르며 법당 밖으로 나가떨어졌다. 그와 거의 동시에 다른 군졸 한 명이 또 안으로 뛰어들었으나, 산바우가 몽둥이로 세차게 그의 머리를 내려쳤다. 그도 털썩 문 밖으로 굴러떨어졌다.

"이놈들, 또 들어와 봐라! 누구든 들어오는 족족 모조리 박살을 내주겠다!"

산바우가 사나운 목소리로 을러댔다.

두 명의 군졸이 순식간에 나가떨어지자 기가 질린 군졸들은 더 이상 덤비지를 못하고 문 밖에서 주춤거렸다. 그 사이에 잠에 떨어져 있던 정첨의 무리가 모두 잠에서 깨어났다. 그들은 예기치 못한 관군의 기습에 크게 놀라 어쩔 줄을 몰랐다.

"빨리 싸울 채비를 갖추시오! 무슨 일이 있어도 관청놈들이 법당 안으로 들어오지 못하게 막으시오!"

정첨이 큰 소리로 외쳤다.

"이놈들! 너희들은 개미새끼 한 마리 빠져나갈 수 없게 완전히 포위되었다! 칼을 버리고 손을 들고 나오면 목숨만은 살려 주겠다! 끝까지 우리와 맞서려는 놈은 죽음을 면치 못할 것이다!"

김차혁이 고함을 질러 투항을 종용했다.

"저놈의 교활한 말에 속지 마시오! 벌써 저들 두 놈이 우리 칼을 맞고 나자빠졌소! 잡히면 우리 모두 끝장이오! 저놈의 언구럭에 속아 마음이 흔들려선 안 되오!"

정첨이 사나운 기세로 산채 사람들을 독려했다. 정첨의 말에 분노한 김차혁이 다시 말했다.

"저놈들을 생포하려 했더니, 안 되겠다! 놈들을 일시에 함께 쳐라! 놈들은 몇 안 된다! 모두 함께 밀고 들어가서, 닥치는 대로 베어 죽여라!"

김차혁의 명령에 군졸들이 다시 기세를 올려 창과 검을 휘두르며 앞문과 옆문으로 밀려들었다. 산채 사람들은 있는 힘을 다해 사납게 병장기를 휘둘렀다. 그들이 사력을 다해 막자 관군은 쉽게 안으로 들어오지 못했다.

"더 쳐라! 도적을 죽인 사람에겐 큰 상을 내릴 것이다!"

김차혁은 계속 군졸들을 몰아쳤다. 그러나 한참이 지나도 군졸들은 결사적으로 항거하는 정첨의 무리를 제압하지 못하고, 몇 명이 도적들의 칼에 부상을 입고 물러났다.

"안 되겠다! 법당에 불을 질러라! 불을 질러 이놈들을 모두 불귀신으로 만들어라!"

군졸들이 물러나는 것을 보다 못해 김차혁이 다시 새로운 명령을 내렸다.

얼마 지나지 않아 예닐곱 명의 관병들이 불 붙은 나뭇단과 작대기로 법당의 처마와 문틀에 불을 붙였다. 잘 마른 문틀에 순식간에 불이 붙으며 법당 안이 대낮처럼 밝아졌다.

"이러다간 모두 당할 것 같소! 당장 여길 뚫고 나가야 하는데, 무슨 방법이 없겠소?"

정첨이 일그러진 얼굴로 다급하게 망이에게 물었다.

"저들을 치구 밖으루 나가야 하우!"

망이가 대답했다.

그는 첩첩한 관병들의 포위를 뚫고 나가는 데 사용할 적당한 물건이 없는지 법당 안을 휘둘러보았다. 눈에 띄는 게 없었다. 그는 법당 마루 뒤쪽으로 달려가서 버팀목으로 괴어놓은 기둥을 뽑아들었다. 길이가 어른 키로 두 길쯤이고, 굵기가 한 자 가량 되어 보이는 굵다란 기둥이었다.

"그걸로 어떻게 하려고요?"

정첨이 의아스러운 표정으로 물었다.

"내가 앞서 뚫구 나가겠수!"

망이는 기둥을 빗자루 휘두르듯 휘두르며 밖으로 뛰쳐나가, 문 밖에 있던 군졸과 관노 들을 후려쳤다. 느닷없는 기둥에 얻어맞은 군졸 몇이 사정없이 땅바닥에 나가떨어졌다.

"이놈들, 내 앞을 가로막는 놈들은 모조리 쳐죽이겠다!"

망이는 기둥을 세차게 휘두르면서 큰 소리로 고함을 질렀다. 보통 사람은 들기도 쉽지 않아 보이는 커다란 기둥을 마구 휘두르는 망이의 무시무시한 모습에 군졸과 관노 들은 기겁을 하고 후다닥 뒤로 물러났다. 저게 사람인가, 사천왕가?! 공포와 경악이 관병들의 가슴속을 서늘하게 훑고 지나갔다.

"이놈들, 물러나지 말고 여럿이서 함께 덤벼라! 물러나는 놈은 내가 먼저 베어 버리겠다!"

군졸과 관노 들이 뒤로 밀리자 김차혁이 다시 사납게 고함을 질러 부하들을 몰아세웠다. 그의 말에 관병 몇 명이 다시 앞으로 나섰다. 망이는 그들을 향해 마주 달려가면서 다시 세차게 기둥을 휘둘렀다. 관병 두 명이 그가 휘두른 기둥에 맞아 저만치 나가떨어졌다. 두 명이 쓰러지자 덤벼들던 사람들이 뒷걸음질을 쳤다.

"안 되겠다! 모두 저 곰 같은 놈한테 창을 던져라! 창을 든 군졸은 앞으로 나서라!"

김차혁의 명에 창을 든 군졸 예닐곱 명이 앞으로 뛰쳐나와 망이에게 힘껏 창을 던졌다. 무거운 기둥을 휘두르고 있던 망이는 날렵하게 몸을 움직여서 창을 피하기가 어려웠다. 그는 기둥으로 창을 후려쳤으나, 두 개의 창이 그의 허벅다리와 어깨에 들어박혔다.

"저놈이 창에 맞았다! 부상을 입었다! 다시 공격해라!"

김차혁이 기세가 나서 다시 고함을 질러 부하들을 채찍질했다. 부상을 입은 망이는 김차혁을 향해 무섭게 돌진하며 기둥을 휘둘렀다. 그를 처치해야만 지휘관을 잃은 관병들이 놀라 흩어질 것이라는 생각이 들었다. 김차혁은 검으로 망이의 기둥을 막았으나 무서운 힘이 실린 기둥은 그의 검을 가볍게 퉁겨내고, 김차혁의 어깨와 머리를 무작스럽게 강타했다. 그는 허수아비처럼 마당 한쪽으로 튕겨져나가, 움직이지 않았다. 깨진 그의 머리에서 선혈이 세차게 뿜어져 나왔다.

"이놈들! 모조리 박살을 내주겠다!"

망이가 다시 사납게 기둥을 휘두르며 군졸들을 덮쳤다. 노한 호랑이 같은 그의 모습에 군졸들은 혼비백산해서 뒤로 물러났다. 그들은 김차혁과 대여섯 명의 군졸이 눈 깜짝할 사이에 거꾸러지자 경악과 공포에 사로잡혀 망이와 맞설 엄두가 나지 않았다. 괜히 만용을 부려 맞서려다간 뼈도 못 추리고 말 것 같았다.

"도망가자!"

겁에 질린 몇 명이 후다닥 암자 밖으로 뛰어나가자 군졸들은 둑이 무너지듯 우루루 앞다투어 달아나기 시작했다.

"저놈들을 모두 죽여라!"

"저놈들을 다 죽여라!"

그 틈을 타서 법당에서 쏟아져 나온 산채 사람들이 고함을 지르면서 그들을 뒤쫓았다. 산채 사람들의 살벌한 기세에 군졸과 관노 들은 죽을힘을 다해 도망을 쳤다.

"저놈들 잡아라!"

"이놈들, 게 서지 못할까!"

정첨의 무리는 고래고래 고함을 지르면서 군졸과 관노 들을 바짝 쫓아갔다. 금방이라도 목덜미에 칼이 내려꽂히는 것 같은 공포에 사로잡힌 관청 사람들은 엎어지고 거꾸러지면서 정신없이 달아났다.

"이제 그만하면 됐소! 그만 쫓으시오!"

서운사 근처까지 관가 사람들을 내몬 뒤에 정첨이 큰 소리로 산채 사람들에게 외쳤다. 정첨의 말에 산채 사람들은 걸음을 멈추었다.

"빨리 여길 떠날 채비를 합시다! 곧 관가놈들이 더 많이 몰려올 것이오!"

정첨의 무리는 방향을 돌려 암자로 달려갔다. 암자는 거대한 화염에 휩싸여 맹렬하게 타오르고 있고, 산문 앞에 온몸이 피투성이가 된 망이가 우두커니 앉아서 불타는 암자를 바라보고 있었다.

"많이 다쳤네요! 우선 피를 멎게 해야겠어요!"

망이를 발견한 정첨이 놀라 외치며 그에게 달려갔다.

그녀는 암자 마당가에 놓여 있는 가마 속에서 모시를 꺼내어, 망이의 어깨와 허벅다리의 상처를 묶고 나서, 산채 사람들에게 말했다.

"오늘 우리는 망이 장사에게 큰 빚을 졌소이다! 이 분이 아니었더라면 우리는 방금 그놈들에게 꼼짝없이 당하고 말았을 것이오! 망이 장사가 창에 맞았으니 우리 산채로 모시고 가야겠소! 곧 관가놈들이 다시 들이닥칠 것이니, 빨리 이곳을 뜹시다!"

 그들은 망이를 가마에 태우고 서둘러 암자를 빠져나왔다.

 와르르르!

 와르르르!

 그들의 등 뒤에서 불타던 암자가 요란한 굉음을 내면서 무너져 내렸다.

제3장

보살행(菩薩行)

1. 소쩍새 울음

소쩍!

소쩍!

한 마리는 가까이서, 또 한 마리는 먼 데서 서로 화답하듯 소쩍새가 울고 있었다. 하늘 한복판에 떠 있는 보름달에 부옇게 달무리가 끼어 있고, 달무리 때문에 산 속 풍경은 깊은 물에 잠긴 듯이 흐릿하게 보였다. 소나무, 떡갈나무, 참나무, 도토리나무, 느릅나무, 산벚나무, 다래나무, 느티나무 등 온갖 나무들이 다투어 잎사귀를 피워 올리고, 갓 피어난 잎새들에서 풍겨나는 훈향으로 산 속은 더할 나위 없이 그윽했다. 어느새 봄이 완연히 무르익어 있었다.

소쩍!

소쩍꿍!

다시 가슴을 찢어내듯 구슬픈 소쩍새 소리가 들려왔다.

"올해도 흉년이 들 모양이에요. 소쩍새가 저렇게 우는 걸 보니."

정첨이 오랜 침묵을 깨뜨리고 입을 열었다.

"……."

그러나 망이는 정첨의 말을 못 들은 듯 아무 대꾸도 하지 않았다. 그는 아까부터 저만치 내려다보이는 골짜기에 시선을 두고 무언가 골똘하게 생각에 잠겨 있었다.

"소쩍새 얘기 들어본 적 있어요?"

정첨이 어렸을 적 어머니한테 들었던 이야기를 떠올리며 다시 말했다.

옛날 옛적에, 간 날 간 적에, 어느 산골에 홀어머니와 외아들이 단둘이서 살았더란다. 일찍 남편이 죽고, 청상과부가 된 어머니가 핏덩이 같은 어린 아들을 혼자서 고생고생하면서 어렵게 키운 것이지. 집은 찢어지게 가난했지만 어머니는 아들을 금자동아 은자동아 하면서 그렇게 끔찍하게 위할 수가 없었대. 어머니와 아들은 서로 간에 잠시라도 못 보면

"우리 어머니 어디 갔어?"

"우리 아들 못 봤나?"

하면서 무슨 큰일이라도 난 듯 서로 찾아다니곤 해서, 사람들의 웃음거리가 되곤 했대. 그렇게 모자지간이 끔찍하게 서로를 위하며 사이가 좋았어. 그러다가 아들이 나이가 들어서 장가를 갔더란다. 그런데 어찌된 일인지 시어머니가 갓 시집 온 어린 며느리를 못 살게 들볶고 구박을 일삼았대. 눈에 시퍼렇게 불을 켜고서 아무 것도 아닌 일에 트집을 잡고, 모질게 구박을 하며 새벽부터 밤중까지 잠시도 쉬지 못하게 하고, 보리밭 매라, 빨래해라, 마당 쓸어라, 물 길어 와라, 길쌈해라 하며 끝도 없이 일을 시켰어. 밤에도 아들과 며느리 사이에 어머니가 드러누워서 잠을 자기까지 하고.

 시어머니는 온갖 방법으로 며느리를 괴롭히다 못해서, 나중에는 아주 작은 솥을 사다 주고서는, 그 작은 솥에다 밥을 짓게 했대. 그리고 밥을 할 때마다 시어머니가 쌀을 내주는데, 그 솥이 어찌나 작고 쌀이 얼마나 적던지 시어머니와 남편의 밥을 푸고 나면 늘 며느리가 먹을 밥이 없어.

 그때가 한겨울이었는데, 어느 날 며느리가 저녁밥을 해서 밥을 푸다가, 주걱으로 밥 한 덩이를 떠먹었더래. 여러 날 밥을 못 먹어서 걸신이 들린 며느리가 자기도 모르게 한 짓이지. 그런데 방에서 문을 열어 놓고서 며느리가 밥 푸는 것을 지켜보고 있던 시어머니가 그걸 보고서는, 눈이 홀떡 뒤집혀서,

"저 죽일 년, 어른 밥을 푸다가 주걱으로 밥을 처먹어?"

하면서, 낫을 들고 며느리에게 달려들더래! 시어머니의 기세가 너무나 무서워서 며느리는 엉겁결에 뒷문으로 달아나, 울타리를 넘어서 도망을 쳤대. 그런데 하필 며느리의 미투리 한 짝이 울타리 나뭇가지에 걸린 거야! 며느리가 넘어져서 발을 빼려고 하는데, 미투리가 빠지질 않아! 그 틈에 뒤쫓아온 시어머니가 낫으로 울타리에 걸린 며느리의 발뒤꿈치를 사정없이 내리찍었지!

발뒤꿈치가 싹둑 베어진 며느리는 너무나 놀라 피를 흘리면서 허겁지겁 달아났대. 울면서 울면서 한쪽 뒤꿈치가 없는 발을 끌고서 눈이 하얗게 덮힌 산을 여러 개 넘어서 친정을 찾아가는데, 며느리가 너무나 불쌍해서 하늘에 달이 하얗게 떠서 며느리의 앞길을 비춰주고, 굶주린 늑대들도 그 며느리가 놀랄까 봐 울지 않고서 며느리 눈에 띄지 않게 나무 뒤로 멀찌감치 물러서더란다. 며느리는 다친 다리를 절뚝절뚝 절면서 가까스로 친정집 앞에 이르러, 기진맥진해서 사립문을 흔들다가 그 앞에서 쓰러져 버렸대.

새벽에 친정어머니가 왠지 온몸에 소름이 끼치고 뭔가 이상한 느낌이 들어서 잠에서 깼더래. 창 밖이 눈으로 온통 새하얀데 사람 낌새가 느껴져서 나가 보니, 시집간 딸이 사립 앞에 쓰러져 있더란다. 딸은 어머니의 품에 안겨서 눈을 감았어! 친정어머니가 딸이 걸어온 길을 바라보니, 하얀 눈 속에 딸의 발자국이 두 줄로 쭉 나 있는데, 한 줄은 하얗고 한 줄은 발자국마다 피가 물들어서 새빨갛더래!

그렇게 죽은 젊은 여자의 혼령이 원통해서 어떻게 저승으로 가겠느냐. 차마 저승으로 가지를 못하고 새가 되어서 솥이 적다고 저렇게 밤마다 피를 토하듯이 소쩍! 소쩍! 하고 울고 다닌단다.

"…어렸을 적 어머니한테 소쩍새 얘기를 여러 번 들었어요."

그러나 망이는 여전히 생각에 잠긴 얼굴로 아무 대꾸도 하지 않았다. 망이가 너무 말이 없자 정첨이 물었다.

"내 얘기 듣고 있어요?"

"듣구 있수."

망이가 낮은 목소리로 대꾸했다.

"…무슨 생각을 그렇게 골똘하게 하고 있어요? 걱정되는 일이라도
있어요?"

"…걱정은 무슨…."

"아니에요. 무슨 일이 있지요?"

정첨이 다시 물었다. 그녀는 왠지 가슴이 서늘해지며 불안한 생각
이 들었다.

"…내일 여기를 뜰 생각이우."

정첨은 망이의 말에 가슴이 덜컥 내려앉았다. 그렇지 않아도 조만
간 망이가 산채를 떠날 것이라고 생각하고 있었지만, 그러나 막상 망
이에게 직접 그 말을 듣자 마음을 걷잡을 수가 없었다. 그녀는 갑자기
말문이 막혀 아무 말도 할 수가 없었다.

"…그간 나 때문에 너무 고생이 많았수다. …정 두령 덕택에 몸이 다
나았수. …이 은혜는 잊지 않겠수."

망이가 느꺼운 목소리로 말했다.

"…아니에요. 망이 장사가 누구 때문에 몸을 다쳤는데, …고맙다는
인사는 오히려 내가 해야지요."

정첨의 목소리가 자기도 모르게 가라앉았다.

그녀는 지난 겨울 안성 서운사의 적멸암에서 부상을 당한 망이를
차현(車峴) 산채로 데려와서, 그간 정성을 다해 그를 보살폈다. 망이는
두 군데를 창에 찔렸고, 그 상처가 생각보다 크고 깊었다. 피를 많이
흘린 데다가 상처에 화농까지 생겨서 그는 오래 자리보전을 하고 누
워 있어야만 했다. 수시로 온몸이 불덩이처럼 뜨거워지고, 의식을 잃

고 혼수에 빠진 적도 한두 번이 아니었다. 정첨은 그러한 망이를 마치 제 살붙이처럼 구완했다. 위험을 무릅쓰고 몇 번이나 손수 관부(官府)가 있는 공주에 가서 약을 지어오고, 규칙적으로 탕제를 끓여서 마시게 했다. 그리고 상처에 약을 갈아붙여 주었다. 열이 높아지면 찬물에 수건을 적셔서 이마에 얹어놓고 열이 내릴 때까지 곁을 지키기도 했다. 정첨은 그러한 스스로를 자신도 이해할 수가 없었다. 도대체 왜 그렇게 망이에게 마음이 쏠리는지, 왜 자기도 알지 못하는 사이에 늘 그의 생각을 하고 있는지 알 수 없었다.

"두령이 아무래도 망이한테 단단히 반한 것 아니우?"

나이 많은 졸개들이 빙글거리며 그런 그녀를 놀릴라치면,

"우리 때문에 다친 사람이니까 보살펴주는 게 당연하지요."

하면서도 그녀는 얼굴이 달아올랐다. 그러면서 그녀는 오랜만에 자기가 여자라는 걸 느꼈다.

"…여기서 …우리랑 함께 지내면 안 되나요?"

한참 후에 정첨이 어렵게 말했다.

"…생각해 주는 뜻은 고맙수. 그러나 …가야지유."

다시 침묵이 두 사람을 무겁게 둘러쌌다.

소쩍! 소쩍!

소쩍새 소리가 다시 적막을 깨뜨렸다.

"…그럼 어디로 갈 작정이오? 전에 안성에서 개경으로 간다고 했던 것 같은데…."

"개경이나 동북면, 아니믄 서북면 쪽으루 가 볼 생각이우."

"…무슨 계획이 있나요?"

"…군인이 되어 볼까 하는 생각이지만, 모르겠수. 뜻대루 될는지…."

정첨은 망이의 말을 오래 생각했다.

소쩍! 소쩍!

소쩍새 소리가 피를 토하듯 처절해져 갔다. 두 사람은 밤이 깊도록

말없이 앉아서 소쩍새 소리를 들었다.

이튿날 아침, 망이는 산채 사람들에게 작별 인사를 하고 차현을 떴다.

쉬엄쉬엄 길을 간 그는 점심때가 거의 다 되어서야 천안에 도착했다. 고을 초입에 있는 주막을 보자 문득 뱃속이 출출하고, 목이 말랐다. 그는 주막으로 들어가 점심을 청했다.

밥상을 받고서 밥을 두어 숟갈 떴을 때였다.

"여기서 또 만났구료!"

등 뒤에서 귀에 익은 목소리가 들려왔다. 망이는 뒤를 돌아보다가 깜짝 놀라 외쳤다.

"어?! 어찌 된 일이우?"

"갈 곳이 있어서 나선 길이외다."

뜻밖에도 남장을 한 정첨이 봇짐을 짊어진 채 서 있었다. 그녀의 얼굴엔 숨길 수 없는 반가움이 어려 있었다.

"…갈 곳이라니유?"

"예. 개경엘 좀 다녀오려고요."

"개경엘 간다구유?"

망이는 더욱더 놀랐다.

"왜 그리 놀라시오?"

"너무 뜻밖이라서…."

"이야기는 차차 하기로 하고, 우선 식사를 하시오. 국이 다 식겠소."

"어뜨케 혼자 밥을 먹겠수? 함께 먹읍시다."

망이가 주모를 불러 밥 한 그릇을 더 주문하고, 다시 물었다.

"그래, 무슨 일루 개경엘 가시우?"

"전부터 개경에 볼 일이 있었지만, 급한 일도 아니고, 길이 멀어서 그간 차일피일 미루고 있었는데, 망이 장사가 개경으로 간다니, 갑자기 함께 가면 좋겠다는 생각이 떠오르지 않겠소? 그래서 급히 뒤따라 왔소이다. 그런데 망이 장사는 내가 귀찮은 모양이구료? 별로 반가운 얼굴이 아닌 걸 보니."

정첨이 얼굴에 짐짓 섭섭한 표정을 지으며 말했다.

"귀찮다니? 무슨 말을 그리 하시우?"

망이가 황급하게 말했다.

"망이 장사에게 짐이 될 생각은 털끝만큼도 없소이다. 내가 부담스러우면 우리 따로따로 갑시다. 식사 끝나면 망이 장사가 먼저 가시오. 나는 여기저기 구경하면서 천천히 뒤따라갈 테니까."

"귀찮은 게 아니라, 너무 뜻밖이라 얼떨떨해서 그렇수."

망이가 당황한 얼굴로 말했다.

"귀찮은 게 아니라니, 마음이 놓이오."

정첨은 속으로 회심의 미소를 지었다. 온몸에서 힘이 샘솟고, 가슴 속에서 끊임없이 기쁨이 용솟음쳤다. 생각할수록 뒤따라오길 잘했다는 생각이 들고, 그런 결단을 내린 자기 스스로가 대견하고 고맙게 생각되었다.

어젯밤 망이에게 떠나겠다는 말을 들은 뒤부터 정첨은 평소의 냉정한 마음을 잃고 허둥거리기 시작했다. 무엇을 어떻게 해야 할지 갈피를 잡을 수가 없었다. 그녀는 밤새 잠을 이루지 못했다. 어떻게든지 망이를 잡고 싶었으나, 뾰족한 방도가 없었다. 오늘 아침 망이가 산채를 떠나자 온몸에서 기운이 쏙 빠져 달아났다. 그녀는 한참을 넋이 나간 듯 멍하니 앉아 있었다. 영원히 그를 볼 수 없을지도 모른다는 생각에 정첨은 벌떡 몸을 일으켰다. 그녀는 자기의 거처로 달려가서 부리나케 금은으로 된 패물과 은병, 비단 등 몇 가지 값나가는 물건을 챙겨 봇짐을 꾸렸다. 그리고 봇짐을 메고 나오면서 부두령 산바우를 불렀다.

"산바우 삼촌, 내 갑자기 어디 좀 다녀올 일이 생겼소. 시일이 좀 걸릴 것 같은데, 나 없는 동안 삼촌이 산채를 이끌어 주시오."

"갑자기 어디를…? 혹 망이 장사를 따라가려는 것 아니오?"

부두령 산바우가 놀란 표정으로 물었다.

"지금은 자세한 얘기를 할 시간이 없소. 나중에, 내 다녀와서 얘기하리다."

"아하! 정 두령이 망이 장사한테 완전히 빠졌구려! 망이 장사라면 우리 두령이 사족을 못 쓸 만도 하지! 빨리 쫓아가서 데려오시우!"

"그게 아니라…."

"아, 이런 말할 시간이 어디 있소? 명색이 부두령인 내가 정 두령의 속내를 모르겠소? 하하하! 여긴 걱정 말고 빨리 다녀오시우!"

"그럼, 삼촌 부탁하우!"

정첨은 무엇에 쫓기듯 허겁지겁 산을 내려와, 망이를 뒤쫓았다.

정첨은 산채를 떠나 한겻이 거의 다 되어서야 망이를 따라잡았다. 성큼성큼 걷고 있는 망이의 뒷모습을 포착한 순간 그녀는 폭죽이 터지듯 가슴 속에서 뭔가가 터져 오르는 것을 느꼈다. 무엇보다 우선 안심이 되었다. 그러나 그녀는 곧바로 망이를 불러 세울 수가 없었다. 문득 망이가 자기를 어떻게 생각하는지, 그가 자기와 함께 가는 것을 용납해 줄는지, 자기를 짐스럽게 여기지나 않을는지, 걱정이 되고 망설여졌다. 그녀는 망이를 저만치 뒤따르면서 많은 생각을 했다. 어느새 망이가 자기 마음속에서 이렇게 크게 자리를 잡았나! 생전 처음 느껴보는 낯선, 끝없이 용솟음치는 환희의 감정이었다. 정첨은 망이와 함께 가기로 마음을 굳히고, 그의 앞에 모습을 드러냈다.

두 사람은 점심을 먹고 주막을 나섰다.

"그래, 개경엔 무슨 볼 일루 가시우?"

저잣거리를 벗어나 한길로 나선 뒤에 망이가 정첨에게 물었다.

"…찾아야 할 사람이 있어서요."

정첨은 엉겁결에 그렇게 둘러댔다. 그렇게 말해 놓고 보니 아주 틀린 말은 아니라는 생각이 들었다.

"…사람을 찾어유?"

"예. 나중에 차차 알게 될 것이오."

정첨이 얼굴에 미소를 띠며 말했다. 말을 하면서도 그녀는 밀물처럼 밀려오는 기쁨에 가슴이 한없이 벅찼다.

2. 왕방산 사람들

망이와 정첨이 양주(楊州)를 지나 북쪽으로 60여 리쯤 떨어져 있는 왕방산(王方山) 기슭을 지나갈 때였다.

"사람 살려요! 사람 살려!"

인적이라곤 찾아볼 수 없는 호젓한 산 속 어디에선가 갑자기 여자의 비명이 들려왔다. 망이와 정첨은 걸음을 멈추었다.

"사람 살려! 사람 살려!"

다시 금방 숨이 넘어갈 듯한 여자의 비명이 들려왔다. 저만치 발 아래 골짜기의 덤불숲에 언뜻언뜻 사람의 그림자가 보였다.

"사람 살려! 아이고, 사람 살려!"

또다시 여자의 새된 비명이 들려왔다. 한 여자를 두 남자가 찍어누르려는 것으로 보아, 산나물이라도 캐러 온 여자가 못된 놈들에게 걸려 겁탈을 당할 처지에 놓인 것 같았다. 두 사람은 거추장스러운 봇짐을 길섶에 벗어 두고, 골짜기를 향해 달려 내려갔다. 골짜기는 경사가 심하고 나뭇가지와 덩굴들이 어지럽게 얽혀 있어서, 내려가기가 쉽지 않았다.

"이놈들, 그만두지 못할까? 이놈들!"

금방이라도 여자가 일을 당할 것 같아서 마음이 급한 망이가 큰 소리로 고함을 질렀다. 우선 사람이 쫓아가고 있음을 알려, 사내들을 쫓기 위함이었다. 망이의 말을 들었는지 두 사내가 숲 속으로 도망쳤다. 여자도 허겁지겁 사내들과는 반대편으로 달아났다.

"이제 괜찮수! 달아나지 마시우!"

망이가 소리쳤다. 그러나 여자는 망이의 말을 들은 체도 하지 않고 엎어지고 고꾸라지면서 골짜기를 내려가, 금방 수풀 속으로 모습을 감추었다.

"어허! 저 여자 좀 보게! 자라에게 놀란 사람 솥뚜껑만 보고두 놀란다더니! 우리두 불한당으루 보이는 모냥이네!"

망이가 어처구니가 없다는 듯 말하자

"뭔가 좀 이상하군요."

정첨이 꺼림칙한 표정으로 석연치 않다는 듯 말했다.

"왜 그러우?"

"좀 이상한 생각이 들어서요. 빨리 올라가 봅시다."

두 사람은 서둘러 다시 고개로 올라갔다. 그런데 방금 전에 길가에 벗어 두었던 봇짐이 감쪽같이 사라져 버렸다.

"아뿔사! 우리가 속았소!"

정첨이 당황한 얼굴로 소리쳤다.

"속다니유?"

"…그놈들에게 당했소이다!"

"뭐라구?"

망이는 그때에야 정첨의 말이 무슨 뜻인지 깨닫고, 어처구니가 없어 저절로 헛웃음이 나왔다. 개경엘 가면 눈 뜨고도 코 베인다더니 이건 벌건 대낮에 산중 도깨비한테 봇짐을 빼앗긴 꼴 아닌가! 망이의 봇짐엔 계룡산을 떠날 때 웅태가 챙겨준 상당한 양의 재물과 정첨이 차현을 떠날 때 마련해 준 은병과 비단이 들어 있었고, 정첨의 봇짐도 그에 못지않은 재물이 들어 있었다.

"망이 장사는 그쪽으로 가 보시오! 나는 이쪽으로 가면서 찾아 볼 테니!"

정첨이 왔던 길을 되돌아 뛰면서 말했다.

망이는 정첨과 반대쪽으로 달려가면서 사방을 살폈다. 한참 동안을 숨이 막히도록 달리면서 길 양쪽을 살펴봤으나, 사람의 그림자는커녕 다람쥐 한 마리 보이지 않았다. 어쩔 수 없이 다시 온 길을 되짚어 뛰었다. 그러나 역시 수상쩍은 사람을 발견할 수는 없었다.

"틀렸소! 놈들은 한두 놈이 아니고, 제법 치밀한 계획을 세워서 지나가는 행인의 물건을 몽태치는 놈들이니, 쉽게 찾기는 어려울 것 같소!"

정첨이 낭패한 얼굴로 말했다.

"이거, 너무 어처구니없게 당했수!"

"우선 그놈들이 어떤 놈들인지를 알아야 할 것 같소."

두 사람은 고개를 넘어 인가를 찾아갔다. 마을로 들어가다가 어린 애를 업고 있는 할머니와 마주치자 정첨이 물었다.

"할머니, 혹시 저기 고개에 사는 수상한 사람들에 대해 들어 본 적이 없습니까?"

그러나 할머니는 고개를 좌우로 흔들면서

"나는 그런 것 모르우."

하고는, 집 안으로 들어가 버렸다. 정첨과 망이는 산기슭에 살고 있는 사람을 더 만나서 길손을 터는 도적에 대해서 물어 보았다. 그러나 마을 사람들은 하나같이 잔뜩 경계하는 눈으로 두 사람을 훑어보면서,

"글쎄요! 그런 말은 들어 본 것이 없수!"

"그런 것을 우리 같은 사람들이 알 까닭이 있겠수?"

하며, 무뚝뚝하게 말하고는, 망이와 정첨을 외면했다. 두 사람은 그

들이 뭔가 알고 있으면서 일부러 숨기고 있다는 인상을 받았다. 그러나 억지로 그들의 입을 열 수는 없었다.

이튿날이었다.

예쁘게 생긴 젊은 아낙네 한 명이 봇짐을 머리에 이고 왕방산 고개를 넘어오다가, 산마루 근처 나무 밑에서 걸음을 멈추고 땀을 들였다. 그때 엄장은 매우 거쿨지나 허리가 낙타등처럼 굽은 꼽추가 반대편 길에서 나타났다. 꼽추는 아낙네를 발견하자 사방을 한번 휘둘러보고 나서, 기쁜 기색이 가득한 얼굴로 아낙네에게 다가가, 말을 걸었다.

"증말 곱게두 생긴 각시가 어쩐 일루 이 산길을 혼자 가우? 혹시 꼬리 아홉 개 달린 천 년 묵은 여우가 둔갑이라두 한 것 아니우?"

"뭐라구요? 쓸데없는 소리 말고 저리 가세요!"

아낙네가 꼽추를 외면하면서 찬바람이 나게 말했다.

"이 산에서 혹 어떤 남정네를 만나기루 한 게 아니우? 설마 날 기다리는 건 아닐 테구."

꼽추는 능글능글 웃음을 흘리며 몇 마디 되잖은 수작을 붙이더니, 갑자기 아낙네의 치마를 홀렁 들어올렸다.

"에그머니! 이 사람이?! 이게 무슨 짓이에욧?"

여자가 화들짝 놀라 새된 목소리로 고함을 쳤다.

"무슨 짓은? 치마 속에 여우 꼬리가 있는지 읎는지를 보려구 그랬수! 꼬리가 읎는 걸 보니 여우는 아닌 모냥이네!"

꼽추는 여전히 흉물스러운 웃음을 띠고 느물느물 여자를 놀렸다.

"아니?! 이 사람이 미쳤나 봐! 저리 비켜욧! 안 비키면 소리를 지를 거예욧?"

아낙네가 다시 더 큰 소리로 외쳤다.

"어디 소릴 질를라믄 질러 봐유! 누가 각시를 구혀 주러 오나 보게! 아무두 읎는 이 산 속에서 월궁 항아 같은 각시를 만났는디, 그냥 지나칠 사내놈이 어디 있겠수? 어디 소릴 쳐 보시지! 이 깊은 산 속에서 호랭이가 나오나 늑대가 나오나 보게. 흐흐흐! 흐흐흐!"

꼽추가 흐흐거리더니, 갑자기 솥뚜껑 같은 손으로 여자의 엉덩이를 어루만졌다.

"에그머니! 이 사람이?! 지금 무슨 짓을 하는 거예요? 사람 살려요!"

더욱 놀란 아낙네가 다시 찢어지는 듯한 비명을 지르면서 몸을 돌려 도망치려 했으나, 그 순간 꼽추가 마치 두꺼비가 파리를 낚아채듯 덥썩 아낙네의 한쪽 팔을 붙잡았다. 아낙네가 팔을 빼려 애쓰면서 말했다.

"놔 주세요! 제발 이러지 마세요! 네? 제발 살려 주세요!"

"누가 각시처럼 고운 사람을 죽인다구 이르케 야단이우? 꿈에두 그런 걱정일랑은 마시우!"

꼽추는 재미있다는 듯 다시 여자의 엉덩이를 쓰다듬었다.

"제발 이러지 마세요! 제발! 가진 걸 다 드릴게요!"

아낙네가 두 손을 모아 빌면서 애원을 했다. 그러나 꼽추는 아낙네의 애원은 들은 체도 하지 않고 그녀를 길 옆 풀밭으로 끌고 갔다.

"사람 살려요! 사람 살려! 사람 살려!"

아낙네는 끌려가지 않으려고 버팅겼으나, 꼽추는 기어이 그녀를 풀밭으로 끌고 들어갔다. 그리고 그녀를 풀밭에 눕히고 그녀의 옷을 벗기려 했다. 여자는 계속 큰 소리로 고함을 질러 구원을 요청했다.

한참 두 사람이 실랑이질을 하고 있을 때였다.

험상궂게 생긴 세 사내가 숲 속에서 슬그머니 나타나, 두 사람에게 다가갔다. 그리고 그 중 한 명이 꼽추의 목덜미에 환도를 들이대며 말했다.

"어따, 한참 재미 좋은데, 안됐시다!"

"계집 겁탈하는 재미에 이놈이 제정신이 아니구먼! 흐흐흐!"

"킬킬킬! 이놈아, 우선 네놈을 요절내고, 계집은 우리들이 대신 돌려가면서 위로해 주어야겠다! 킬킬킬! 이놈, 일어나라! 우선 상판때기나 좀 보자!"

꼽추가 놀란 얼굴로 눈을 희번득이며 엉거주춤 몸을 일으켰다. 그러나 다음 순간 꼽추는 굽은 허리를 휙 펴더니, 번개같이 주먹을 휘둘러 칼을 들고 있는 사내의 얼굴을 후려치고, 그와 동시에 발을 내질러 다른 한 사내의 가슴을 걷어찼다. 그리고 다시 나머지 한 명의 명치끝을 팔꿈치로 가격했다. 눈 깜짝할 새에 일어난 일이었다.

기세등등하던 세 사내가 순식간에 비명을 지르며 어처구니없게 풀밭 위에 나뒹굴었다. 그러자 아낙네가 재빨리 사내가 떨어뜨린 칼을 주워들고 말했다.

"이놈들, 조금이라도 허튼 짓을 했다간 단칼에 목을 도려내 주겠다! 살려면 고분고분 말을 들어라!"

"아이구! 이거, 왜 이러슈? 우린 댁을 구해 주려고 했는데?"

한 사내가 영문을 모르겠다는 듯 말했다.

"단칼에 죽고 싶지 않으면 잔말 말고 순순히 포박을 받아라! 내 손속은 인정이 없다!"

아낙네가 성엣장 같은 목소리로 으름장을 놓았다. 꼽추가 세 사내의 팔을 꽁꽁 묶었다.

"이거, 이러지 마슈! 우리가 누군지 모르고 이러는 모양인데, 괜히 염라대왕보다 더 무서운 우리 두령한테 큰코다치지 말고, 그의 눈에 띄기 전에 빨리 도망치는 게 좋을 게요!"

한 사내가 묶인 채로 기 죽지 않고 큰소리를 쳤다.

"이놈들, 내가 바루 너희 두령놈을 잡으러 온 염라대왕이다! 너희 두령 있는 데루 우릴 안내해라!"

꼽추가 도둑들에게 말했다.

"대체 왜 이러는 게요? 도통 영문을 모르겠수다!"

"그래? 그럼 내 알게 해 주지."

아낙이 사내의 뺨에 칼을 대고 슬쩍 긁자 붉은 피가 주루룩 흘러내렸다.

어엇?!

피가 흘러내리자 사내가 놀라서 입을 다물었다.

"너희들 소굴로 가겠느냐? 아니면 이번엔 목을 그어 주겠다."

아낙이 낮고 단호한 목소리로 을러대자

"가겠수! 앞장서겠수!"

사내가 혼비백산해서 말했다. 꼽추와 아낙은 망이와 정첨이었다.

두 사람은 도둑들을 앞세우고 그들의 소굴을 찾아갔다. 도둑들은 길이라고 할 수도 없는 험한 조도(鳥道)를 헤치며 골짜기와 산모롱이를 여럿 돌아서, 마침내 큰 바위가 몇 개 도사려 있는 곳에서 걸음을 멈췄다. 바위들 뒤엔 제법 넓은 공터가 있고, 공터 저쪽에 마른 나뭇가지로 교묘하게 은폐되어 쉽게 눈에 띄지 않는 동굴의 입구가 있었다.

"웬 놈들이냐?"

공터에서 수직을 서고 있던 두 사람이 망이와 정첨을 보고 창을 휘두르며 덤벼들었다. 그러나 그들은 손발 한번 제대로 써보지 못하고 땅바닥에 거꾸러졌다. 망이와 정첨이 번개같이 두 사람의 다리를 걸었던 것이다. 망이는 그 두 명도 밧줄로 묶었다.

"이놈들, 딴 생각 말고 앞장서라!"

망이와 정첨은 밧줄에 묶인 다섯 명을 앞세워 동굴 안으로 들어갔다. 망이와 정첨은 동굴의 입구를 지나며 속으로 크게 놀랐다. 이렇게 깊고 험한 산 속에 이런 동굴이 숨겨져 있을 줄이야. 동굴 입구는 머리를 좀 숙여야 들어갈 수 있을 만큼 비좁았으나, 삼십여 걸음쯤 안으로 들어가자 놀랍게도 수백 평이 넘어 보이는 넓은 공간이 펼쳐져 있었다. 동굴은 열 길이 훨씬 더 되어 보이는 높은 천장 두 곳이 방문만큼의 크기로 뚫려 있고, 그곳에서 빛이 쏟아져 들어와, 그리 어둡지 않았다. 넓은 바닥엔 돌과 바위가 여기저기 놓여 있고, 동굴 위쪽에서 개울 같은 물줄기가 흘러내려와, 움푹 패인 곳이 연못을 이루고 있었다. 안으로 더 들어가자 동굴 한가운데에 제법 넓은 공터가 있고, 그 공터를 중심으로 여기저기에 나무와 바위로 칸막이가 되어 있었다.

깽! 깽! 깨깨깽!

갑자기 요란한 꽹과리 소리가 울리고, 이어 칸막이 안에 있던 사람들이 몽둥이를 들고 우루루 몰려나왔다. 그들은 동료들이 팔이 묶인 채 끌려온 것을 보고서 약간 주춤하는 기색이더니,

"쳐라!"

하고, 몽둥이를 휘두르며 두 사람에게 덤벼들었다. 망이는 밧줄에 묶여 있던 사람들을 방채 삼아 날렵하게 몸을 움직여 몽둥이를 피하고는, 주먹으로 치고, 발로 차고, 팔꿈치로 들이받았다. 정첨도 그녀를 향해 덤벼드는 놈들에게 연이어 표창을 날렸다. 어이쿠! 에구! 어엇! 순식간에 대여섯 명의 장정들이 땅바닥에 나뒹굴었다. 먼저 달려든 자들이 너무 어처구니없이 나가떨어지자 나머지 사람들은 함부로 덤비지 못하고 뒤로 주춤주춤 물러나, 눈치를 살폈다. 겁을 먹은 기색이 완연했다.

그때였다.

"대체 어떤 분이 남의 집에 들어와서 이리 소란이오?"

동굴 한쪽에서 호쾌하고 우렁찬 목소리가 날아오고, 이어서 한 사내가 모습을 나타냈다. 키는 망이보다 조금 작은 듯했으나, 덩치는 오히려 망이보다 더 우람해 보이는, 서른 살쯤 되어 보이는 사내였다.

"나는 공주 명학소에 사는 망이라는 사람이우! 볼 일이 좀 있어서 왔수다!"

망이가 그에게 가볍게 목례를 하며 말했다. 한눈에 그가 이곳의 두령이라는 걸 알아보았던 것이다.

"나는 이광이라고 하오! 그래, 무슨 일로 우리 식구들에게 이렇게 행패를 부리는 게요?"

127

"어제 잃은 봇짐을 찾으러 왔수다. 우리 봇짐을 돌려주시우."

"…봇짐을 찾으러 왔다?! 허허허! 정말 겁이 없는 분들이시구려! … 손님을 마냥 세워두는 것도 예의가 아닌데, 앉을 자리가 마땅찮으니, 이를 어쩐다?"

이광은 사방을 둘러보더니, 저만치 바닥에 놓여 있는 넓적한 바위를 향해 성큼성큼 다가갔다. 그는 어른 두 명이 덤벼들어도 들기 어려울 만큼 큰 바위를 가슴에 안아 들어올리더니, 그걸 망이 앞에 쿵! 소리가 나게 내려놓고,

"여기라도 앉으시지요!"

하였다. 정첨이 빙긋 웃으며 망이에게 말했다.

"우리도 주인의 앉을 자리를 마련해 드리는 게 예의에 맞지 않겠소이까?"

망이는 정첨의 의도를 알아챘다. 그는 방금 이광이 들었던 것보다 훨씬 더 큰 바위를 번쩍 들어 이광의 앞에 옮겨다 놓았다.

"…허어! 성함이 망이라고 하셨소? 내 망이 장사의 풍채를 보고서 남다른 힘을 쓰리란 짐작은 했지만, 정말 놀라운 힘이오!"

이광이 놀라움과 찬탄의 빛이 뚜렷한 얼굴로 외쳤다. 그의 졸개들도 몹시 놀란 얼굴들이었다.

"망이 장사의 힘이 어느 정도인지는 보았거니와, 내 이번에는 이녁의 손발 쓰는 재주를 좀 보고 싶소."

이광이 말을 마치고 나서, 땅을 박차고 몸을 날려 망이를 덮쳤다. 그는 마치 호랑이가 먹이를 덮치듯 사납고도 거세게 주먹을 내지르고 발길질을 하며 망이를 공격했다. 창졸간에 기습을 당한 망이는 몇 걸음 연거푸 뒤로 물러나며 손과 발로 이광의 공격을 가까스로 막아 냈다. 그러나 이광은 숨 돌릴 틈을 주지 않고 줄기차게 망이를 몰아붙였다. 이렇게 몰리다가는 크게 당하고 말 것 같은 위기감을 느낀 망이는 갑자기 몸을 공중으로 솟구쳐서 이광을 향해 날카로운 발길을 내

뻗었다. 돌연한 그의 공격에 이광이 주춤하는 순간, 망이는 자세를 전환해서 이광을 몰아붙이기 시작했다. 이광은 망이의 더할 수 없이 위력적이고 빠른 공격을 피하느라고 숨이 막힐 지경이었다. 그는 정신없이 뒤로 물러나면서 겨우겨우 망이의 손과 발을 막고 피하기에 안간힘을 다했다. 어떻게든지 다시 공격할 기회를 잡으려 했으나, 망이의 손발이 어찌나 빠르고 날카롭던지 도저히 어떻게 해 볼 방도가 없었다. 그는 계속 뒤로 물러나면서 자기가 망이의 적수가 못 된다는 걸 확실히 느꼈다. 갈수록 망이의 공격이 더욱 막강해져서 이광이 이젠 더 이상 망이의 공격을 막아낼 수 없다는 아찔한 느낌에 사로잡힌 순간, 망이가 갑자기 공격을 멈췄다. 이광은 망이가 일부러 그쯤에서 손을 거두어들였다는 것을 알았다.

"내가 졌소! 정말 훌륭한 솜씨요."

이광이 이마의 땀을 훔치며 말했다.

"서로 한 번씩 밀구 밀렸으니 비긴 것이우."

"아니오! 망이 장사의 솜씨가 나보다 윗길이오! 내 오늘 처음으로 놀라운 장사를 만났소이다! 우리 이럴 게 아니라 내 거처로 갑시다! 내 비록 산 속에 이렇게 숨어 살지만, 망이 장사와 같은 사람을 못 알아볼 정도로 눈이 어둡지는 않소!"

"우리는 어제 잃은 봇짐을 찾으러 왔소이다."

정첨이 말했다.

"아, 물론 돌려드리지요! 어제 우리 식구들이 미처 두 분을 몰라보고 실례를 했소이다! 노여움을 풀고, 우리 저쪽 안에 있는 내 거처로 들어갑시다. 내 두 분을 위해 오늘 잔치를 열겠소!"

"그르케 폐를 끼칠 생각은 읎수! 봇짐이나 내주시우!"

"…나를 믿지 못해서 그러시는 모양인데, 그럼 먼저 봇짐을 돌려드리겠소이다."

이광은 졸개에게 봇짐을 가져오게 했다. 망이와 정첨이 봇짐을 짊어지고 떠나려 하자, 이광이 다시 말했다.

"이곳엔 날카로운 병장기도 준비되어 있고, 스무 명쯤 되는 우리 식구들도 얼마쯤은 병장기를 다룰 줄 아오. 그런데도 내가 두 분에게 순순히 봇짐을 내어 준 것은 두 분과 진심으로 사귀고 싶기 때문이오. 오늘 두 분과 그냥 헤어진다면 두고두고 섭섭할 게요."

"…보잘 것 없는 사람을 그르케 생각혀 줘서 고맙수. 허나 갈 길이 멀어서 날이 어두워지기 전에 산을 내려가야겠수다."

망이가 마음이 좀 풀려서 그렇게 말하자, 다시 이광이 물었다.

"아까 공주 명학소에 산다고 했지요? 그곳으로 가면 망이 장사를 만날 수 있소?"

"…실은 우리두 이녁들과 처지가 별루 다르지 않수다. 우리두 세상을 등지구 숨어 사는 사람인데, 지금은 무작정 윗녘으루 가는 중이우."

망이가 실토정을 했다. 만난 지 얼마 되지 않았으나 망이는 이광이 너그럽고 시원시원할 뿐만 아니라, 진심으로 자기와 사귀고 싶어 한다는 것을 느끼고, 이광에게 호감이 갔다.

"그럼 두 분도 녹림에 숨어 지내는 사람이란 말이오? 그렇다면 더욱더 그냥 보낼 수가 없소이다! …두 분이 아무래도 이곳이 너무 어두워서 마음이 편치를 못한 모양인데, …그렇다면 우리 함께 바깥으로 나갑시다. 쓴 탁배기라도 한 잔씩 하면서, 내 두 분에게 꼭 하고 싶은 얘기도 있소! 이것까지 거절하진 않겠지요?"

"정 두령의 생각은 어떻수?"

망이가 정첨에게 물었다.

"그렇게 합시다!"

정첨이 썩썩하게 말했다.

"고맙소이다. 동굴을 나가면 그리 멀지 않은 곳에 좋은 데가 있으니, 우리 그리로 갑시다!"

이광이 환한 얼굴로 앞장을 서면서 졸개들에게

"오늘 우리 산채에 참으로 귀한 손님이 오셨소! 아래 계곡으로 술 좀 내오시오!"

하고 명했다.

이광은 동굴 아래에 있는 골짜기로 두 사람을 데려갔다. 험한 계곡을 따라 좀 내려가자 물길이 커다란 바위들에 막혀 소(沼)가 된 곳이 나왔다. 깊고 맑은 물이 벙벙하게 고여 있고, 물가에 이삼십 명이 앉고도 남을 만큼 넓고 평평한 바위가 있었다. 그리고 그 바위 옆에 띠 풀로 지붕을 인 움막 같은 집이 한 채 있었다. 바위 위에 수백 년 묵은 소나무가 낙락한 가지를 드리우고 있어서, 계곡을 거슬러 오르는 바람에 송뢰(松籟)가 소나기 소리처럼 시원했다.

"동굴이 갑갑할 때면 이 바위로 나와 있다가, 저 움막에 들어가서 한 숨씩 자기도 하오."

이광이 두 사람에게 말했다.

그날 망이와 정첨은 이광과 함께 바위에 앉아서 밤이 깊도록 술을 마시며 이야기꽃을 피웠다. 이야기를 하면 할수록 그들은 의기투합해서, 이윽고 오랜 지기처럼 친숙한 사이가 되었고, 새벽이 되어서야 움막에 들어가, 잠이 들었다.

3. 이광(李光)

이광(李光)은 광주목(廣州牧)의 속현(屬縣)인 창천현(昌川縣)의 이름난 호족인 이달신 집안의 세습노비로 태어났다.

그가 태어난 지 한 달이 채 못 되어 이달신의 부인이 아들 정악(頂

岳)을 낳자 이광의 어머니 처례는 정악의 젖어미가 되었다. 처례는 언제나 정악을 먼저 먹이고 나서 제 아들인 광에게 남은 젖을 먹였기 때문에 광은 어렸을 때 심하게 젖배를 곯았다. 그런데도 이상하게 정악은 늘 잔주접을 떨며 제대로 자라지를 못하고, 반면에 광은 기골이 번듯하게 도담도담 잘 자랐다. 주인마님은 그런 정악과 광을 볼 때마다

"저년이 우리 정악이는 굶기고, 제 자식에게만 젖을 먹이는 게야! 괘씸한 년 같으니라구!"

하면서 처례를 모질게 홀닦아세우고, 정악이 병치레라도 하면 애를 잘못 돌봤다면서 사정없이 손찌검을 하기도 했다.

광은 어렸을 때부터 늘 그의 어머니 처례가 주인마님에게 견디기 어려운 수모와 가혹한 매질을 당하는 모습을 보면서 자랐고, 철이 난 뒤부터는 마님이 터무니없는 트집을 잡아 그의 어머니를 괴롭힐 때마다 마님을 죽여 버리고 싶을 만큼 강렬한 분노와 증오를 불쑥불쑥 느끼곤 했다.

광과 정악은 날마다 어울려 지내면서 자랐는데, 처례는 정악을 마치 왕자처럼 위하고, 광은 거들떠보지도 않았다. 그런데도 광은 같은 또래의 아이들보다 두어 살 더 먹은 애처럼 덩치가 크고, 힘도 셌다. 정악은 성질이 고약해서 광에게 온갖 못된 짓을 하곤 했는데, 어쩌다가 그걸 견디지 못한 광이 힘껏 밀쳐 버리기라도 하면, 땅바닥에 퍼더버리고 앉아 울음보를 터뜨리며 앙탈을 부렸다. 그럴 때마다 처례는 질겁하면서 잘잘못을 불문하고 광을 붙잡아다가 종아리에서 피가 나도록 무섭게 매질을 하면서,

"이놈아, 도련님한테 손찌검을 하다니! 네가 지금 제정신이냐? 너는 개나 돼지와 똑같은 종놈이란 걸 알아라. 이놈아, 종은 주인이 죽으라고 하면 죽기까지 해야 하는 천것인데, 네가 도련님을 때리다니?! 이놈아, 차라리 죽어라! 죽어!"

하고 미친 듯이 포악을 떨며 닦달을 하곤 했다. 그러나 그런 날 밤이

면 처례가 정악과 광이 잠든 방에 들어와, 광의 상처난 종아리에 약을 발라 주면서 혼자 소리 죽여 흐느끼곤 했다.

"엄니, 왔어? … 엄니, 우는 거야?! 나 하나두 안 아퍼!"

잠이 깬 광이 처례에게 말하면,

"아이구! 이 불쌍한 것! 이 불쌍한 것!"

처례는 광을 안고 몸부림을 쳤다.

정악이 글공부할 나이가 되자 이달신은 아들을 서당에 보내면서 광으로 하여금 서책 보따리를 짊어지고 다니게 했다. 서당에선 호족과 향반의 자제들이 모여서 공부를 했는데, 정악이 글공부를 하는 동안 광도 심심파적으로 학생들의 어깨 너머로 글씨를 익혔다. 정악은 처음부터 공부에 재미를 못 붙였기 때문에 광이 오히려 정악보다도 공부가 더 나았다. 정악은 날이 갈수록 먹는 일과 노는 일, 그리고 남을 골탕먹이고 놀려주는 장난에 몰두했는데, 광은 그러한 정악의 하수인이 되어 그가 시키는 대로 온갖 짓궂은 짓을 도맡아 해야 했다. 다른 아이들을 때려주고, 군것질거리와 장난감을 빼앗고, 신발과 서책 보따리를 감추고, 길에 함정을 파서 오가는 사람 헛다리짚어 넘어지게 하고, 풀밭에 매어 놓은 소나 염소의 줄을 풀어놓고서 놀라게 해서 멀리 쫓고 …. 정악은 갖가지로 사람들을 골탕 먹였고, 지나친 장난이 문제가 되면 광이 한 짓이라고 덤터기를 씌웠다. 그때마다 광은 변명 한마디 하지 못하고 정악 대신 다른 호족들이나 어른들에게 불려가 호된 매질과 꾸지람을 당하고, 주인 이달신과 마님한테도 가혹한 벌을 받아야 했다.

정악은 열다섯 살이 되면서부터 군눈을 뜨고 기생집을 드나들기 시작했다. 그는 그의 부모 몰래 창고에서 곡식과 피륙을 훔쳐내서, 그걸 기생집으로 빼돌렸다. 그는 어머니가 없는 틈을 타 안방에 들어가서 열쇠를 훔쳐낸 다음, 자기는 망을 보면서 광에게 곳집에 들어가 곡식이며 피륙을 짊어지고 나오게 했다. 그리고 일이 끝난 다음 다시 슬며시 열쇠를 어머니 방에 가져다 놓곤 했다. 그러나 아무리 감쪽같이 한다고 해도 수시로 재물을 훔쳐 내니, 어찌 매번 무사하기를 바라겠는가. 재물을 빼돌리다가 몇 번이나 발각되었는데, 그 때마다 정악은 꾸중만 들었으나, 광은 죽지 않을 만큼 몽둥이질을 당했다. 도련님이 생각을 잘못해서 그런 일을 시키더라도 바른 말로 도련님을 말려야 할 놈이, 오히려 도련님을 꼬드겨서 그런 짓을 하도록 부추긴다는 것이었다.

광이 정악 때문에 그렇게 곤욕을 치르면서도 그의 말을 듣지 않을 수 없었던 것은 옥비 때문이었다.

옥비는 광보다 나이가 한 살이 아래인 이달신의 계집종이었는데, 어렸을 때부터 늘 광을 오라버니라고 부르면서 친오라버니처럼 따랐다. 그들의 부모가 같은 이달신의 노비였을 뿐만 아니라 그들 또래의 아이들이 둘밖에 없었기 때문에 광과 옥비는 오누이처럼 가깝게 지냈다. 옥비는 어렸을 때부터 노비의 딸답지 않게 얼굴과 몸매가 개자하였는데, 처녀티가 몸에 배기 시작하면서부터 용모가 더욱더 곱게 피어났다. 어려서부터 옥비를 좋아하던 광은 이성에 눈뜨면서 자연스럽게 옥비와 정분이 났다. 정분이 난 젊은이들이 으레 그렇듯 광과 옥비는 사람들의 눈을 피해가며 단둘이 만나기 위해 애를 썼다. 낮에는 잠깐잠깐 부엌이나 대청에서, 집 뒤뜰이나 빈 곳집에서 만나고, 밤에는 어른들 모르게 도둑고양이처럼 살짝 집을 빠져나와 뒷동산에서, 냇가에서, 삼밭에서 만났다. 봄이 되면 저절로 꽃이 피고 가을이 되면 아람이 벌듯이 그들은 서로 손을 잡고, 껴안고, 온몸을 어루만지고, 입을 맞추고, 마침내 열병을 앓듯 한 몸이 되고 싶은 열망에 몸부림을 쳤다.

광과 옥비는 그들의 관계를 사람들에게 들키지 않으려고 갖은 꾀를 다 짜냈으나, 끝까지 사람들의 눈을 피할 수는 없었다. 광과 옥비의 부모와, 나이 든 노비들 중에 몇 사람이 두 사람의 정분 난 것을 눈치챘으나, 그러나 그들은 그 일을 크게 걱정을 하지는 않았다. 때가 되면 주인 이달신에게 아뢰어서 두 사람을 혼인시켜 주면 될 것이라고 생각했기 때문이었다.

그런데 정악이 이러한 두 사람의 관계를 뒤늦게 알게 되었다. 정악은 부모 몰래 곳집에서 재물을 훔쳐낼 때마다 광이 그의 말을 듣지 않으려고 해서 애를 먹다가, 옥비와 광의 관계를 알고 나서 쾌재를 불렀다. 정악은 광이 그의 뜻을 따르지 않으려 하면,

"싸가지없는 놈, 네놈이 주인의 허락도 없이 계집과 놀아나?! 내가 아버님께 말씀드리면 네놈과 옥비년을 멀리 다른 곳으로 팔아 버리실 게야! 그러나 이번 일만 해 주면 내 모르는 척 눈감아 주겠다!"

하며, 광에게 으름장을 놓곤 했다.

광은 어쩔 수 없이 정악이 시키는 일을 하지 않을 수가 없었다. 이달신의 노비 중에 다른 곳으로 팔려 간 사람을 여럿 보았기 때문이었다.

광이 열아홉 되던 해였다. 모내기철을 맞이하여 여느 해처럼 집안의 사내종들이 모두 이웃 고을 문화(文和)에 있는 장원으로 일을 하러 갔다가, 모내기가 끝나서야 돌아왔다. 그간 옥비가 보고 싶어서 안달이 났던 광은 돌아오자마자 옥비를 찾았다. 그런데 그를 대하는 옥비의 태도가 전과 달랐다. 옥비는 그를 보자 인사도 제대로 하지 않고 외면을 하며 울가망한 얼굴로 후다닥 부엌으로 들어가 버렸다. 광을 대할 때마다 얼굴 가득 저절로 웃음이 피어나던 옥비였었는데, 20여 일만에 돌아온 그를 그렇게 대하다니! 광은 사람들의 눈을 피해 부엌으로 가서, 옥비를 만났다.

"빨리 나가. 다른 사람이 들어오겠어."

옥비는 당황한 얼굴로 말했다.

"그래, 이따가 밤에 냇가에서 만나자."

"안 돼. 이제 못 나가. 기다리지 마!"

"너 왜 그래? 그간 넌 내가 보고 싶지도 않았어? 나는 네가 보고 싶어서 돌아올 날을 얼마나 기다렸는데!"

그는 옥비를 덥석 안으며 옥비의 뺨에 그의 뺨을 비벼대며 말했다.

"오라벰, 이제 안 돼! 빨리 나가! 누가 보면 어쩌려고 그래?"

옥비가 깜짝 놀라 그의 몸을 밀쳐냈다.

"그래. 이따 냇가에서 보자. 너무 오래 기다리게 하진 마!"

그러나 그날 밤 옥비는 냇가에 나오지 않았다. 은하수가 하늘 한복판으로 한참 기울 때까지 옥비를 기다리던 광은 꺼림칙하고 불길한 느낌에 사로잡혀 힘없이 집으로 돌아왔다. 아무래도 그간 옥비에게 무슨 일이 있었고, 그 때문에 옥비가 자기와 만나는 것을 피하는 것 같았다.

"어머니, 제가 없는 사이에 옥비에게 무슨 일이 있었소?"

그는 어머니 처례를 찾아가 물었다.

"일은 무슨…. 그보다 너 옥비에게 딴 생각 갖지 마라."

처례가 정색을 하고 말했다.

"갑자기 그게 무슨 말이오?"

"미천한 계집이 얼굴 고운 건 복이 아니라 재앙이다. 얼굴이 반반하면 팔자가 사나운 법이다. 네가 진작부터 옥비에게 마음을 두고 있는 건 모르지 않지만, 터무니없는 욕심 부리지 마라. 우리 같은 노비들은 욕심이 없어야 한다. 가당찮은 욕심은 재앙을 불러오게 마련이다."

"옥비한테 무슨 일이 있느냐니까 왜 엉뚱한 말만 하시우?"

광은 퉁명스럽게 말했다. 그러나 어머니는

"이놈아, 내 말을 그렇게 못 알아 듣느냐? 욕심을 버리라니까."

하고, 엉뚱한 말만 했다.

"옥비한테 무슨 일이 있지요? 어디로 시집을 보내기라도 했답니까? 아니면 어디 다른 곳으로 팔려갑니까? 답답해 미치겠으니까 바른 대로 말해 주시우!"

"…아무튼 다시는 옥비 생각은 마라. 오르지 못할 나무는 쳐다봐야 마음만 괴롭다."

어머니는 가만히 한숨을 내쉬었다.

광은 곧바로 이웃 거느림채에 사는 도움네를 찾아갔다. 도움네는 용통한 데가 있고, 입이 가벼운 가납사니라서 들은 말을 참지 못하는 계집종이었다. 광은 우연히 들른 듯 긴치 않은 말을 늘어놓다가,

"옥비는 앞으로 어떻게 된답디까?"

하고 넌지시 물었다.

"…뭐라구?! …그럼 너도 들었냐?!"

도움네가 놀란 얼굴로 그의 얼굴을 바라보며 말했다. 도움네의 말에 광은 가슴이 철렁 내려앉았으나, 태연하게 말했다.

"그런 것이 숨긴다고 숨겨진답디까?"

"…그러게 말이다! 네가 그간 옥비를 많이 좋아한 모양인데….."

"…이제 어쩔 수 없는 일이지요."

그는 도움네의 다음 얘길 듣기 위해 아무렇지도 않다는 듯 말했다.

"정악 도련님이 젊은 혈기를 못 참고 덜컥 일을 저질러 놨으니, 주인 어르신이나 마님이 아시면 또 한바탕 난리가 날 게다!"

정악이 옥비를 범하다니! 광은 정신이 아찔했다. 옥비에 대한 그의 마음을 환히 아는 정악이 어찌 그럴 수가 있단 말인가! 광은 분노 때문에 가슴이 터질 것 같아서 숨을 제대로 쉬지 못했다.

"…그런데 옥비가 어쩌다가 그렇게…."

"밤에 도련님이 별채로 옥비를 불러서, 억지로 욕을 보인 모양이더라! 도련님이 한번 욕심을 내면 나이 어리고 힘없는 계집종이 무슨 수로 그걸 막겠느냐? 소리도 지르지 못하고, 꼼짝없이 당하는 수밖에 없지! 요새도 밤마다 옥비를 별채로 불러들인다는 소문이더라."

"뭐라고요?! 요새도 밤마다?"

울화와 절망으로 정신이 나간 광은 곧바로 정악이 거처하는 별채로 달려갔다.

"도련님이 저에게 이러실 수가 있습니까?"

정악을 보자마자 광은 대뜸 험악한 얼굴로 대들었다.

"그게 무슨 말이냐?"

정악이 뜨악한 표정으로 물었다.

"어떻게 도련님이 옥비한테 그러실 수가 있습니까?"

"뭐라구?! 이놈이 실성을 했나? 네놈이 감히 나에게 그걸 따지러 왔단 말이냐?"

정악이 갑자기 도끼눈이 되어 말했다.

"아무리 도련님이지만 이래도 되는 겁니까?"

"…뭐?! 뭐라구?! 이놈 보게?! 그간 내가 네놈한테 잘 대해 줬더니, 네놈이 간덩이가 부었구나! 종놈이 감히 주인한테 눈을 부릅뜨고 성난 부사리처럼 덤비다니? 괘씸한 놈! 이놈아, 내 계집종을 내가 팔아 먹든 잡아먹든, 살리든 죽이든 내 마음대로인데, 네깟 놈이 무슨 상관이란 말이냐? 한갓 종놈 주제에!"

정악이 벌컥 고함을 지르며 방바닥에 있는 목침을 광에게 집어던 졌다.

"아무리 종이지만 사람이 소나 돼지와 같단 말이우?"

"뭐라구? 이놈 보게? 네놈이 소나 돼지와 다를 게 무엇이냐? 다 똑같이 사고 파는 내 재산인데! 이놈, 네놈이 종놈 주제에 제 분수를 모르고 옥비한테 정분을 품은 모양인데, 종놈이 감히 정분이라니, 언감생심 당키나 한 말이냐? 당장 네놈 다리를 분지르고 혀를 뽑아 놓을 일이지만, 그 동안 네놈이 내 심부름을 한 공을 생각해서 이번 한번은 없었던 일로 하겠다! 그러나 앞으로 다시 이런 방자한 일이 있으면 그땐 네 몸이 온전치 못할 것이니 명심해라!"

정악이 발로 마룻장을 구르면서 호통을 놓았다.

"도련님… 이럴 수는 없습니다! 옥비만은 안 됩니다!"

광이 자기도 모르게 사납게 소리를 질렀다.

"…이런 죽일 놈! 네놈이 눈을 부릅뜨고 나에게 으르딱딱거려? 아무래도 네놈이 뜨거운 맛을 봐야만 정신을 차리겠구나!"

머리끝까지 화가 뻗친 정악은 다른 노비들을 불러서, 노비들을 치죄할 때 쓰는 형틀을 차리게 하고, 광을 형틀에 묶도록 명했다.

"이놈아, 빨리 도련님께 용서를 빌어라! 종놈이 하늘 같은 도련님께 덤비다니, 네놈이 제정신이냐?"

노비들은 광을 형틀에 묶으면서 여러 번 잘못을 빌기를 종용하고, 정악에게도 광이 제정신이 아니니 너그럽게 용서해 달라고 머리를 조아렸다. 그러나 광은 잘못을 빌기는커녕

"나를 죽여주시오! 차라리 맞아 죽는 게 낫소!"

하며 발악을 했다. 광이 끝내 굽히지 않자 정악은 더욱더 격분해서,

"그놈의 입에서 죽을죄를 지었다는 말이 나올 때까지 매우 쳐라!"

하고, 고함을 질렀다.

노비들은 몽둥이로 광의 볼기를 쳤으나, 매를 치는 팔에 힘이 들어가지 않았다. 그것을 본 정악이 다시 호통을 터뜨렸다.

"이놈들, 매우 치란 말이 안 들리느냐? 만약 손에 사정을 두었다가는 네놈들도 주인을 능멸한 죄로 엄히 다스리겠다!"

노비들은 어쩔 수 없이 세차게 몽둥이질을 했다. 투덕! 투덕! 몽둥이가 광의 엉덩이를 난타했으나, 광은 잘못했다는 말을 하지 않았다. 그는 이를 악물고 죽을힘을 다해 매를 견디면서,

"차라리 날 죽여주시오! 살고 싶지 않소!"

하고, 짐승처럼 부르짖었다.

"저놈이 아직도 기가 살았구나! 더 세게 쳐라! 더! 죽을죄를 지었다는 말이 나올 때까지 계속 쳐라!"

정악의 말에 노비들은 계속해서 사정없이 몽둥이질을 했고, 곧 볼

기짝의 살이 터지고 피가 사방으로 튀었다. 그러나 광은 끝내 잘못했다는 말을 하지 않고 악착같이 용을 쓰며 버티다가, 마침내 의식을 놓아 버렸다.

"이놈이 정신을 잃었습니다요."

노복이 매질을 멈추고 말하자

"그놈이 거짓으로 혼절한 체하고 있다! 계속해서 쳐라!"

정악이 얼음장 같은 목소리로 말했다. 노비들은 어쩔 수 없이 다시 몽둥이질을 했다. 광은 무작스럽게 떨어져내리는 몽둥이에 가느다란 신음만 흘릴 뿐 의식을 돌리지 못했다.

뒤늦게야 광의 어머니 처례가 소식을 듣고 달려왔다. 그녀는 정악의 발밑에 엎드려서 울부짖었다.

"도련님, 더 매질을 하시면 아주 이놈을 잡습니다요! 제발 이만 용서해 줍시오! 이제 이놈도 혼뜨검이 날 만큼 났으니 정신을 차릴 것입니다. 쇤네가 다시는 이런 일이 없도록 잘 타이르겠습니다요!"

"내 오늘 이놈을 죽여서라도 이놈 입에서 잘못했다는 말이 나오는 걸 듣고야 말겠다! 저리 비켜라!"

"이 비천한 년이 갓난 도련님한테 젖을 먹여, 철이 나실 때까지 손에서 내려놓지를 않고 옥이야 금이야 하고 도련님을 키웠습니다! 도련님, 쇤네에게 눈곱만한 정이라도 있으시다면 쇤네의 얼굴을 보아 한 번만 이놈을 용서해 줍시오! 한때는 도련님도 이놈을 늘 데리고 다니지 않으셨습니까요? 이놈이 도련님을 너무 가까이서 모시다 보니, 제 분수를 모르고 이런 일을 저지른 것 같습니다! 쇤네가 대신 이렇게 손이 발이 되도록 빌 터이니, 한 번만 용서해 줍시오!"

처례가 눈물을 철철 쏟으면서 애원하자 정악은 그때에야 못 이긴 듯

"내 특별히 처례의 얼굴을 봐서 이번 한 번은 용서한다! 앞으로 다시 또 이런 일이 있다가는 그때는 정말 목숨을 부지하지 못할 것이다!"

하며 매질을 멈추게 했다.

광은 초주검이 되어서 그의 거처인 행랑채로 옮겨졌다. 그는 오랜 시간이 지나서야 의식을 돌이켰다. 그러나 워낙 건강한 삭신이었기 때문에 상처는 크게 덧나지 않고 아물기 시작했다. 자리에 누워 있는 동안 광은, 이 세상이 양반이나 호족 같은 사람들의 세상이며, 자기와 같은 종놈의 세상이 아니란 걸 곱씹고 되씹었다.

광이 자리에 누워서 앓는 동안 이달신과 마님은 아무도 모르게 옥비를 멀리 상주에 있는 그의 종제(從弟) 이을신의 집으로 보내 버렸다. 정악이 옥비를 범하고, 그 때문에 광이 정악에게 대들었다가 심하게 매질을 당했다는 것을 뒤늦게야 알게 된 마님이 이달신에게 자초지종을 알리자, 이달신이 생각 끝에 내린 결정이었다. 이달신은 수노(首奴) 하천이를 은밀하게 불러서 서찰 한 통을 내어주며, 쥐도 새도 모르게 옥비를 상주에 있는 이을신의 집에 데려다 주도록 했다. 이달신과 마님, 그리고 심부름을 갔던 하천이 외엔 아무도 옥비가 어디로 갔는지를 몰랐다. 심지어 옥비의 부모도 옥비가 간 곳을 알지 못했다. 이달신이 하천이에게 무슨 일이 있어도 입을 열지 않도록 엄하게 입단속을 시켰기 때문이었다.

광은 옥비가 그렇게 집을 떠난 것을 까맣게 모르고 있다가, 자리에서 일어나고서도 한참 지난 뒤에야 옥비가 집에 없다는 것을 알게 되었다. 그는 새삼 옥비가 이루 말할 수 없이 불쌍하고, 그 불쌍한 만큼 그녀가 보고 싶어서 미칠 것만 같았다. 그는 옥비가 있는 곳을 알아내면 곧장 그녀를 찾아가서, 그녀를 데리고 어딘가로 도망을 칠 생각을 하고서, 그녀가 간 곳을 알아내기 위해 백방으로 수소문을 했다. 그러나 끝내 옥비가 간 곳은 알 수 없었다. 그는 당장 이달신의 집을 뛰쳐나가 버리고 싶었으나, 그래도 옥비의 소식을 알 수 있는 곳은 그 집밖에 없었기 때문에 꾹 참고서 옥비의 소식을 들을 날을 기다렸다.

광이 스물두 살이 되었을 때였다.

수노 하천이가 며칠 집을 비우더니, 얼굴이 해반주그레하고 육덕이 놀랍게 풍만하여 색태가 잘잘 흐르는 반빗아치 한 명을 데려왔다. 반빗아치는 스무 살이었고, 이름이 귀점이었는데, 이달신은 그녀를 광의 배필로 주었다. 이달신은 전에, 옥비를 이을신에게 보내는 대신 그녀에 갈음할 만한 계집종 한 명을 데려오기로 미리 약조를 했었다. 그러나 그때 옥비와 귀점이를 맞바꿔 오면 사람들이 옥비가 간 곳을 어렵지 않게 짐작할 수 있을 것 같아서, 귀점이를 3년 동안 이을신의 집에 두었다가, 뒤늦게야 데려온 것이었다.

 이달신이 광에게 귀점이를 준 것은, 광이 비록 노비이긴 하지만 제 피를 받고 태어난 놈이란 것을 알고 있었기 때문이었다. 20여 년 전 이달신은 처례가 갓 피기 시작하는 꽃봉오리처럼 처녀태가 나기 시작하자 그녀를 몇 번 은밀하게 제 거처로 불러들여 강제로 겁간을 했다. 그리고 뜻밖에도 그녀가 임신을 하자 이달신은 서둘러 그녀를 나이 많은 노비인 이춘개에게 시집보냈다. 마님이 여러 비복들 중에 유난히 처례에게 사사건건 트집을 잡고 모질게 굴었던 것은 뒤늦게 그런 기미를 눈치 챘기 때문이었다.

 광은 귀점이에게 장가를 들었지만, 그러나 아직도 옥비를 잊지 못하고 있었다. 옥비가 집을 떠난 지 3년이 지났지만 그의 마음속에는 여전히 옥비의 모습이 애틋하게 남아 있었다. 아무 때나 옥비의 해맑은 얼굴, 이슬 머금은 듯한 촉촉한 눈동자, 들국화 같은 미소, 가을 하늘빛처럼 투명한 목소리가 생생하게 떠올랐다. 광은 주인 이달신의 명이 엄중한지라 어쩔 수 없이 귀점이와 함께 살게 되었으나 귀점이에게 영 마음이 가지 않았다. 귀점이가 아무리 둔한 여자라 할지라도 함께 사는 남정네의 그러한 속마음을 모를 리가 없었다. 그녀는

 "무슨 사내가 그렇게 뻣뻣하고 정이 없어요? 내가 차라리 돌장승하고 사는 게 더 낫지."

 하고 눈물 바람을 하기도 하고,

"남들은 황소 같은 남정네와 산다고 부러워들 하지만, 나야말로 허깨비하고 사는 셈이지! 누가 내 이 속내를 알아줄까!"

하고 푸념을 늘어놓기도 했다.

귀점이는 원래 유별나게 몸이 뜨거운 여자였다. 그녀는 광의 아내가 되기 전부터 이목구비가 번듯한 사내나 힘깨나 씀직한 사내가 스쳐 지나기만 해도 자기도 모르게 눈웃음을 치곤 했다. 젊은 남자가 그녀에게 추파를 보내기라도 하면 몸이 저절로 비비꼬이면서 하초가 뜨겁게 젖었다.

그녀는 열여섯 살 되던 해 처음 남자를 알았고, 그 숨이 넘어갈 듯한 쾌감 때문에 뭇 남자와 관계를 맺었다. 주인인 이을신의 아들과도 관계를 가졌고, 이을신의 노비 중에서 그에게 집적대는 두어 명과도 관계를 가졌다. 마을의 바람둥이 젊은이와도, 떠꺼머리 총각과도 관계를 맺었다. 어떤 사내든 그녀의 몸을 원하면 귀점이는 차마 거절할 수가 없었다. 남자와 관계를 가질 때의 그 숨이 넘어갈 듯한 아찔한 쾌감이 너무 좋아서, 먼저 꼬리를 쳤다.

상주를 떠나 청주 이달신의 집으로 와서 제 남정이 될 광을 처음 본 귀점이는, 광의 우람하고 사내다운 모습에 가슴이 설렜다. 그러나 막상 부부가 되어 한 방에서 살게 되자 광은 그녀에게 마음을 주지 않았다. 그녀는 갖은 아양으로 광의 환심을 사려 했지만 광은 목석처럼 냉담했다. 어떻게 된 남정네가 허우대는 멀쩡한데, 그녀의 몸을 요구하지도 않고, 어쩌다가 관계를 해도 순식간에 일을 마치고 돌아눕고 말았다. 그녀가 아쉬움을 못 이겨서 광의 몸에 제 몸을 비벼대며 교태를 떨면, 광은

"…빨리 자!"

하면서 그녀를 밀쳐 버리거나, 아무 말 없이 벌떡 일어나 밖으로 나가 버리곤 했다. 그럴 때마다 그녀는 뭔가 심한 모욕을 당한 듯한 느낌에 치를 떨곤 했다.

농사철이 되어 사내종들이 모두 이웃 문화 고을에 있는 농장으로 일을 하러 간 5월이었다.

밖에서 놀다가 저물녘이 되어 집으로 돌아온 정악은, 귀점이가 혼자서 우물가에서 빨래를 하고 있는 모습을 보았다. 짧은 저고리가 위로 말려 올라가, 잘록한 허리의 허연 속살이 드러나고, 커다란 박통 같은 둥그스름한 엉덩이가 흔들흔들 율동적으로 움직이는 모습을 보자 정악은 발걸음이 저절로 귀점이에게로 향해졌다.

"얘, 혼자서 빨래를 하고 있구나?"

"어머,…서방님!"

귀점이의 목소리에 교태가 가득했다. 정악의 시선이 귀점이의 얼굴에서 젖가슴으로 미끄러졌다. 팽팽하게 부풀어올라 낡은 저고리가 아슬아슬하게 느껴지는 귀점이의 젖가슴을 보자 그는 문득 맹렬한 욕구에 사로잡혔다.

귀점이가 상주에서 처음 그의 집으로 왔을 때부터 정악은 그녀의 온몸에 흐르고 있는 색기(色氣)에 아찔한 현기증 같은 매혹을 느꼈다. 묘하게 방심한 듯한 얼굴과 나긋나긋하고 풍만한 몸매가 남자에게 뭔가를 애원하는 듯한 기묘한 느낌을 주었다. 기생집과 색주가를 쓸고 다니며 적지 않은 여자들을 겪었던 정악은, 귀점이가 어떤 여자인가를 한눈에 알아보았다. 그러나 그는 그런 제 마음을 다잡으려고 애썼다. 자기는 이미 결혼해서 자식까지 보았을 뿐만 아니라, 귀점이는 광의 아내가 아닌가.

"네 이름이 귀점인데, 그래, 네 몸 어디에 점이 있느냐?"

정악이 능청스런 웃음을 띠며 말했다.

"서방님께서 농지거리를 다 하시고…."

"농지거리가 아니다. 정말 그게 어디 있는지 한번 보고 싶구나."

"…보시고 싶으면 보시지요. 그게 뭐 어렵다고…."

귀점이가 눈웃음을 치면서 말했다.

그날밤, 정악은 밤이 깊기를 기다려 귀점이를 찾아갔다.

"서방님, 전부터 서방님을 기다리고 있었어요!"

귀점이 달랑 속속곳 하나만을 걸친 채 정악에게 달려들었다. 정악은 허겁지겁 귀점이를 덮쳤다. 두 사람은 사나운 맹수가 되어 서로의 몸을 마음껏 탐했다.

그날 이후 정악은 날마다 밤이 깊기를 기다려, 사람들의 눈을 피해 귀점이의 방으로 숨어들었다. 두 사람은 밤마다 약비가 나도록 몇 번씩이나 질탕한 정사를 즐겼다.

얼음 위에 댓잎 자리 보아 님과 내가 얼어죽을망정
얼음 위에 댓잎 자리 보아 님과 내가 얼어죽을망정
정 주고받는 이 밤 더디 새오시라 더디 새오시라.

근심으로 외로운 밤 어찌 잠이 오리오.
서창을 여니 복숭아꽃 활짝 피었도다.
복숭아꽃 근심 없이 봄바람 맞아 웃도다.

덜거덩 방아나 찧세! 히애! 덜거덩 방아나 찧세! 히애!
히야해! 히야해! 히야해! 히야해!

정악과 귀점이가 땀으로 범벅이 된 채 한참 신바람을 내며 방아를 찧고 있을 때였다. 방문이 갑자기 와락 열리더니, 범강장달 같은 사내가 들이닥쳤다.

"이런 죽일 연놈들!"

사내는 두 사람을 무자비하게 후려쳤다. 정악과 귀점이 완전히 의식을 잃고 널부러지고 난 뒤에야 사내는 식식거리며 주먹질을 멈추었다. 이광이었다. 그에게 귀점이의 방에 웬 사내가 드나든다는 걸 알려준 사람은 늙은 하인 질항이었다. 그가 며칠 전 문화 마을에 들렀다가 광에게 귀띔을 해 주었고, 광은 날이 어둡자 문화를 출발하여 밤중에 창천 이달신의 집에 도착한 것이다.

그날로 이달신의 집을 나온 이광은 이곳저곳 발길 닿는 대로 흘러다녔다. 그는 가는 곳마다 일거리가 있으면 일을 해 주면서 짧게는 하루나 이틀, 마음이 내키면 몇 달씩 한 곳에 머물다가, 다시 구름처럼 다른 곳으로 옮겨가곤 했다. 주로 농삿일을 해 주면서 떠돌아다녔으나, 소금을 만드는 염소(鹽所)에서 일을 하기도 하고, 고깃배를 타기도 했으며, 옹기골 점놈 집에서 흙일을 돕기도 했다. 숯막에서 숯 굽는 사람들과 함께 지내기도 하고, 대장간에서 망치질을 도와주면서 한 겨울을 나기도 했다. 그는 남보다 월등하게 힘이 좋은 데다가, 일하는 데 몸을 아끼지 않았기 때문에 낯선 곳에 가서도 환영을 받았다. 그러나 한 곳에 마음을 붙이고 진득하게 눌러 있을 수가 없어서, 다시 다른 곳으로 떠나곤 했다.

이광이 어느 겨울 경상도 성주(星州)에 있는 감응사(感應寺)라는 절에서 땔나무를 해 주면서 밥을 얻어먹고 있을 때였다. 그 해는 그 전해(前年)에 이어 극심한 흉년이 거푸 들어, 백성들은 아귀처럼 먹을 것을 찾아 허덕이며 산과 들을 헤맸다. 칡뿌리와 마를 캐고, 소나무껍질을 벗겼다. 야생 동물은 물론, 메뚜기와 개구리 등 먹을 수 있는 것은 무엇이나 찾아다니다가, 그래도 헐수할수없이 된 사람들은 집과 고향을 버리고 유맹(流氓)이 되어 여기저기 떼를 지어 흘러 다녔다. 그들은 구걸과 도둑질로 목숨을 연명하며 흉년이 좀 덜한 남도 지방으로 흘러가다가, 굶어 죽거나 병이 나서 죽어갔다. 도처에서 강도와 도둑이 들끓고 여기저기에서 살인 사건이 일어났다. 굶주리다 못한 사람들이 사람을 잡아먹었다는 흉흉한 소문도 돌고, 화적떼가 호족과 관청을 습격했다는 얘기도 떠돌았다. 조정에서는 빈민과 궁민을 구제하기 위해 상평창을 두었으나, 관리하는 벼슬아치와 구실아치 들의 농간으로 진휼(賑恤)의 혜택을 누린 백성들은 거의 없었다. 오히려 탐관오리와 구실아치들이 백성들을 탐학하는 도구로 이용될 뿐이었다.

이광이 불목하니로 있던 감응사는 절집 밑에 사십여 리에 달하는 엄청난 사전(寺田)을 지니고 있었다. 그 전답들을 전호들에게 소작을 주어서 해마다 소작료를 받아들이고 있었고, 흉년이 들면 자작농의 전답을 싸구려로 사들이는 좋은 기회로 삼았다.

어느 날 해질녘이었다. 광이 저녁 공양을 짓는 가마솥에 장작을 넣고 있는데, 누덕누덕 기운 남루한 가사를 걸치고 방갓을 쓴 객승 한 명이 커다란 바랑을 짊어지고 절름거리는 걸음으로 절을 찾아들었다. 객승은 40여 세쯤 되어 보였는데, 얼굴에 구레나룻이 무성했고, 눈씨가 유난히 날카로웠다. 그는 지객승에게 합장을 하고서,

"대방산 유량사에 있는 계암이라 하오이다. 운수(雲水) 중에 날이 저물어서 들렀소이다."

하고, 방부(房付)하기를 청했다.

"우리 절은 형세가 보잘 것 없어서…, 쉴 만한 곳이 적당치 않소이다."

지객승이 흔쾌치 못한 얼굴로 거절하려는 기색을 보이자, 객승은

"이렇게 큰 절에 떠돌이 객승이 하룻밤 묵어 갈 데가 없다는 게 말이 됩니까? 불목하니 방이라도 괜찮으니, 하룻밤 쉬어가게 해 주십시오. 같은 부처님을 모시는 불제자인데, 설마 이 저문 시간에 산 속으로 내몰려는 건 아니겠지요?"

하며 젊은 지객승을 똑바로 노려보았다.

지객승은 떨떠름한 얼굴로 마지못해 광이 임시로 쓰고 있는 허드렛방으로 계암을 들도록 했다.

"젊은이, 보아하니 걸때가 제법 장하구먼! 그래, 그만한 걸때를 지

닌 젊은이가 덩치 값을 못하고, 부처님 마짓밥이나 훔쳐 먹는 도둑놈들의 뒷바라지나 하면서 절 부엌에 코를 박고 있단 말인가?"

광이 저녁 공양 후에 설거지를 마치고 방으로 들어가자 계암이 불쑥 말했다.

"부처님 마짓밥을 훔쳐 먹는 도둑놈들이라니, 그게 무슨 말씀이시오?"

광은 계암의 말에 가시가 있는 것 같아서, 불퉁하게 물었다.

"중놈이란 게 허울이 좋아 부처님의 제자이지, 기실은 다 도둑놈들이 아니던가? 손가락 하나 까딱하지 않고 고대광실 좋은 집에서 호의호식하니, 그게 모두 어디에서 난 재물인가? 몽구리놈들이 언제 땀 흘려 일해서 한 톨의 쌀이라도, 한 뼘의 베라도 생산해 본 적이 있는가? 기껏 한 일이 머리를 깎고 두어 줄 경문을 왼 다음 벼슬아치나 백성에게 그럴싸하게 능갈치는 일밖에 더 있는가?"

"일하지 않고 먹고 사는 사람이 어디 한둘입니까? 양반과 호족, 벼슬아치 들도 일하지 않고 잘 먹고 잘 사는데, 그럼 양반과 호족, 벼슬아치 들도 다 도둑놈들이란 말이오?"

"그럼! 그들도 다 도둑들이지! 그들도 다들 힘없고 어리석은 백성들의 등골을 뽑아먹고 있지 않는가? 그들이 먹고 있는 곡식, 그들이 입고 있는 베를 누가 생산하는가? 또 그들이 살고 있는 고대광실을 누가 지었는가? 그들이 손수 땀 흘려 그 집을 지었는가? 아니지! 다 힘으로, 권세로 억누르고, 충성이 어떻고 백성의 도리가 저떻고 하면서 그럴싸한 거짓말을 늘어놓으면서 백성들에게서 빼앗은 것이 아닌가? 피땀 흘려서 농사를 짓고 길쌈을 한 백성들은 다들 굶주리고 헐벗고 있는데, 손가락 하나 까딱하지 않는 자들이 배불리 먹고 따뜻하게 입고 있으니, 그게 도둑이 아니면 대체 누가 도둑이란 말인가? 비록 왕이라 할지라도 백성들에게 베푼 것이 없으면 한낱 큰 도적에 지나지 않지!"

광은 계암의 말에 크게 놀랐다. 이 사람은 누구이기에 이런 말을 하는가? 그는 계암에 대해 걷잡을 수 없는 호기심과 궁금증이 일었다.

"벼슬아치나 호족들은 그렇다 치고, 중들이 능갈을 친다는 건 무슨 말이오?"

광이 얼굴빛을 고치고 물었다.

"중들이 그럴 듯한 말로 사람을 속이는 게 능갈치는 것이 아니면 무엇인가? 인형에 금물을 입혀서 휘황찬란한 우상을 만들어 놓고, 그걸 부처님이랍시고 고대광실 높은 대(臺)에 모셔놓고서, 백성들을 현혹시켜서 재물을 바치도록 하니, 그것이 속임수가 아니면 무엇이란 말인가? 이 나라 고을 고을은 물론이고 산이란 산, 골짜기 골짜기마다 서캐 박히듯이 박힌 것이 절이고, 절마다 이(蝨)처럼 굼실거리는 것이 중들인데, 그 많은 중들이 누가 생산한 곡식을 먹고, 누가 만든 가사 장삼을 입고 있는가! 모두 힘없고 미천한 백성들의 재물을 아무 대가 없이 약탈한 것이 아닌가! 그 많은 몽구리놈들이 백성들의 재물을 노략질한 대신 백성들에게 해 준 것이 무엇인가? 대체 백성들이 그들에게서 얻은 게 무엇인가? 현세의 모든 불행은 전생에 지은 업보 때문이니, 체념하고서 그 불행을 받아들이고, 앞으로 착한 일을 하면 내세엔 행복한 삶이 기다리고 있을 것이니, 열심히 살라는 게 그들의 가르침 아닌가! 천하게 태어나 양반과 귀족들을 위해 마소와 같이 온갖 일을 하는 게 전생의 잘못 때문이라면, 귀족과 벼슬아치들은 전생에 도대체 얼마나 큰 공덕을 지어서 이생에 그렇게 태어났는가? 그렇게 큰 공덕을 지은 자들이 기껏 하는 일이라는 게 뭇 백성들을 못살게 괴롭히고, 가렴주구하고 착취하는 일이란 말인가? 아닐세! 그런 가르침을 편 부처님이라면 그는 그들, 권세와 부귀를 가진 자들의 부처님일 뿐, 천한 백성들의 부처님은 아닐세! 그들이 세상 끝날 때까지 백성들을 그들의 노예로 부리고, 백성들의 재물을 토색질하면서 백성들의 불만과 불평, 저항을 잠재우기 위해 만든 거짓 부처님일세!"

광은 계암의 말에 너무 놀라, 새삼 그의 얼굴을 뚫어지게 바라봤다. 중이라는 사람의 입에서 이런 말이 거침없이 쏟아져 나오다니!

"그런 말씀을 하는 스님은 뉘시오?"

"내가 누구냐고? 하하하하! 아까 계암이라고 하지 않았나?"

"차림을 보면 스님이신 것 같은데, 말씀이 스님 같지를 않으니…, 스님이 맞긴 맞소?"

"내가 중이 아닌 것 같나? 글쎄, 뭐라고 해야 할까? 중들이 하나같이 다 도둑놈들이니, 나도 도둑놈이라고 해야겠지! 하하하하! 하하하하!"

계암이 너털웃음을 터뜨리다가, 이윽고 정색을 하고 물었다.

"그런데 젊은이는 누구인가? 내 보기엔 중이나 되어서 백성들의 재물을 공양받아 편안히 먹고 살려고 절에 들어온 것 같진 않은데, 어쩌다가 여기서 불목하니 노릇을 하고 있나?"

계암의 거칠 것 없는 기개가 마음에 들고, 그의 생각에 크게 공감한 광은 계암의 곡진한 말에 마음이 움직였다.

"저는 본래 광주현 창천현에 사는 이달신이라는 호족 집안의 노비였습니다."

광은 계암에게 그간 살아온 얘기를 숨김없이 다 털어 놓았다. 그가 긴 얘기를 하는 동안 계암은 말 한마디 하지 않고 그의 얘기를 듣기만 했다.

"젊은이도 못 쓰게 되어 버린 세상에서 어쩔 수 없이 쫓겨난 사람이구먼!"

광이 얘기를 끝마치자 계암이 침중하게 말했다. 그리고 한참 후에 다시 물었다.

"젊은이, 세상이 아주 못 쓰게 되어 버리는 말법 세상이 되면, 그 말세를 구원할 진인(眞人)이 온다는 얘기는 들어 본 적이 있나?"

"세상을 구원할 진인이 온다구요?"

"그렇다네! 진인이 나타나서 후천개벽(後天開闢)을 한다네."

"후천개벽이 무엇이오?"

"세상을 완전히 뒤엎어 버리고 새로운 세상을 연다는 말이지."

"…정말 그런 세상이 올까요?"

"나는 진인이 반드시 온다고 믿네. 그러나 진인이 오더라도 누구와 함께 세상을 뒤엎겠는가? 그를 맞아들이고, 그의 군대가 되어서 세상을 쓸어버릴 사람들이 있어야 하지 않겠나? 나는 젊은이같이 세상에서 쫓겨난 사람들이 바로 그의 군대가 되어야 할 사람이라고 생각하네!"

계암이 눈을 크게 뜨고 광을 바라보며 힘있게 말했다.

"정말 진인이 오신다 하더라도 그런 분이 어찌 나 같은 미천한 것을 돌아보기나 하겠소?"

"이런?! 내 얘길 그렇게 못 알아듣나? 개벽이 되면 바로 젊은이 같은 사람들이 세상의 주인이 된다니까!"

광은 진인 얘기를 듣는 순간 암담하던 마음에 한 줄기 빛이 흘러드는 듯한 느낌을 받았다. 진인이 나타나서 새로운 세상을 열고, 자기 같은 사람들이 그 세상의 주인이 되다니! 낡아서 못 쓰게 된 모든 것을 쓸어버리고 새로운 세상을 연다! 그는 참으로 오랜만에 가슴이 설레었다.

광과 계암은 밤이 깊어 가는 줄도 모르고 이야기를 나누었다.

다음날 아침 계암은 발목 삔 데가 심하게 부었다면서 지객승에게 하루 더 머물게 해 달라고 청했다. 지객승은 노골적으로 우거지상을 지으며 투덜거렸으나, 억지로 계암을 쫓아낼 수는 없었다. 계암은 절 구경을 한다면서 절뚝거리는 걸음으로 이 건물 저 건물을 돌아다니면서 시간을 보냈다.

그날 밤이었다.

초저녁에 잠자리에 들었던 계암이 삼경이 넘은 깊은 시간에 잠자리에서 일어나더니, 광을 깨웠다.

"지금부터 보살행을 하려고 하니, 구경이나 하게."

"보살행이라니, 그게 무슨 말입니까?"

"말 그대로 보살행이지. 볼 만할 게야."

계암은 소리를 죽이고 밖으로 나가더니, 산문을 열어젖혔다. 그러자 두억시니 같은 시커먼 그림자들이 발소리를 죽이고 절 안으로 들어왔다. 계암은 그들을 이끌고 중들이 거처하는 요사채로 가서, 그들을 몇 명씩 조를 나누어서 방으로 들여보내면서, 말했다.

"다들 자고 있을 게요! 소리 나지 않게 슬그머니 들어가서 한 놈도 놓치지 말고 꽁꽁 묶으시오! 그러나 사람을 해치거나 다치게 해선 아니 되오!"

채 한 식경도 지나지 않아서 절 안의 중들은 모두 손을 뒤로 꽁꽁 묶인 채 대웅전으로 끌려왔다. 감응사의 스님들은 도적이나 외부인의 침입에 대비하기 위해 평소에 수벽치기와 택견 등을 수련하고, 목봉과 창칼 등 병장기 쓰는 법을 익혔으나, 졸지에 기습을 당해 꼼짝 못하고 사로잡히고 말았다.

"이보시오, 스님! 이게 대체 어찌된 일이오? 어찌 스님이 이럴 수가 있단 말이오?"

계암을 본 주지승이 얼굴이 시뻘겋게 되어서 고함을 질렀다.

"주지 스님, 고정하시오! 보살행을 하려는 것이니, 너무 노여워 말고 내 말을 들으시오."

"보살행이라니, 그게 대체 무슨 말이오?"

"지금 산문 밖에는 두 해째 흉년이 들어서 중생들이 굶어 죽어가면서 아수라장이 되어 있소! 설마 그 참상을 모른다고는 하지 않겠지요? 그런데 지금 이 절의 곳집에는 곡식들이 산처럼 쌓여서, 몇 년씩 묵은 곡식들이 썩어가고 있소이다. 부처님 자비의 본뜻이 불쌍한 무명(無明) 중생들을 제도하는 것일진대, 우선 굶어 죽어가는 저들에게 곡식을 나누어 주어 목숨을 구하고, 그 다음 저들의 어두운 눈을 뜨게 하여 부처님의 대자대비하신 광명을 보게 하는 것이 보살행이 아니겠소이까? 하물며 이 절의 곳집에 쌓인 곡식들이 모두 저들 중생의 피와 땀으로 생산된 것일진대, 어찌 그냥 쌓아 두고서 썩기를 기다린단 말이오?"

"뭐, 뭐라구?! 이 순 화적떼 놈들! 이제 보니 네놈이 중이 아니라 흉악한 화적떼의 두목이었구나!"

주지승이 펄쩍 뛰면서 사납게 부르짖었다.

"부처님의 앞이라서 내 한 번은 참겠다만, 다시 그 따위 구습을 놀리면 용서하지 않겠다! 강도는 내가 아니라 바로 너희같이 아무 일도 하지 않고 좋은 집에 편안히 앉아서 무위도식하는 땡중들이다! 백성들이 농사 지은 곡식을 빼앗아 편안히 앉아 배불리 먹으면서, 그들이 굶어 죽어가는 것을 모른 체하다니! 그러면서도 너희들이 불제자란 말이냐? 만약 나의 보살행을 막으려는 놈이 있으면 내 그를 마구니로 생각하고 단칼에 베어 버리겠다!"

계암이 죽장 속에 감춰져 있던 장검을 빼어들어 주지의 목줄기에 겨누었다. 주지는 허옇게 질린 얼굴로 더 이상 아무 말도 못하고 온몸을 푸들푸들 떨었다.

계암의 무리는 30여 명쯤 되었는데, 그들은 절 아래에 있는 마을들을 찾아다니며,

"감응사에서 구휼미를 풀었으니, 수레나 지게를 지고 다들 감응사로 오시오! 수천 석을 푼다고 하오!"

하고 널리 알렸다. 사하촌 수십여 마을에서 사람들이 개미떼처럼 줄을 지어 감응사로 모여들었고, 계암의 무리는 그들에게 곳집에 쟁여져 있던 곡식들을 골고루 나눠주었다.

나흘 동안 밤낮을 쉬지 않고 구휼 작업을 하자 감응사의 곡식이 모두 바닥이 났다. 물론 그 동안 계암의 명을 받은 몇 사람이 대웅전에 가둬 둔 승려들을 엄히 감시했다.

"이제 우리의 보살행은 끝났소이다! 감응사의 곡식 덕택에 이 근처의 백성들이 굶어죽지 않게 되었으니, 부처님의 자비가 크게 빛나게 되었소이다! 창고에 쌓아 두면 썩어 버릴 곡식을 백성들의 마음속에 영원히 썩지 않게 옮겨 쌓았으니, 주지는 나를 원망할 게 아니라 오히려 고맙게 생각해야 할 것이외다. 다행히 이 근처에 사는 백성들은 부처님의 공덕을 입었으나, 그러나 먼 곳에 살고 있는 많은 사람들은 여전히 아비규환의 고통을 겪고 있소이다. 주지께서도 이를 모른다고는 하지 않겠지요? 내가 감응사와 주지를 대신해서 그들을 진휼하기 위해 이 절의 곳집에 보관되어 있는 금괴와 활구 등 재물을 가져갈 것이니, 그리 알기 바라오."

구휼을 마친 계암이 대웅전으로 가서 주지에게 말하자, 주지승이

"뭐라구?! 그 금덩이는 안 되오! 그 금덩이는 안 돼! 그 금은 부처님을 새로 주조하기 위해 모아둔 것이오!"

하고, 다급하게 외쳤다.

"이즈음과 같이 중생들이 굶주려 죽어가는 때엔 부처님도 금으로 당신의 형상을 짓기보다는 뭇 중생들을 위해 그 금이 쓰여지길 바랄 게 분명하오! 그렇지 않겠소? 그러니 더 이상 부처님의 뜻에 어긋나는 말을 하면 부처님의 뜻을 거역하는 마구니로 알고, 이 금강검으로 참할 것이오. 혹시 우리를 뒤쫓을 생각일랑은 아예 하지 마시오! 허튼 짓으로 부처님의 뜻을 어기려다가는 공연히 아까운 목숨만 잃게 될 테니까! 그리고 이번 일에서 교훈을 얻어 다음부터는 주지가 몸소 보살행을 실천하시오!"

계암은 금괴와 은으로 된 활구, 비단 같은 귀한 재물을 챙긴 다음 무리를 거느리고 감응사를 빠져나왔다.

이광은 계암과 그의 무리들이 백성들을 구휼을 하는 동안 줄곧 그들과 함께 행동했다. 그리고 생전 처음으로 자기가 하는 일에 뿌듯한

보람과 기쁨을 느꼈다. 그는 이달신의 집을 나오기 전 노비로서 주인이 시킨 일을 하긴 했지만, 그 일에 어떤 기쁨도 의욕도 느끼지 못했었다. 그러나 계암과 함께 감응사의 곡식을 백성들에게 나누어 주면서 그는 마음속 깊은 곳에서부터 샘물처럼 솟아나는 끝없는 유열을 맛보았고, 참다운 보람을 느낄 수가 있었다. 나 같은 사람도 남을 위해 보람된 일을 할 수가 있구나! 그는 계암과 며칠 동안 함께 행동하면서 계암에게 깊이 매혹되었고, 계암이 보살행을 마치고 감응사를 떠날 때 그를 따라 그 절을 나왔다.

광은 계암에 대해 궁금한 것이 많았다. 그가 정말 승려인지, 승려라면 어느 절에서 누구한테 계(戒)를 받았는지, 그의 속명이 무엇인지, 그리고 그가 어쩌다가 보살행이라는 이름으로 그와 같은 구휼에 나서게 되었는지…. 알고 싶은 것이 한두 가지가 아니었다. 광은 계암의 무리 중 주질근이라는 그와 비슷한 나이의 젊은이에게 궁금한 것을 물었다.

"우리도 아는 게 별로 없수. 계암 스님의 진짜 이름이 무엇인지, 그가 정말 스님인지 아닌지 아무도 모르우. 그가 태어나면서부터 절에서 살았다는 얘기를 들은 적이 있지만, 그게 어느 절인지도 모르겠고…. 우리들은 그가 학문이 깊고, 놀랍게 뛰어난 무예를 지니고 있다는 것과, 꾀가 무궁무진하고, 뱃심이 좋다는 것만 알고 있수."

"그럼 언제부터 계암 스님과 함께 이런 보살행을 하게 되었소?"

"몇 년 전 우리 동지 다섯 명이 벌이를 나섰다가 계암 스님과 마주치게 되었수. 먹을 게 없어서 심하게 굶주린 때였는데, 그가 큼지막한 바랑을 지고 있어서, 옳다구나 하고 덤벼들었다가, 뜻밖에 우리가 큰 봉변을 당했수. 그가 대나무 지팡이로 우리들을 후려치는데, 그 재주가 너무 뛰어나서, 우리 다섯이 꼼짝도 할 수가 없었수다. 그런데 그가 무릎을 꿇고 있는 우리를 보고서,

'이왕 도둑으로 나선 자들이 째째하게 지나가는 길손들의 보잘 것

없는 봇짐이나 노려서야! 내 좋은 벌이를 하게 해 줄 테니, 내 의견에 따르겠소?'

하지 않겠수? 그때부터 우리는 그의 부하가 되어, 그의 의견을 따라 토호나 지주 들을 습격하게 되었는데, 스님은 귀중한 재물만을 취하고, 어차피 무거워서 가져가기 어려운 곡식은 모조리 근처의 굶주린 백성들에게 나누어 주게 했수. 처음엔 그의 그러한 행동이 주제넘고 못마땅하기도 했으나, 우리는 곧 그 일을 하면서 묘한 기쁨과 보람을 느끼게 되었수. 젊은이도 이번에 그런 느낌을 갖지 않았수? 뭐라 할까? 우리같이 세상에서 버림받은 놈들도 남을 위해 뭔가 뜻있는 일을 할 수 있을 것 같은, 그런 느낌 말이우! 우리는 뚜렷한 지도자가 없었기 때문에 그 일이 있은 뒤로 그를 두령으로 생각하고 그의 명령을 따랐수. 그러나 그가 늘 우리와 함께 있는 것은 아니우. 그는 바람 같은 사람이라 어느 날 갑자기 사라졌다가, 때로는 며칠만에, 길게는 서너 달이 지나서 나타나기도 하우. 어느 땐가는 반 년이 넘은 뒤에 돌아온 적도 있었수! 잘은 모르지만 계암 스님은 다른 곳에 있는 우리 같은 무리들을 많이 알고 있고, 그들과도 관계를 맺고 있지 않나 하는 게 우리들의 짐작이우."

"다른 곳에 있는 무리들과도 관계를 맺고 있단 말이우?"

"계암 스님 얘기가, 이 나라엔 우리 같은 놈들이 수도 없이 많고, 그들과 손을 잡고 일어서면 세상을 뒤집어엎을 수 있다는 게요!"

"세상을 뒤집어엎어요?"

"벼슬아치들과 양반들만 살기 좋게 되어 있고 우리 같은 놈들은 마소보다 못한 이놈의 세상을 뒤집어엎고, 새 세상을 연다는 게요! 스님 얘기가, 그걸 후천개벽이라고 한답디다!"

"후천개벽이라!"

광은 감응사에서 계암에게 들었던 말을 떠올리며, 계암이 그의 짐작대로 예사로운 인물이 아니라는 걸 알고, 그를 따라나서기를 백번 잘했다고 생각했다.

　계암은 그들 무리를 보살도(菩薩徒)라 부르고, 그들이 하는 일을 보살행(菩薩行)이라 하였는데, 계암이 이끄는 보살도들은 흉년이 거듭된 그 이듬해까지 전국을 돌아다니면서 이십여 곳의 절과 수십 명의 토호들을 습격하여, 굶주린 궁민들을 진휼했다.

　계암은 겨를이 날 때면 그의 생각을 보살도들에게 말하곤 했는데, 광은 누구보다 계암의 말을 깊이 있게 받아들였다. 광은 어렸을 적에 이정악의 책보를 들고 다니면서 등 너머로 적잖은 글을 익혔었다. 그는 노비로서 견디기 힘든 일을 겪었기 때문에 계암의 생각과 그가 하려는 일이 어떤 것인지를 절실하게 이해할 수 있었고, 그러한 계암에게 경도되어 그를 깊이 외경하고 존숭하게 되었다.

　광은 평소에 늘 계암과 함께 있으면서 그의 지시를 충실하게 따랐으며, 보살행을 할 때마다 가장 위험하고 힘든 일을 자청해서 했다. 원래 허우대가 유난하게 거쿨지고 힘이 뛰어날 뿐만 아니라 배짱도 두둑했던 광은 날이 갈수록 다른 사람들을 우접고 계암의 두터운 신임을 받게 되었다. 그리고 다른 동료들도 얼마 지나지 않아서 광을 믿고 의지하게 되었다.

　광이 보살도에 들어간 지 채 2년이 지나지 않아서 계암은 자기가 없을 때는 광이 무리들을 통솔하도록 했다. 광이 실질적인 부두령이 된 것이다.

　흉년이 끝나자 계암은 무리들을 거느리고 왕방산 산채로 돌아왔고, 산채로 돌아온 뒤부터는 보살행을 거의 하지 않았다. 보살행을 하더라도 먼 곳까지 가서 아무도 모르게 감쪽같이 행하고는, 돌아오곤 했다. 관가의 주목을 받게 될 것을 경계했기 때문이었다. 왜 전처럼 보살행을 하지 않느냐고 물으면,

　"지난번에는 눈앞에서 굶어 죽어가는 사람들을 차마 그냥 두고 볼

수 없어서 보살행에 나섰지만, 어차피 그런 보살행으로는 백성들을 구할 수 없지! 그건 그저 굶어 죽는 사람에게 임시방편으로 죽 한 그 릇 떠먹여 주는 것에 지나지 않네! 그러니 더 근본적인 방도를 찾아야 하지 않겠나?"

산채로 돌아온 계암은 전보다 더 자주 산채를 비웠다. 잠깐 어디를 다녀온다면서 바랑을 짊어지고 떠나면 여러 날 산채를 비우고, 산채로 돌아와도 채 며칠을 머무르지 않고 다시 훌쩍 떠나 버리곤 했다. 그리고 2년 전 어느 날 계암은 산채를 떠나면서 보살도들을 모아 놓고 말했다.

"여러분도 잘 알다시피 광은 생각이 깊고, 용감할 뿐만 아니라 누구보다 책임감이 커서, 우리 식구들을 능히 책임질 수 있는 사람이오! 나는 이곳 말고 다른 곳에서도 해야 할 일이 많기 때문에 앞으로 이곳에는 어쩌다가 들르게 되고, 들르더라도 오래 머물러 있지 못할 것이오. 그러니 오늘부터 광을 두령으로 알고 그를 따르시오! 물론 때가 오면 모든 개울물, 냇물 들이 큰 강에서 하나로 합쳐져 바다를 향해 달려가듯 우리들은 하나로 뭉쳐서 큰일을 하게 될 것이오!"

광은 그날부터 왕방산 산채의 두령이 되어, 보살도를 이끌게 되었다.

4. 진인(眞人)

"두령, 일어나시우! 두 분 손님도 일어나시우! 해가 중천에 떴수다!"

이광과 망이, 정첨은 이광의 졸개들이 깨우는 바람에 눈을 떴다. 해가 한 자가 넘게 하늘 위로 솟아 있었다. 간밤 늦게까지 술을 마시면서 이야기를 하느라 늦잠을 잔 것이다. 그들은 움막 아래 계곡물에 세수를 하고 난 뒤 이광의 졸개들이 가져온 아침밥을 먹었다.

"후천개벽이라는 것에 대해 다시 한번 듣고 싶소."

아침을 먹고 나서 정첨이 이광에게 말했다.

"말 그대로 뒷 하늘, 뒷 세상이 열린다는 뜻이오. 지금까지 우리가 살아온 세상이 앞 하늘, 앞 세상이라면, 앞으로 새롭게 펼쳐질 세상이 열리는 걸 말하는 것이지요."

"그럼 그 후천개벽을 하시는 진인이라는 분은 구체적으로 어떤 분이오? 그분은 어떻게 이 세상에 오셔서 어떻게 개벽을 한다고 하시던가요?"

"계암 스님의 말씀으로는, 옛날부터 세상이 아주 못 쓰게 되어 버리는 말세가 오면 세상을 구할 구세주(救世主) 미륵부처님이 오셔서 용화 세상을 연다는 얘기도 있고, 정 도령이라는 진인이 오셔서 새 세상을 연다는 얘기도 전해져 내려왔다고 합디다. 그리고 이미 지금 세상은 다 망가져서, 더 망가질 것이 남아 있지 않은 말세가 되어 버렸다는 것입니다. 지금이 바로 그 후천개벽이 일어날 때라는 것이지요. 가진 자들은 먹을 것을 산처럼 쌓아두고, 그 곡식이 썩어나가는데도, 담 하나를 사이에 두고 먹을 것이 없는 백성들은 굶어 죽어 가는데, 그게 말세가 아니면 도대체 어떤 것이 말세냐는 게 그 분의 말씀이오."

"그럼 그 계암 스님의 말씀대로라면 지금이 바로 진인이 나타날 때라는 얘기 아닙니까?"

"그렇지요!"

"그럼 우리도 그 진인이 여는 새 세상을 볼 수 있고, 그 안에서 살 수 있다는 말이 되겠군요?"

"그렇지요! 그러나 계암 스님의 말씀은, 새 세상을 기다리는 우리 모두가 나서서 그런 세상을 간절히 원하고, 그런 세상을 향해서 다 함께 힘 모아 나아갈 때에만 비로소 진인이 와서 그러한 세상을 연다고 했습니다! 우리들, 새 세상을 열망하는 사람들이 떨쳐 일어나지 않으면 아무리 오랜 세월이 지나도 후천개벽은 일어나지 않을 것이라는 말입니다. 어느 날 느닷없이 신통력을 지닌 진인이 나타나서 새 세상을 열어 주는 것이 아니라, 천대받고 짓밟히며 새 세상이 오기를 애타게 바라는 우리 모두가 그 후천개벽을 향해 나아갈 때에야 진인이 비로소 우리의 노력에 감응해서 출현한다는 것이지요!"

"그렇다면 진인이 나타나는 게 아니라 우리가 바루 진인을 맨들어 내구, 더 나아가서 우리가 바루 진인이 되는 것이 아니우?"

그때까지 두 사람의 대화를 듣고만 있던 망이가 말했다. 그는 이광의 말을 들으면서 잠깐 송곡암의 뒷산의 큰 바위에 새겨져 있던 미륵 부처님과, 그 부처님에 대해 얘기해 주던 법광 스님의 말씀을 떠올렸다. 법광 스님도 세상이 말세가 되면 미륵 부처님이 오셔서 새 세상을 여는데, 그 새 세상은 빈부와 귀천이 따로 없는 대동 세상이라고 했다.

"그럴 수도 있겠지요! …계암 스님이 꼭 그렇게 말씀하신 건 아니지만, 나도 그분의 말씀에서 그런 뜻을 느낄 수 있었소!"

광이 얼굴에 열기를 띠고 말했다.

세 사람은 잠시 말없이 생각에 잠겼다. 그들은 후천개벽을 이룰 진인이 미리 따로 정해져 있는 게 아니라 누구나 그 진인이 될 수 있고, 그들 또한 그 진인이 될 수 있다는 생각에 무슨 계시와 같은 충격을 받았다.

"지금 그 계암 스님은 어디 계시우? 꼭 한번 만나보구 싶수."

한참 후에 망이가 말했다.

망이는 어젯밤 이광에게 계암에 대해 듣는 순간부터 전율과 같은 감명을 받았다. 스님의 몸으로서 절과 토호 들의 재물을 빼앗아 굶어 죽어가는 백성들을 진휼하다니! 게다가 그의 후천개벽에 대한 생각은 또 얼마나 놀라운가! 그는 대체 어떤 인물이기에 보통 스님으로선 생각지도 못할 이런 행동과 말을 할 수 있단 말인가! 망이는 꼭 한 번 계

160

암을 만나보고 싶었다.

"바람처럼 다니는 분이라 지금 어디 계신지 알 수 없소. 우리 산채를 다녀가신 지가 석 달이 넘었으니, 한 번 들르실 때도 되었소이다만…."

"계암 스님이 그런 분이라면, 어딘가 다른 곳에도 이곳 보살도와 같은 무리들을 모아서, 때가 오면 새 세상을 이루기 위해 그렇게 바쁘게 사방을 돌아다니는 게 아니겠소?"

정첨이 물었다.

"그렇소! 나도 몇 번이나 그 분께 그걸 여쭈어 봤지만 계암 스님은 때가 이르면 저절로 알게 된다면서 더 이상은 얘기하지 않았소. 만약 어느 한 곳의 무리들이 관가에 포착되는 일이 있더라도 전체가 모조리 얽혀 들어가는 일이 없게 하기 위해서 그러시는 것으로 생각했소이다. 자칫 잘못하면 띠풀 줄기처럼 하나를 잡아당기면 줄줄이 얽혀서 다 드러나게 될 게 아니겠소?"

"무슨 말인지 알아듣겠수. 그럼 지금 그 분이 어디 계신지 전혀 짐작두 못 하겠구려?"

"스님을 만나려면 우리 산채에서 기다리는 수밖에 다른 방도가 없소이다. 우리 함께 계암 스님을 기다리는 게 어떻겠소? 스님도 두 분을 만나면 좋아하실 게요."

"너무 폐를 끼치는 일이 되어서…."

"아, 우리가 이제 벗이 되었는데, 폐랄 게 뭐 있소? 그러지 말고, 계암 스님이 오실 때까지 여기서 함께 지냅시다!"

다시 이광이 곡진하게 권했다.

"정 두령 생각은 어떻수?"

망이가 정첨의 뜻을 물었다.

"계암 스님을 꼭 만나보고 싶소?"

정첨이 망이에게 물었다.

"그렇수!"

"그렇다면 주저할 것 없지요. 다른 방도가 없다는데야!"

"그럼 우리 당장 산채로 올라갑시다!"

이광이 흔쾌하게 말했다.

이광은 어제 망이를 처음 본 순간부터 왠지 그에게 호감이 갔다. 망이에게 무언가 눈에 보이지 않는 힘이 있어서 그를 끌어당기는 것 같은 느낌이었다. 광은 망이의 무서운 힘과 손발 쓰는 민첩한 솜씨에 더욱 놀랐고, 그만큼 더 그에게 마음이 끌렸다. 그 때문에 자기 부하를 붙잡아 앞세우고 산채를 찾아온 망이와 정첨에게 부하들이 의아하게 생각할 만큼 너그러운 아량을 보였고, 봇짐도 순순히 내주었다. 굳이 가겠다는 두 사람을 붙잡아 음식과 술을 대접하며 밤을 새운 것도 꼭 그와 사귀고 싶었기 때문이었다. 이광이 옥비가 아닌 사람에게, 그것도 사내에게 그처럼 마음이 끌려 보기는 생전 처음이었다.

망이와 정첨은 이광을 따라 산채로 올라갔다.

망이와 정첨은 이광의 산채에서 묵으면서 계암 스님이 오기를 기다렸다. 그러나 계암 스님은 보름이 지나고 한 달이 지나도 나타나지 않았다. 그 동안 두 사람은 매일 이광과 어울려 지냈다. 함께 몸을 단련하고, 수벽치기와 검술, 창봉술도 익혔다. 정첨은 한때 개경 응양군의 대정이었던 장두일에게 본격적으로 검술을 배웠기 때문에 검 쓰는 솜씨가 놀라웠고, 법광 스님에게 수벽치기를 배운 망이는 호신술이, 계암 스님에게 창과 봉(棒) 쓰는 법을 배운 이광은 창봉술이 뛰어났다. 그들은 서로 자기들이 지닌 솜씨를 서로에게 전해 주기 위해 애를 썼고, 구슬땀을 흘리면서 배운 것을 익혔다. 물론 산채의 다른 사람들 중에서도 원하는 사람들에겐 호신술과 무술을 가르쳤다. 그리고 틈날 때마다 함께 산봉우리와 계곡을 오르내리기도 하고, 멧돼지들이 다니는 숲 속에 두 길이 훨씬 넘는 깊은 구덩이를 수직으로 판 다음, 그 위를 나뭇가지와 풀로 가려 놓고서, 멧돼지가 구덩이에 빠지면 그놈을

162

잡아서 통째로 구워먹기도 했다.

"호랭이가 잡혔다! 호랭이가!"

어느 날 이광의 졸개 세 명이 산채로 뛰어들며 외쳤다.

"그게 무슨 말이냐?"

이광이 물었다.

"멧돼지 구덩이에 호랭이가 빠졌어요! 집채만 한 호랭이가 으르렁 거리고 있다구요!"

구덩이에 호랑이가 빠지다니!

산채 사람들은 모두 멧돼지 구덩이가 있는 골짜기로 몰려갔다. 놀랍게도 멧돼지 구덩이에 커다란 호랑이가 빠져 있었다.

으헝! 으허헝!

사람들을 본 호랑이가 앞발을 들고 포효를 터뜨렸다. 산이 찌렁찌렁 울리는 포효에 사람들이 놀라, 뒷걸음질을 쳤다.

"저놈을 어찌 하면 좋겠나?"

이광이 그의 무리들에게 물었다. 그러나 쉽게 입을 여는 사람이 없었다.

"망이 장사와 정첨 장사의 생각은 어떻소?"

이광이 다시 망이와 정첨을 보며 물었다.

"…호랭이는 영물(靈物)이라는데, 손을 안대는 게 좋지 않겠소?"

"내 생각도 그렇소! 잘못 손을 대려다가 오히려 우리가 다칠 수도 있소!"

"그럼 살려 보내기로 합시다! …혹 딴 의견이 있소?"

이광이 무리를 둘러보며 물었다. 반대하는 사람은 없었다.

"그럼 어떻게 저놈을 끌어내야 하나?"

이광이 난처한 얼굴로 물었다. 무서운 호랑이를 구덩이에서 끌어내다가 무슨 봉변을 당할지 모르는 일 아닌가.

"사다리를 던져 넣고 멀리 피해야지유."

정첨이 말했다. 이광의 생각에도 다른 방도가 없었다.

이광과 망이는 사람들을 멀리 떨어져 있게 하고, 사다리를 구덩이에 던져 넣었다. 두 사람은 사다리를 던져 넣은 다음 재빠르게 저만치 물러났다.

어흥! 어흐흥!

잠시 후에 호랑이가 사다리를 타고 구덩이 밖으로 나왔다. 호랑이는 왕방산 사람들을 물끄러미 바라보다가, 골짜기가 찌렁찌렁하게 포효를 하고, 천천히 숲속으로 걸어들어갔다.

그날 저녁이 되어서도 산채 사람들은 낮에 본 호랑이 얘기로 꽃을 피웠다.

"호랭이는 산신령이라는데, 이제 우리는 산신령의 보호를 받으면서 살겠구먼!"

"그러게 말야! 나는 호랭이를 처음 보았는데, 정말 기가 딱 질리더라구!"

"누가 재미진 호랭이 이야기 좀 아는 것 없나?"

"이야기라면 정첨 장사 아니유? 정 장사, 호랭이 얘기 재미있는 것 좀 아는 것 없수?"

사람들의 눈이 정첨에게 쏠렸다. 정첨은 전에 장두일에게 들은 얘기가 생각났다.

전(前) 왕조인 신라 풍속에 매년 2월이 되면 초팔일부터 보름까지 서라벌의 남녀가 흥륜사의 탑돌이를 하면서 소원을 비는 복회(福會)가 있었다.

원성왕 때 젊은 공자 김현(金現)이 밤이 깊어 사람들이 모두 돌아갈 때까지 탑돌이를 쉬지 않았다. 그의 집은 원래 귀족이었으나, 아버지가 일찍 죽자 끼니를 걱정하는 신세가 되어, 김현은 다시 출세하여 영달을 누리기를 부처님께 빌고 있었다. 그때 한 처자가 염불을 외우면서 김현을 따라 탑돌이를 하는데, 김현이 보기에 심히 아름다웠다. 처자 또한 김현에게 눈웃음을 치며 연신 추파를 보냈고, 서로에게 반한 두 사람은 으슥한 곳으로 가서 관계를 맺었다.

"오늘 우리의 인연은 아름다웠으나, 이로써 우리 인연은 끝났습니다."

처자가 다소곳이 인사를 하고 돌아가려 하자, 김현이 그녀를 붙잡았다.

"오백 세의 인연이 있어야 옷소매 한 번 스친다는데, 오늘 밤 우리가 이런 깊은 인연을 맺었는데, 어찌 그대를 그냥 보낼 수 있겠소? 내 반드시 그대와 혼인을 하겠소."

처자는 굳이 혼자 가길 원했으나, 김현은 그냥 그녀를 보낼 수가 없어, 억지로 처자를 뒤따라갔다. 처자는 서산 기슭에 이르러, 조그마한 초가집으로 들어갔다.

"함께 온 이가 누구냐?"

마당에 들어서자 늙은 할머니가 물었다.

"흥륜사 탑돌이를 하다가 인연을 맺은 공자입니다."

처자가 할머니에게 말했다.

"비록 좋은 일이라 할지라도 아니함만 못한 일이구나! 그러나 이미 저질러진 일이니 이제 어쩔 수 없다. 저 공자를 잘 숨겨 두어라! 네 오라비들이 알면 무슨 짓을 저지를지 알 수 없다."

처자는 김현을 구석진 방에 숨겼다.

얼마 후 커다란 호랑이 세 마리가 으르렁거리며 방으로 들어와 코를 킁킁거리더니,

"집 안에서 사람 노린내가 나는구나. 그렇잖아도 뱃속이 출출하던 판인데, 잘 되었다."

하고 말했다.

"이놈아! 네 코가 어찌 되었구나! 무슨 엉뚱한 말을 하느냐?"

할머니가 세 형제를 꾸짖었다. 그러나 호랑이들은 할머니의 말을 아랑곳하지 않고, 사람 냄새를 따라 김현이 있는 곳으로 갔다.

그때 하늘에서 소리가 들려왔다.

"이놈들, 네놈들이 너무 함부로 사람 생명을 해치는구나! 마땅히 한 놈을 죽여서 그 악(惡)을 징계하겠노라!"

세 호랑이는 그 말을 듣고 두려워 떨었다. 그때 처자가 나서서 말했다.

"세 오라버니가 멀리 피해서 스스로 경계하여 앞으로 악을 행치 않는다면, 제가 오라버니들 대신 벌을 받겠습니다."

처자의 말에 세 호랑이들은 모두 기뻐하며 꼬리를 치고, 어둠 속으로 사라져 버렸다.

호랑이들이 사라지자 처자가 김현에게 말했다.

"처음 저는 공자님께서 저희 집에 오시는 것이 부끄러워 거절하였습니다. 그러나 지금 사세가 이렇게 된 마당에 무엇을 숨기겠습니까? 공자님과 소녀는 비록 그 족류(族類)는 다르지만, 하루 저녁 기쁨으로 관계를 맺었으니, 부부의 의(義)를 맺은 것입니다. 그러나 제 오라버니들의 악행이 하늘에 닿아 하늘이 징치코자 하시니, 우리 집안의 재앙을 제가 받고자 합니다. 그러나 남의 칼에 죽느니보다는 공자의 칼에 죽어, 공자님의 은혜에 보답하고자 함이 소녀의 원(願)입니다. 소녀가 내일 저잣거리에 가서 사람들을 해치면 사람들이 소녀를 잡으려 할 것입니다. 그러나 제가 잡히지 않고 계속 사람들을 해치면, 종국에는 나라님이 높은 벼슬을 현상(懸賞)으로 내걸고 저를 잡으려 할 것입니다. 그때 공자님께서 두려워하지 말고 북쪽의 숲으로 오시면 제가 그곳에서 기다리고 있겠습니다."

그 말을 듣고 김현이 숙연하여, 말했다.

"사람이 다른 족류와 관계를 가지는 것은 참으로 예외적인 일이나, 이 또한 오랜 인연에 의해 된 일입니다. 어찌 배필의 죽음을 팔아 한 세상의 벼슬을 바란단 말입니까?"

그러나 처자가 다시 말하였다.

"이제 소녀가 일찍 죽는 것은, 하늘의 명(命)이요 또한 저의 소원입니다. 또한 공자님의 경사요, 우리 일족(一族)의 복이며, 나라 사람들의 기쁨이 될 것입니다. 한 번 죽어서 다섯 가지 이익을 얻을 수 있으니, 이를 어찌 어길 수 있겠습니까? 좋은 보답을 얻는 데 도움이 된다면 공자님의 은혜가 이보다 더 큰 것이 없겠습니다."

김현과 처자는 서로 손잡고 울면서 헤어졌다.

다음날 과연 집채만한 호랑이가 도성 안에 들어와, 으르렁거리며 사정없이 날뛰었다. 호랑이에게 물리고, 발톱에 찢긴 사람이 여럿이었으나, 아무도 그 호랑이를 잡지 못했다. 군사들이 나서서 창검으로 호랑이를 잡으려 했으나, 부상자만 늘었을 뿐, 호랑이를 잡을 엄두를 내지 못했다.

소문을 들은 원성왕이 말했다.

"어허! 통탄할 일이로다. 호랑이가 아무리 맹수라곤 하나, 일국(一國)이 힘을 기울여도 그것 한 마리를 잡지 못한다는 게 말이 되느냐? 이 호랑이를 잡는 자에겐 내 2급의 벼슬을 내리겠다고 방(榜)을 붙여라!"

김현이 대궐에 나아가서, 임금께 아뢰었다.

"소신이 그 호랑이를 잡겠습니다."

원성왕은 크게 기뻐하여 즉시 벼슬을 내리고, 잔치를 베풀어 김현을 격려하였다. 김현이 칼을 들고 처자와 약속한 숲으로 들어갔다. 김현을 본 호랑이가 처자로 변하더니, 반가이 웃으며 말했다.

"지난 번에 공자님께 드린 말씀을 잊지 마십시오. 그리고 저로 인해 다친 사람들은 상처에 흥륜사의 간장을 바르고, 그 절의 나팔소리를 들으면 나을 것입니다."

처자는 나붓이 김현에게 절을 하고난 뒤 김현의 허리에서 칼을 뽑아 제 목을 찌르고 넘어져, 호랑이가 되었다. 김현이 숲에서 나와

"내가 호랑이를 잡았다!"

하고 외쳤다.

그리고 그 호랑이가 시킨 대로 호랑이에게 상처를 입은 사람들을 치료했더니, 다들 감쪽같이 나았다. 나라 사람들이 김현의 용맹함을 칭송하고, 이윽고 김현은 높이 현달(顯達)했다. 김현은 호랑이 처자의 부탁대로 서천(西川) 가에 절을 짓고, 그 이름을 호원사(虎願寺)라 하였다. 그리고 늘 범망경(梵網經)을 강(講)하여 호랑이 처자가 좋은 곳으로 가도록 기원하였다. 제 몸을 죽여 그를 현달시킨 호랑이 처자의 은혜에 보답하기 위함이었다. 김현이 죽을 때 지난 일의 기이(奇異)함을 적어놓았다. 그가 죽은 뒤에 세상 사람들이 비로소 이 일을 알고, 호랑이가 죽은 숲을 호림(虎林)이라 불렀다.

정첨의 얘기가 끝나자 한 동안 침묵이 이어졌다. 기이한 얘기지만 무언가 깊은 메아리 같은 감동이 그들의 마음을 울렸다.

"나도 그런 호랑이 좀 만났으면 좋겠네!"

한참 후에 한 사람이 말했다.

"이놈아! 먼저 탑돌이부터 해야지!"

"나도 두꺼비가 은혜 갚은 이야기를 하겠소."

무리 중에 한 사람이 다시 이야기를 시작했다.

이광의 산채는 이런 얘기 저런 얘기로 차츰 깊어갔다.

망이와 정첨이 산채에 머문 지 달포가 지났으나 계암 스님은 오지 않았다. 그러나 그 동안 망이와 정첨은 이광과 더할 수 없이 막역한 사이가 되었고, 산채의 다른 사람들과도 허물없이 사귀게 되었다.

어느 날, 이광과 망이, 정첨은 산채의 동남쪽에 있는 포천현으로 성주받이 구경을 나갔다. 멀리 개경까지 그 이름이 알려져 있을 정도로 엄청난 부자인, 그러나 인색하고 모질기로 또한 널리 이름이 높은 호족 노태채가 궁궐 같은 집을 새로 짓고, 이틀에 걸친 큰 성줏굿을 한다는 소문이 널리 퍼졌는데, 대체 노태채의 집이 얼마나 거창하기에 그렇게 소문이 요란한지 탐색을 간 것이다.

　노태채 집안은 지방의 여느 군소 호족들과는 비교할 수 없게 엄청난 전장을 소유하여, 그 세력이 포천은 물론 인근의 여러 고을을 뒤덮었다. 포천 고을은 말할 것도 없고 인근의 양주, 가평, 영평 고을에도 그의 장원이 도처에 널려 있는 대지주였기 때문에 아무도 그를 넘보지 못했다. 그의 강성한 세력에 굽죄여서 고을의 관장들도 새로 부임하는 족족 우선 그에게 인사를 가는 게 관례처럼 되어 있었고, 그의 비위를 거스르지 못했다. 그가 거느린 노비들만 해도 장원에서 따로 살면서 농사를 짓는 외거노비가 270여 명이고, 집안에서 부리는 솔거노비도 30여 명이 넘었다. 그런데도 그의 집안은 대대로 인색하기가 이를 데 없어서 그의 조부 때부터 흉년이나 가뭄이 들어서 인근 주민들이 굶주려도 구휼미 한 가마 내놓는 법이 없었다. 아니, 구휼미를 내놓기는커녕, 오히려 그 흉년과 가뭄을 다른 사람들의 전답을 걸터들이는 좋은 기회로 삼곤 했다. 곡식이 떨어져서 굶어죽게 된 사람들에게 몇 됫박의 곡식을 주고서 거저 얻다시피 전답을 사들이는 것인데, 당장 굶어죽게 된 사람들은 터무니없는 값으로 논밭을 빼앗긴다는 것을 뻔히 알면서도 논밭을 내놓지 않을 도리가 없었다. 그렇게라도 하지 않으면 당장 굶어 죽을 수밖에 다른 방도가 없었기 때문이었다. 그렇게 전답을 빼앗긴 사람들은 어쩔 수 없이 노씨 집안의 소작꾼으로 전락되어, 뼈 빠지게 일해서 거두어들인 수확의 대부분을 노씨 집안에 꼬박꼬박 바치지 않으면 안 되었다. 너무 억울해서 불평을 늘어놓거나, 소작료를 제 때에 바치지 못하면 노씨 집안의 범같이 사나운 노비들이 득달같이 들이닥쳐서 무릿매를 놓고는, 가차 없이 전답을 회수했다. 노태채에게 얼마 되지 않은 곡식을 빌려다 먹고 갚을 방도가 없는 사람들은 그의 노비가 되어, 마소처럼 일을 하지 않으면 안 되었다. 그것이 싫으면 밤도망을 하여 이리저리 흘러다니는 유민이 될 수밖에 없었다. 노태채의 할아버지만 그랬던 것이 아니었다. 그의 아버지도 그랬고, 대대 곱사등이로 노태채도 그랬다. 이미 주체하지 못할 정도로 엄청난 전답을 소유했지만 노태채는 만족할 줄을 모르고 끝없이 전답을 긁어들였고, 궁민을 노비로 만들어 그 전답을 경작하게 했다.

그런 노태채가 3년 간에 걸쳐서 새 집을 짓고, 드디어 성줏굿을 한다니, 인근에 소문이 요란한 것도 당연한 일이었다.

망이와 정첨, 이광은 노태채의 저택을 보고서 그 굉걸한 규모에 놀랐다. 개경의 궁궐에 뒤지지 않는다는 요란한 소문으로 보아 대단하리란 짐작은 했지만, 노태채의 집은 예상했던 것보다 훨씬 더 어마어마했다. 엄청나게 넓은 터 한가운데 장려하게 솟은 본채와, 본채를 옹위하듯 사방으로 첩첩이 들어앉은 사랑채와 행랑채, 그밖의 거느림채와 곳집들이 정말 여느 궁궐 못지않았다.

성줏굿은 안마당에서 벌어지고 있었는데, 제단 위에는 통돼지와 여러 종류의 떡, 과일과 음식들이 층층이 켜켜이 쌓여 있고, 돗자리 위에서 잽이들이 징과 제금, 장구, 해금, 피리, 젓대로 신명나게 무악(巫樂)을 연주하고 있었다. 울긋불긋 화려한 무복을 입은 무당들은 부채와 신칼, 방울을 들고 춤을 추거나 노래를 불렀다. 굿이 벌어지고 있는 주위에는 사람들이 구름같이 모여서 굿 구경을 하고 있었다.

성주로다 성주로다 성주 본(本)이 어디메오.
경상도 안동땅 제비원이 본일러라.
가지고 나오실 보물 없어 솔씨 서 말 서 되 서 홉을 받아내어
온 고려에 다 띄우고 한 되 한 홉 남은 것은
서편 동편 던져 놓아 그 솔이 점점 자라난다.

소부동이 되고 대부동이 되었구나.

낮이면 태양을 쐬고 밤이면 밤이슬 맞아 청장목 황장목 되어 놀 제

이 터 명당이 척박하니 집이나 지어 보세.

천하궁망 하후왕님 성주 이룩하오려고 하후왕님 모시러 왔습니다.

하후왕님 어려서 클 적에 장난을 놀아도

나무 꺾어 집 짓는 장난 나무를 깎아 집 짓는 장난

흙을 돋우어 집을 돋우어 집 짓는 장난을 놀아 놓으니 하후왕님 거동을 봐라.

인물이 도저하고 재주가 비상하여 만고일색 되었는데…

망이와 정첨, 이광이 한참 무당의 성주풀이를 듣고 있는데,

"당신들, 못 보던 얼굴인데, 이리 나와 봐!"

갑자기 그들의 뒤에서 썰렁한 목소리가 귓전을 쳤다. 뒤를 돌아보니, 몸집들이 하나같이 건장한 젊은이 네 명이 날카로운 눈초리로 그들을 노려보고 있었다. 네 사람 모두 쇠몽둥이와 방망이, 긴 작대기 등을 들고 금방이라도 그들을 후려칠 듯 위협적인 자세였다. 노태채의 위세를 믿고 죽지떼는 하인놈들이 분명했다.

"왜 그러시오?"

이광이 물었다.

"이리 나오라는데, 웬 잔말이 많아?"

쇠몽둥이를 든 사내가 눈을 부라리며 으르딱딱거렸다. 세 사람은 사람들을 헤치고 그들에게로 갔다.

"왜 그러시오?"

다시 이광이 그들에게 물었다.

"왜냐구? 당신들한테서 어딘가 수상쩍은 냄새가 난단 말이야! 어느

마을에서 왔는지 솔직히 말해!"

쇠몽둥이를 든 사내가 위압적인 목소리로 을러대듯 말했다.

"그냥 길 가던 나그네요."

"길 가던 나그네? 나그네면 그냥 길이나 갈 것이지, 여긴 뭐하러 와서 기웃거려?"

쇠몽둥이가 다시 완연히 시비조로 말했다.

"큰 굿이 있다기에 구경도 하고, 떡도 좀 얻어먹으려고 왔소이다."

"굿도 보고 떡도 얻어먹는다? 내 눈은 못 속이지! 힘깨나 쓰게 생긴 걸 보아하니, 그냥 떡이나 얻어먹으러 온 놈들이 아니야! 뭔가 구린내가 난다구!"

사내가 금방이라도 쇠몽둥이로 후려칠 듯 세 사람을 위협하며 말했다.

"당신은 도대체 누군데 우리한테 이르게 함부로 하우?"

망이가 말했다.

"노씨 집안에 사천왕이 있단 말도 못 들어봤냐? 우리가 바로 그 사천왕이시다!"

사내가 의기양양하게 말했다.

"아, 당신들이 바로 그 유명한 사천왕이시오? 이름은 진작에 여러 번 들었소이다! 이거, 이렇게 뵙게 되어서 영광이로소이다! 우리는 양주 고을 진성훈 어르신의 가노인데, 그분의 심부름을 가다가, 큰 굿을 한다기에 잠깐 들렀소이다. 듣자 하니 사천왕에 엄청나게 팔심이 센 장사가 있다던데, 이 사람이 평소에 팔심을 좀 쓰길래 한번 겨뤄 보기도 할 겸해서…."

정첨이 망이를 가리키며 썩썩하게 말했다.

"뭐라구? 그게 정말이냐?"

"정말이잖구요? 그래, 어떤 분이 그렇게 팔심이 세시오?"

"우리와 팔씨름을 해보자구? 하룻강아지 범 무서운 줄 모르고!"

172

"길고 짧은 것은 대 봐야 알지요."

정첨이 얼굴에 웃음을 띠고 말했다.

"좋다! 어디 한번 해 보자! 저쪽 마루로 가자!"

그들은 세 사람을 행랑채의 마루로 데려갔다. 정첨은 그들을 따라가면서 그들이 눈치 채지 못하게

"이기면 안 되오."

하고, 망이의 귀에 대고 속삭였다. 망이도 정첨의 말뜻을 알아들었다.

"자, 덤벼 봐라!"

쇠몽둥이를 든 자가 그들의 우두머리인 듯 호기롭게 팔을 걷어붙이고 줄통을 뽑으며 말했다.

"그럼 한 수 가르쳐 주시우."

망이가 어수룩하게 말하고는, 그와 손을 맞잡았다. 망이는 좀 버티는 체하다가, 팔뚝에서 힘을 빼고 넘어졌다.

"덩치가 제법 그럴싸해서 힘꼴깨나 쓰는 줄 알았더니, 이건 순 허풍이구나!"

사내가 기고만장해서 호기를 뽐내며 큰소리를 쳤다.

"다시 한번 하시오!"

정첨이 그럴 리가 없다는 표정으로 말했다. 망이는 다시 사내와 손을 맞잡았다. 이번에는 좀 더 버티다가 넘어졌다.

"임마, 그까짓 걸 힘이라고! 젊은 놈이 덩치 값을 해야지!"

사내는 두 번을 거푸 이기자 얄이 나서 망이의 뺨을 철썩 갈기며 말했다.

"아이구! 과연 힘이 장사구료! 노태채 어른 댁은 사천왕이 있어서 아무도 얼씬거리지 못한다더니, 과연 헛소문이 아니었소이다! 이 사람도 우리 주인댁 하님들 가운데선 제일 센데, 댁한테는 도저히 안 되겠소! 자, 안녕히 계십쇼! 우리는 가겠소이다!"

정첨이 너스레를 떨며 눈비음으로 굽실 인사를 하고는, 망이와 이광의 등을 떠밀었다. 그들은 엉겁결에 도망치듯이 그곳을 빠져나왔다.

"왜 져 주었소?"

노태채의 집을 나오자 이광이 망이에게 물었다.

"그놈들을 속여서, 긴장을 풀어지게 한 다음 빠져 나오려 한 것이지요. 그렇지 않았더라면 틀림없이 피를 보게 되고, 그렇게 되면 그놈들만이 아니라 다른 하인놈들이 모두 떼거리로 덤벼들었을 겝니다."

정첨이 망이 대신 이광에게 말했다.

"그래도 망이 장사가 뺨까지 맞았으니…."

"난 괜찮수."

망이가 말했다.

"정말 어마어마하게 지어 놨더군! 옛날부터 한 명의 장수가 이름을 드날리려면 만 명의 졸병이 죽고, 한 명의 부자가 나기 위해서는 여러 고을이 헐벗어야 한다더니, 그게 빈말이 아니더구려!"

이광이 결기를 내어 두 사람에게 말했다.

5. 동궁의 행차

노태채의 요란한 성주받이가 고을 사람들의 입에 오르내리다가 잦아들 즈음이었다.

포천 고을에 곧 개경에서 높은 사람이 납신다는 소문이 파다하게 퍼졌다.

나라님의 친아우 되시는 익양후가 남도를 순방하는 길에 이곳에 들러 하루를 유(留)하신다더라.

금상의 아우님이 아니라 아드님이시자 다음번 임금이 되실 동궁마마가 납신다고 하던데?

거느리고 다니는 관원들이 백여 명이 넘고 그 행차가 나라님의 거둥보다 더 어마어마하다더라.

그게 아니고 스무 명쯤의 조촐한 행차라는 말이 있더라. 이미 개경에서 남으로 떠났다면서!

그분께서 고을 사람들에게 골고루 큰 선물을 내리신다던데?

선물은 무슨 선물? 공연한 헛소리지!

아니 땐 굴뚝에서 연기 날까? 흉년으로 흉흉해진 민심을 달래기 위해 조정에서 굉장한 선물을 준비했다던데?!

사람들은 놀라운 소문을 전하기에 바빴고, 소문은 입에서 입으로 전해질 때마다 조금씩 더 부풀어올라, 조용하던 고을이 붕 떠올랐다.

소문이 고을을 휩쓴 지 이틀 후였다.

"위! 물렀거라! 물렀거라! 동궁마마 행차시다!"

"물렀거라! 위! 물렀거라! 동궁마마 납시신다!"

해질 녘에 군졸 20여 명이 호위한 가마 한 채가 벽제 소리도 요란하게 고을로 들어섰다. 소문처럼 가마는 동궁이 타기에 손색이 없게 화려했고, 가마를 옹위한 군졸들 또한 동궁의 호위병답게 한결같이 힘과 기백이 넘쳐 보였다. 특히 호위병을 통솔하는 대장군과 중랑장은 그 풍채가 놀랄 만큼 당당하고 우람했다.

"위! 물렀거라! 동궁마마 행차시다!"

"물렀거라! 동궁마마 납시신다!"

요란한 행차에 고을 사람들이 동궁의 모습을 보려고 구름처럼 뒤따랐고, 가마는 기세도 당당하게 고을의 객관으로 들어갔다. 군졸들이 막는 바람에 고을 사람들은 객관 안으로 들어가지 못하고 대문 밖에서 목을 늘이고 구경을 하는데, 가마가 마당에 놓이자 가마 속에서 한 젊은이가 밖으로 나왔다. 젊은이는 과연 동궁답게 옥으로 깎아 만든 듯이 준수한 용모에, 눈부신 비단옷을 입고 있었다.

동궁마마시다!

태자님이시다!

사람들은 젊은이를 보고 환성을 질렀다. 젊은이는 환호하는 사람들에게 빙그레 미소를 지으며 가볍게 손을 들어 보이고는, 객관 안으로 들어갔다.

그가 방으로 든 지 채 한 식경도 지나지 않아서 고을의 사또가 아전 몇 명을 데리고 허겁지겁 객관으로 들이닥쳤다. 그는 마루에서부터 무릎걸음으로 방문 앞으로 다가서서,

"동궁마마! 신(臣) 포천의 감무를 맡고 있는 이차맹 현신하였사옵니다!"

하고, 부복하여 아뢰었다.

"네가 이차맹이냐? 안으로 들라!"

방에서 썰렁하면서도 엄한 목소리가 들리고, 문이 열렸다. 이차맹은 무릎걸음으로 방으로 들어가서,

"마마, 원로에 얼마나 노고가 크셨사옵니까? 신 이차맹 마마께 인사 올리옵니다!"

하고, 큰절을 올렸다.

그때였다.

"이놈을 꼼짝 못하게 붙잡아 꿇려라!"

하는 동궁의 영이 떨어지고, 문 양쪽에 서 있던 대장군과 중랑장이 이차맹의 두 팔을 뒤로 꺾어 얼굴이 방바닥에 닿도록 옴쭉달싹 못하게 붙잡았다.

"마마! 어찌, 어찌 이러하시옵니까?"

이차맹이 깜짝 놀라 눈을 희번득이며 말했다.

"네 이놈, 이차맹! 네 죄를 네가 알렷다?"

동궁이 다짜고짜 호통을 놓았다.

"…마마, 무슨 말씀이시온지…, 어찌 이리 하오시는지 소신은 영문을, …영문을 모르겠사옵니다."

이차맹이 벌벌 떨며 말했다.

"이놈, 네놈이 지금 나를 우롱하려는 게냐? 여봐라! 안 되겠다! 저놈의 목을 베어야겠다!"

동궁의 영이 떨어지자 군졸 한 명이 시퍼런 검을 들고 달려들어, 이차맹의 목에 검을 대었다. 이차맹은 혼비백산하여 온몸을 와들와들 떨며 다급하게 울부짖었다.

"마마! 동궁마마! 소, 소신은 정말 아무 것도 모, 모르옵니다! 마마 모쪼록 고정하시옵고, 소신의 죄를 알려 주시옵소서! 소신은 정말 … 억, 억울하옵니다!"

"이런 죽일 놈! 이놈 이차맹, 네놈의 죄가 백일하에 드러났는데도 아직도 시치미를 뗄 작정이냐?"

"…소, 소신이 무슨 죄를 지었는지, 소, 소신은 정말 모르겠사옵니다!"

"네 죄를 모르겠다?!"

"송구, 송구하오나 그러하옵니다. 마마!"

"네 이놈 이차맹! 네놈의 가문은 개국공신 이지몽 이래 대대로 우리 삼한(三韓)갑족으로 부귀영화를 누림에 부족함이 없었고, 또한 네 조부 이수민과 네 아비 이귀형도 그 벼슬이 문하시랑과 참지정사로서 성상의 하해와 같은 은총을 입었거늘, 네놈이 대체 무엇이 부족하여 역적 모의를 했느냐?"

"…역, 역적 모의라니요?!"

"그렇다, 이놈! 역적 모의다!"

"아, 아니옵니다! 역, 역적 모의라니요?! 천부당 만부당한 말씀이시옵니다! 마마! 소신은 꿈에도 그런 생각을 한 적이 없사옵니다!"

이차맹은 경악으로 얼굴이 사색이 되어 허겁지겁 말했다.

"네놈이 아무리 손바닥으로 하늘을 가리려 한들 그게 될 법한 일이냐? 이놈! 네놈이 청주의 감무 최견과 이곳 토호 노태채와 비밀리에 결맹을 맺고 반역을 꾀하려 한다는 발고가 들어와, 내 네놈들을 토멸하러 왔다!"

"마마! 아니옵니다! 반역을 꾀하다니요? 소신이 어찌 그런 천부당만부당한 일을 획책했겠사옵니까? 무고이옵니다!"

"무고라니?! 이놈! 노태채가 오래 전부터 불측한 마음을 품고 수백 명의 가노를 조련시키고 있고, 군량미로 쓸 식량을 몇 년 동안이나 비축해 왔을 뿐 아니라 청주 감무와 네놈을 포섭했다는 구체적인 제보가 들어왔는데도 시치미를 떼느냐?"

"마마, 소신이 무엇이 부족해서 구족이 멸문지화를 당할 일을 꾀하겠사옵니까? 소신은 아니옵니다! 마마, 소신은 억울하옵니다!"

이차맹이 눈물을 줄줄 흘리며 읍소하자 동궁이 잠깐 생각에 잠기더니, 이윽고 말했다.

"…너는 아니란 말이렷다?! …내 생각에도 개국공신 이지몽의 후예가 무엇이 부족해서 그런 일에 가담했을까 의아하게 생각은 했다만…"

"그, 그렇사옵니다. 마마! 소신은 아니옵니다! 밝게 살펴 주시옵소서!"

이차맹이 살길을 찾은 듯 부르짖자 동궁이 다시 냉엄한 목소리로 말했다.

"네놈이 역모에 가담했는지 안 했는지는 나중에 조정으로 압송하여 국문을 해 보면 알려니와, 그럼 네놈은 한 지역의 감무로서 노태채가 그런 어마어마한 일을 꾸미는 걸 왜 보고만 있었느냐? 설마 감무를 맡고 있는 자가 그런 일을 모르고 있었다고 발뺌을 하지는 못하겠지?"

동궁의 추궁에 이차맹이 땀을 비질비질 흘리며 대답했다.

"마마! …송구하오나 소신이 미욱하여 감무의 책임을 다하지 못하였으나 소신이 반역에 가담한 것은 아니옵니다! 통촉하여 주시옵소서!"

"…그럼 네놈은 그 사실을 몰랐단 말이냐?"

"예, 맹세코 금시초문이옵니다!"

"정녕 몰랐단 말이냐? 모를 게 따로 있지, 감무란 자가 그런 엄청난 일을 몰랐다는 게 말이 되느냐?"

"마마! 소신이 밝지 못해 소신의 고을에서 큰일이 일어난 걸 미처 몰랐사오나, …지금부터라도 …지금부터라도 소신의 결백을 증명해 보일 기회를 주시옵소서!"

"너의 결백을 증명하다니? 어떻게 그걸 증명한단 말이냐?"

"지금 당장 소신이 앞장을 서서 역적 노태채를 토멸하여, 소신의 결백을 증명해 보이겠사옵니다!"

동궁은 한참 말없이 생각에 잠겼다가, 이윽고 결연하게 말했다.

"좋다! 내 마땅히 당장 너를 결박해서 개경으로 압송해야 할 것이나 너희 가문의 오랜 충성을 생각해서 한 번 기회를 주겠다. 지금 당장 고을의 군졸과 관노 들을 모조리 데리고 오너라! 내 너와 함께 그 노태채란 놈을 토벌할 것이다! 내가 거느린 호위병들은 모두 일당백의 장사들로서 그 따위 역적 한 놈쯤 처치하기는 손바닥 뒤집기보다 쉬운 일이나 너에게 죄를 덜고 공을 세울 기회를 주기 위함이다! 누구에게도 이 사실을 발설하지 말고, 즉시 행하라! 만약 기밀이 누설되어 노태채가 도타하기라도 한다면 내 너를 노태채와 한 무리로 생각하여 역률(逆律)로 다스릴 것이니라."

"마마 성은이 망극하옵니다! 영 받들어 즉시 시행하겠사옵니다!"

이차맹은 부리나케 관청으로 가서, 군졸과 관노 들을 모두 데려왔다. 동궁은 자기가 거느리고 온 호위병과 관청 사람들을 거느리고 노태채의 집으로 달려갔다.

"포천현 관병들은 이 집 주위를 쥐새끼 한 마리 빠져 나가지 못하게 지켜라! 집 안으로는 나와 함께 온 호위병들이 들어가, 역적을 체포한다!"

동궁의 명령 한마디에 고을 군졸과 관노 들이 노태채의 집 주위를 철통같이 둘러쌌다. 집 밖의 낌새를 안 노비 네 명이 쇠몽둥이와 작대기를 들고 밖으로 달려나왔다. 사천왕을 자처하며 노태채의 손발 노릇을 하는 노복들이었다.

"당신들은 뭐요?"

노복 중에 한 명이 앞으로 나서며 불퉁스럽게 말했다.

"이놈, 어느 안전이라고? …무릎을 꿇지 못할까?"

대장군이 앞으로 나서며 호통을 놓았다.

"당신들이 누구시길래 이렇게 함부로 남의 집을 침범하려고 하오?"

노복도 지지 않고 쇠몽둥이를 치켜들고 경계 태세를 취하며 뻗세게 나왔다. 그러자 중랑장이 번개같이 그에게 덤벼들어서 한 팔로 그의 쇠몽둥이를 막으며 그의 뱃구레를 후려쳤다. 노복은 힘 한번 제대로 써 보지 못하고 땅바닥에 나뒹굴었다. 그가 나가떨어지자 나머지 노복 셋이서 와락 중랑장에게 덤벼들었다. 그러나 중랑장은 전광석화로 세 놈을 거꾸러뜨렸다. 군졸들이 넘어진 노복들을 밧줄로 꽁꽁 묶었다.

"이제 들어가서 역적을 체포하라!"

동궁은 이차맹과 호위병들을 거느리고 노태채의 집으로 들어갔다.

"아니, 사또께서 웬일이시오?"

이차맹과 동궁을 본 노태채가 크게 놀라, 의아한 얼굴로 말했다.

"저놈을 잡아 묶어라!"

동궁의 영(令)에 호위병들이 다짜고짜 노태채에게 달려들어, 사정없이 오라를 지웠다.

"아니, 이게 어찌된 일이오? …뉘신데 이러시는 거요?"

영문을 모르겠다는 듯 노태채가 고함을 질렀다.

"이놈 엎드리지 못할까? 이분이 바로 동궁마마이시다!"

대장군이 준엄하게 말했다.

"…동궁마마께서 어인 일로…?!"

노태채가 경악과 공포로 얼굴이 허옇게 변하며 말을 잇지 못했다.

"역적놈과 긴 말 할 것 없다. 이 집에 있는 놈들은 어린애와 계집들까지 모조리 잡아 묶어라! 내 손수 치죄하여 이놈의 죄상을 낱낱이 밝히리라."

호위병들은 동궁의 명이 떨어지자마자 남녀노소를 가리지 않고 노태채의 가솔은 물론이고 노비들까지 모조리 결박해서 빈 곳집에 쓸어 넣었다.

"이제 역적의 수괴를 잡았으니, 조금 안심이 된다. 이번에 사또가 역적모의를 사전에 적발하지 못한 잘못은 막대하나, 일이 무사하게 마무리되면 내 그 죄를 감해 줄 뿐만 아니라, 역적 토멸에 공이 크다고 상감께 주(奏)하여 벌을 면케 해 주겠다."

동궁이 이차맹에게 말하자 이차맹은 크게 감복해서

"은혜가 하해와 같사옵니다. 삼가 견마지로를 다 하겠사옵니다."

하고, 머리를 조아려 큰절을 올렸다.

동궁은 사랑방으로 들어가 드레있게 좌정하고서, 꽁꽁 묶인 노태채를 마당에 끌어다가 문초를 시작했다.

"노태채, 네 이놈! 시골의 한낱 호족놈이 감히 불측한 마음을 품고 반란을 도모하다니? 그러고도 네놈이 살기를 바랐더냐? 내 당장 네놈은 물론 네 가족들과 구족을 모조리 능지처참하고, 이 집은 불태워 없애고 집터를 파서 연못을 만들겠노라!"

"동궁마마, 억울하옵니다. 저 같은 시골 무지렁이가 역적 모의라니, 어디 당키나 한 말씀이옵니까? 터무니없는 말씀이옵니다!"

노태채는 머리를 땅에 찧으면서 울음 섞인 목소리로 말했다.

"저런 찢어죽일 놈이 있나? 이놈아! 네놈의 죄상을 낱낱이 조정에 발고한 자가 있느니라! 그렇지 않으면 내가 네놈의 죄상을 어떻게 알고 행차를 했겠느냐? 이렇게 명명백백한 증거가 있는데도 네놈이 거짓 발명을 해? 내 당장 네놈의 목을 베리라!"

동궁은 문서 한 통을 품에서 꺼내 노태채 눈앞에 들이밀며 호통을 놓았다.

"그것은 무고이옵니다. 누군가 소인을 죽이려고 무고를 한 것이오니, 밝게 살피시어 억울함을 풀어 주소서!"

노태채가 피를 토하는 듯한 목소리로 울부짖었다.

"안 되겠다! 저놈이 이실직고할 때까지 매우 쳐라!"

동궁의 말이 떨어지자마자 호위한 군졸 중에 두 명이 앞으로 나와서 몽둥이로 노태채를 사정없이 후려쳤다. 한바탕 매질이 끝나자 다시 동궁이 말했다.

"이놈, 목숨을 보존하고자 하면 바른 대로 고해라. 네놈이 군량미로 쓰기 위해 이 집 창고에 엄청난 곡식을 쌓아둔 것을 내 다 알고 있다. 이래도 아니라고 우기겠느냐?"

"동궁마마, 억울하옵니다. 군량미라니요?! 그것은 그저 제 땅에서 수확한 것을 거두어들여 비축해 둔 것뿐이옵니다."

"네놈의 가솔이 몇 명인데, 그 많은 곡식이 필요하단 말이냐? 군량미로 쓸 계획이 아니라면 그 많은 곡식을 비축할 필요가 무엇이냐? 이놈, 가당치도 않은 거짓말 말고, 바른 대로 대라!"

"…그것은 그냥, …그냥 쌓아 둔 것입니다."

"그냥 쌓아 두다니?! 그냥 쌓아 두면 썩어 버리고 말 곡식을 그냥 쌓아 두다니?! 이놈, 그게 말이 되느냐? 네놈이 청주 목사 최견과 은밀하게 짜고서 그가 군대를 몰고 올라올 때 군량미를 대기로 했다는 게 이미 다 발고되었다! 청주에도 이미 경군(京軍)이 내려갔으니, 곧 그 최견이라는 놈을 붙잡아 올 것이니라! 이렇게 모든 일이 다 드러났는데도 네놈이 끝내 토설을 않다니, 아직 매가 부족하구나! 여봐라! 저놈을 다시 매우 쳐라!"

호위 군졸 두 명이 다시 노태채를 무지막지하게 쳤다. 노태채는 고통을 참지 못하고 비명을 지르며 땅바닥에 데굴데굴 굴렀다.

"이놈, 네놈이 아무리 부정하려고 해도 또 명백한 증거가 있다. 이놈, 네놈이 무슨 마음으로 일 백간이 넘는 이런 궁궐을 지었느냐? 네놈이 흑심이 없다면 이런 짓을 했겠느냐? 천자나 왕이 아니면 이런 집을 짓는 게 국법으로 금해져 있다는 건 세 살 먹은 어린애도 알고 있는데, 한낱 호족인 네놈이 이런 굉걸한 저택을 축조한 까닭이 무엇인지 바른 대로 고하라!"

"…소인이 죽을 때가 되어서 아무 생각 없이 잘못을 저질렀사옵니다. …그러나 역적 모의는 천부당만부당한 말씀이옵니다. 제발 통촉해 주시옵소서!"

"이놈이 과연 역적의 수괴답게 쉽사리 입을 열지 않는구나! 이놈을 조정으로 압송해서, 사실을 낱낱이 밝히고, 능지처참해야겠다! 우선 이놈을 곳집에 가둬 두어라."

동궁은 노태채를 곳집에 가두게 하고, 이차맹에게 말했다.

"노태채가 군량미를 비축하기 위해 이곳 백성들의 피와 기름을 짰으니, 우선 흉흉한 민심을 달래야겠다. 그대는 좋은 계책을 말해 보라."

"……."

이차맹이 당황해서 우물쭈물 말을 하지 못했다.

"고을의 수령을 맡은 자가 백성들에게 제일 필요한 것이 무엇인지를 모른단 말이냐? 백성들의 어려움을 다소나마 덜어주는 게 고을 수령의 소임이 아니더냐?"

동궁이 크게 꾸짖자 이차맹이 놀란 얼굴로 말했다.

"황공하옵니다. 백성들에겐 먹는 게 하늘이옵니다."

"그렇다! 지금 즉시 군졸과 관노, 사령 들을 모두 동원해서 이 집 곳집에 있는 모든 곡식들을 꺼내서, 이 고을과 이웃 고을 백성들에게 골고루 나누어 주도록 해라! 이 집에 있는 곡식뿐만 아니라 관가에 있는 환곡도 모조리 방출하라! 내 이번에 조정에 올라가면 특별히 상(上)께 아뢰어 이번에 방출한 곡식은 곧 내려 보내도록 하겠다. 밤을 새워서라도 쉬지 말고 시행하라!"

"황공하옵니다! 마마, 즉시 분부대로 거행하겠사옵니다!"

이차맹이 고두(叩頭) 사은하고, 서둘러 밖으로 나갔다.

그날 밤부터 사흘 간에 걸쳐서 포천과 가평, 영평의 모든 민가에 식구 수에 따라 빠짐없이 동궁이 내리는 곡식들이 분배되었다. 동궁과 나라님의 덕을 칭송하는 소리가 마을마다 높았다.

곡식을 모두 나눠준 이차맹이 동궁을 찾아와 보고하자 동궁이 다시 명했다.

"역적 노태채의 모든 전답은 본래 백성들의 것이었는데, 노태채와 그의 윗대 놈들이 갖가지 못된 계교로 거저 빼앗듯이 검터들였다는 건 천하가 다 아는 사실이다. 그러니 이제 전답문서를 소작을 짓고 있는 백성들에게 돌려주도록 하라! 그리고 그의 노비 중에 한 명이 이번에 역적모의를 고변했으니, 그 공로를 참작해서 노비문서를 불태우고, 그들을 양민으로 만들어라. 그리고 그들에게도 식구 수에 따라 전답을 고루 나누어 주도록 해라!"

"마마! 마마의 은혜가 하해와 같사옵니다!"

이차맹이 읍하며 말했다.

"그리고 노태채를 개경으로 압송할 함거도 준비하라."

"분부대로 거행하겠사옵니다."

이차맹은 동궁의 분부를 충실하게 거행했다. 전답을 무상으로 받은 백성들과 방면된 노비들이 동궁의 만세를 부르며 환호작약했다. 임금과 조정을 칭송하는 소리로 고을이 들썩거렸다.

일이 모두 끝나자 동궁이 말했다.

"이번에 사또의 공이 적지 않았다! 내 환궁하면 상(上)께 그대의 공로를 특별히 주(奏)하여 선처토록 하겠노라!"

"황공무지로소이다. 그저 소신이 해야 할 일을 했을 뿐이옵니다."

이차맹이 황공한 얼굴로 머리를 조아리며 말했다.

"역적의 집을 그냥 둘 수는 없다! 내가 떠나면 즉시 집에 불을 질러라!"

"분부대로 거행하겠사옵니다."

다시 이차맹이 고두하며 말했다.

동궁과 호위병들은 노태채와 그의 부인, 두 아들과 그들의 아내, 네 명의 손자를 실은 함거를 끌고 고을을 떠났다. 그들 일행이 노태채의 집을 떠나자마자 노태채의 집이 검은 연기를 하늘 높이 내뿜으며 무섭게 타오르기 시작했다. 사나운 화염에 휩싸인 그의 저택을 본 노태채의 입에서 으흐흐! 으흐흐! 가슴을 찢는 듯한 울음이 비어져 나왔다. 그의 가솔들도 일제히 비통한 오열을 터뜨렸다.

동궁 일행이 적성 고을을 지나갈 때였다. 동궁이 고을 초입의 주막 앞에서 가마를 멈추게 하더니,

"잠깐 쉬어 가자! 먼 길을 걸었으니, 다들 목이 컬컬할 게야. 대장군과 중랑장은 호위병들에게 박주라도 한 사발씩 돌리도록 하라."

하고 말했다.

동궁이 가마에서 내려 주막으로 들어가자, 대장군이 큰 소리로

"대역 죄인을 지키는 일에 추호라도 소홀함이 있어서는 안 된다. 또한 동궁마마의 방물짐에 귀한 물건이 있으니 방물짐 경비를 철저하게 하라."

하고는, 호위병 두 명을 지명하여 함거와 방물짐을 지키게 했다.

일행이 주막으로 들어간 지 한 식경쯤 지났을 즈음이었다.

봉두난발을 한 거지 세 명이 각설이 타령을 흥얼거리며 함거 근처로 다가와, 함거와 가마를 흘깃흘깃 늠실거렸다.

얼씨구 씨구 들어간다. 절씨구 씨구 들어간다.
밥은 바빠서 못 먹고, 죽은 죽을까 봐 못 먹고

떡은 떫어서 못 먹고, 술만 수리수리 넘어간다.

저리 씨구 이리 씨구 잘한다. 이리 씨구 저리 씨구 들어간다.

"이놈들, 저리 꺼지지 못할까? 여기가 어디라고 너희 같은 놈들이 감히 다가오려고 해?"

함거를 지키고 있던 호위병 중에 한 명이 고함을 지르자

"저 양반, 오늘 아침에 뭘 잘못 먹었나? 왜 고함은 지르고 지랄이여?"

"이 길이 자기 것이라도 되는 모양이지? 구경도 못하도록 사납게 구는 걸 보니 그놈 심사가 꼬여도 드럽게 꼬인 시러베아들인가 보이?"

거지들이 자기들끼리 말을 주고받는 척하면서 그러나 호위병들에게 충분히 들릴 만한 목소리로 말했다.

"뭐라구?!"

호위병 한 명이 버럭 고함을 질렀다.

"대가리에 털벙거지만 쓰고 있으면 눈에 뵈는 게 없는 모양이야!"

"그러게 말야! 더그레 입은 놈들 등쌀에 우리 같은 놈들은 이제 구경도 못하게 생겼네그려!"

거지들이 더욱더 노골적으로 호위병들을 능멸했다. 그러자 불쑥 화가 솟구친 호위병들이 거지들을 후려치려고 몸을 날렸다. 그러나 그들은 다음 순간 헛주먹만 날리고서 어이없게 땅바닥에 사정없이 나가떨어졌다. 예기치 않게 거지들이 놀랍게 빠른 동작으로 몸을 피하며 오히려 날카로운 반격을 가했던 것이다.

"이놈들, 떠들면, 멱을 따놓겠다!"

거지들은 언제 꺼냈는지 날카로운 비수를 호위병들의 목에 들이대고서 그들의 팔과 다리를 재빨리 묶었다. 그리고 소리를 지르지 못하게 아갈잡이를 시켰다.

"빨리 짐을 지고 튀자!"

거지들은 가마 옆에 쌓아 둔 방물짐을 하나씩 짊어졌다. 그때 함거

에 갇혀 있던 노태채의 큰아들이 다급하게 거지들에게 말했다.

"이보시오, 세 분 어르신! 우리 좀 구해 주시오!"

"포천 고을 노태채라는 못된 호족놈이 역적질을 하다가 송도로 잡혀간다는데, 보아하니 네놈들이 바로 그 역적이 아니냐?"

"아, 아니오! 우리는 그런 사람이 아니오!"

"이놈아, 우리가 네놈들을 풀어 주었다가, 잘못하여 잡히면 네놈들과 같은 역적으로 몰려서 목이 댕경 날아갈 텐데, 우리가 무엇 때문에 그런 위험한 일을 한단 말이냐?"

"우리는 아무 잘못도 없이 모함을 당해 끌려가는 몸이오! 이대로 끌려가면 죽게 될 게 분명한데, 죽을 목숨을 구해주는 것보다 더 큰 공덕을 쌓는 게 어디 있겠소이까? 저기 저 군졸이 허리에 차고 있는 열쇠로 이 함거만 열어 주면 그 은혜는 평생 잊지 않겠소이다!"

노태채의 아들이 다급하게 말했다.

"우리는 당신 같은 사람들에게 평생 천대를 당하면서 살아왔는데, 우리가 당신들한테 은혜를 베풀어?! 어림없는 소리 마라!"

거지 한 놈이 코웃음을 쳤다. 그런데 다른 한 놈이

"아니야, 이놈들을 놓아 주면 호위병들이 이놈들을 쫓아가느라고 우릴 뒤쫓을 겨를이 없을 게야! 그러니 이놈들을 풀어 주는 게 좋겠다!"

하고서는, 열쇠를 가져다가 함거의 문을 열어 주었다.

"네놈들은 저쪽으로 뛰어라! 우리는 반대편으로 달아날 테니!"

거지들은 문을 열어준 다음 방물짐을 지고서 줄행랑을 놓기 시작했다.

노태채의 두 아들은 허겁지겁 함거 안에 갇혀 있던 노태채의 가솔들을 밖으로 끌어냈다. 형문을 당한 노태채와 집안의 패가망신으로 큰 충격을 받은 그의 부인은 함거에 실리기 전부터 걸음을 제대로 걷지 못했었다. 노태채의 두 아들은 두 사람을 들쳐업더니, 한길을 버리고 논과 밭을 가로질러 저만치 산기슭을 향해 죽을힘을 다해 냅다 뛰었다. 그 뒤를 노태채의 며느리들과 손자들이 엎어지고 자빠지며 따라갔다. 그리고 얼마 지나지 않아 그들은 수풀 속으로 모습을 감췄다.

　노태채의 가족들이 산으로 도망치고 한참 지나서야 주막에서 동궁 일행이 밖으로 나왔다.
　"하하하! 저 두 사람의 손발과 아갈잡이를 풀어 주시오!"
　대장군이 묶여 있는 두 호위병을 가리키며 아무렇지도 않게 말했다.
　"대장군, 그놈들이 정말 쥐새끼처럼 감쪽같이 도망쳤수!"
　중랑장이 대장군에게 말했다.
　"하하하! 중랑장, 그놈들은 지금도 똥줄이 빠지게 정신없이 줄행랑을 놓고 있을 게요! 하하하! 하하하하!"
　대장군이 배를 잡고 웃음을 터뜨리며 말했다. 그러자 다른 사람들도 다 함께 웃기 시작했다.
　하하하하하하! 껄껄껄껄껄! 킬킬킬킬! 허허허헛! 걀걀걀걀걀!
　그들은 다들 한바탕 눈물이 날 정도로 마음껏 웃어 댔다.
　그들이 한참 웃고 있을 때 방물짐을 진 거지들이 나타났다.
　"너희들은 앞으로도 계속 거지 노릇이나 해야겠다! 썩 어울리는데!"
　동료 중에 누군가가 그들에게 말하자 그들은 다시 또 한 번 홍소를 터뜨렸다. 대장군은 이광, 중랑장은 망이였다.
　"이번에 연극을 가장 잘한 사람은 정첨 두령이었소! 정첨 두령, 정말 진짜 동궁보다 더 동궁답게 잘하던데, 그래 동궁마마 노릇 하는 맛이 어떠했소?"
　이광이 정첨에게 묻자 정첨이 말했다.
　"사또를 호령하고 노태채를 치죄하는 맛이 썩 괜찮았소! 백성들에게 은혜를 베푼 경험은 평생 잊지 못할 것이오! 앞으로도 기회가 되면 더 해 보고 싶소!"
　그들은 다시 요란하게 웃었다.

"이번의 보살행은 모두 정첨 두령과 망이 장사의 공로요! 특히 모든 꾀가 정 두령의 머리에서 나왔으니, 이제야 정 두령이 여자의 몸으로서 두령이 된 까닭이 이해가 되우!"

이광이 정첨과 망이에게 말했다.

"지나친 칭찬이외다. 자, 이제 우리도 빨리 모습을 감춥시다! 너무 꼬리가 길면 밟힐 수가 있소!"

정첨이 말했다.

"그럽시다."

그들은 사람들의 눈이 없는 산길로 접어들어 옷을 갈아입고, 순식간에 두세 명씩 흩어져서 왕방산으로 향했다.

"오늘 노태채한테서 빼앗아온 재물을 마을 사람들에게도 나눠 주게. 요즈음 삶이 곤궁할 것이네."

산채에 도착한 이광이 부두령 주질근에게 말했다.

"그렇게 하지요."

주질근이 이광의 명을 받고 아랫사람들을 불러모았다.

"마을 사람들에게 재물을 나눠줍니까?"

정첨이 물었다.

"다들 먹을 것이 없어서 초근목피로 연명할 지경인데 모른 척할 수가 있나요. 이 산 주변에 있는 몇 개 마을엔 가끔 보살행을 합니다. 그래야 유사시(有事時)에 그들의 도움도 받을 수 있고…. 이 산채 사람 중에 부인이나 아이들이 있는 사람들은 그 가솔들을 마을에 살게 한 사람들도 몇 있소. 이 산채에서 여자와 아이들이 함께 살기엔 적합지 않아서요."

"그래서 우리가 처음 보따리를 잃어버리고 산기슭에 있는 마을을 찾아다닐 때 사람들이 다들 아무 것도 모른다고 그렇게 한사코 시치미를 떼었군요."

정첨이 비로소 이해가 간다는 표정으로 말했다.

"지금 생각해도 미안하게 되었소."

이광이 민망한 얼굴로 말했다.

그날 밤 이광의 산채에선 보살행을 자축하는 조촐한 잔치가 벌어졌다.

제4장

호랑이 사냥

1. 탄동 마을

망소이가 탄동 마을에 다다른 것은 그날 오후도 한것이 넘은 뒤였다.

탄동 마을은 뒤쪽으로 야트막한 동산을 병풍처럼 두르고, 앞쪽으로 탁 트인 넓은 벌판을 깔고 앉은 포실해 보이는 마을이었다. 마을 가운데로 개울이 흐르고, 개울을 따라 한길이 나 있었으며, 길 한쪽으로 집들이 들어서 있었다. 마을 안으로 들어가자 제법 널찍한 공터가 있었는데, 아름드리 팽나무가 두 그루 시원한 그늘을 이루며 서 있고, 꼬맹이 두 녀석이 놀고 있었다.

망소이는 팽나무 밑에 있는 넓적바위에 지게를 벗어 놓고 개울로 내려가서 얼굴과 손을 씻은 다음, 바위에 앉아 땀을 들이며 아이들에게 물었다.

"얘들아, 김윤동이네 집이 어디냐?"

"…윤동이유?"

아이들의 얼굴에 두려워하는 빛과 함께 뭔가를 꺼려하는 기색이 완연했다.

"…윤동이를 어뜨케 아세유?"

"천수사에서 만났다."

"…그럼 윤동이 아버지와 형이 호랑이한테 물려 죽은 것두 아세유?"

"그래, 그 얘기두 들었다. 그 윤동이네 집이 어디냐?"

"저기 저 커다란 기와집이 보이지유? 그 집이예유."

한 아이가 손을 들어 마을 뒷동산 밑을 가리켰다. 활 한 바탕 거리의 뒷동산 바로 아래 주위의 초가집들과 좀 떨어진 곳에 커다란 기와집

192

몇 채가 눈에 들어왔다.

"고맙다."

망소이는 다시 등짐을 짊어지고 일어섰다.

뒷동산 밑에는 널찍한 공터가 있고, 그 뒤에 두 채의 저택이 나란히 서 있는데, 두 집 모두 우뚝한 솟을대문과 성벽같이 높은 담장 안에 수십 간이나 되는 안채와 사랑채, 행랑채와 거느림채 들이 첩첩이 들어앉아 있었다. 망소이는 이 두 집안이 이곳 탄동 마을에서 행세깨나 하는 지주이고, 나머지 마을 사람들은 그들의 전답을 부치는 소작농이거나 외거노비들이라는 걸 짐작할 수 있었다. 한 집은 대문이 조금 열려 있고, 다른 한 집은 대문이 굳게 닫혀 있는데, 어느 집이 윤동이네 집인지 알 수가 없었다. 망소이는 조금 망설이다가 대문이 열려 있는 집 앞으로 가서,

"이보시우! 누구 안 계시우?"

하고, 큰 소리로 외쳤다. 그러나 집 안에서는 기척이 없었다.

"이보시우? 아무두 안 계시우?"

망소이가 다시 더 큰 소리로 외쳤으나, 역시 아무런 대꾸가 없었다. 조금 열려 있는 대문을 밀치자 커다란 대문이 소리 없이 열렸다.

"아무두 안 계시우? 누구 안 계십니까유? 철물 좀 팔러 왔수다!"

망소이가 다시 큰 소리로 외치며 대문 안으로 들어갔다. 그런데 채 몇 걸음도 떼어놓기 전에 사내 두 명이 행랑채에서 달려 나오면서

"이놈, 여기가 어디라구 너 같은 잡것이 함부루 들어와?"

하고는, 다짜고짜 망소이의 팔과 어깨를 붙들고 밖으로 밀어냈다.

"이거, 왜 이러는 게유?"

"이놈, 잔말 말구 썩 나가지 못햐?"

그들은 망소이의 어깨와 등을 거칠게 밀쳐서 집 밖으로 쫓아냈다. 사내들의 행색을 보건대 주인의 세력을 믿고 죽지떼는 들때밑이 분명했다.

"어? 이거, 왜 이러는 거유? 사람에게 이러는 벱이 어디 있수?"

망소이가 대문 밖으로 밀려나면서 불퉁스럽게 말하자

"이놈아, 다리 몽댕이 부러지구 싶지 않거든 썩 꺼져!"

사내들은 눈을 부라리며 험악한 얼굴로 을러댔다.

"이거, 아무리 행세하는 집안이래두 떠세가 너무 심하지 않수? 철물 좀 팔러 온 게 무슨 큰 죄라두 된단 말이우?"

"우리 주인께서 잡것들은 일체 집 안에 들이지 말라구 명하셨다. 우리 어르신의 눈에 띄기 전에 후딱 꺼져라!"

"…주인 어르신이 누구유?"

"이놈 보게?! 이 댁이 바루 이 근처에 이름이 뜨르르한 김치량 어르신 댁이라는 것두 몰르구 왔단 말이여?"

망소이는 사내의 말에 그 집이 윤동이네가 아니라는 걸 알았다.

"주인 어르신이나 마님께 철물 좀 사지 않겠냐구 여쭤 봐 주시우. 부엌칼부터, 낫, 괭이 호미, 넉가래 등 없는 것은 읎구 있을 것은 다 있수다!"

"이놈, 잔말 말구 그만 꺼지래두!"

두 사람은 거칠게 대문을 닫고서, 덜커덕! 일부러 요란하게 빗장을 질렀다.

망소이는 그들의 난폭한 태도에 불쑥 화가 치밀었으나 억지로 참았다. 남의 동네에 와서, 그것도 세력 있는 집안의 감때사나운 하인들과 다툴 수는 없는 일이었다. 섰김에 자칫 잘못하면 큰 낭패를 당할 수도 있지 않겠는가.

망소이는 이웃 윤동이네로 갔다. 윤동이네 집은 저택의 규모는 김치량의 집보다 오히려 더 큰 것 같았으나, 대문이 굳게 닫혀 있고, 어쩐지 사람이 살지 않는 것 같은 적막한 느낌이 들었다.

"안에 계십니까유? 문 좀 열어 주시우! 철물 좀 팔러 왔습니다유!"

망소이가 큰 소리로 외쳤다. 그러나 한참이 지나도록 안에서는 인기척이 없었다.

"계십니까? 문 좀 열어 주시우!"

망소이는 다시 대문을 주먹으로 세차게 두들기며 소리쳤다.

"다른 곳으루 가 보시우. 우리 집엔 우환이 있어서, 나그네는 들이지 않수."

대문 너머에서 나이 들어 보이는 사내의 목소리가 넘어왔다.

"문 좀 열어 주시우! 천수사에 계신 윤동이 도련님을 아는 사람이우!"

"우리 도련님을 안다구?"

"아씨두 뵌 적이 있수다. 문을 열어 주시우!"

"…우리 아씨를 뵈었다구유? …잠깐만 기다려 주시우! 집안에 우환이 있어서…. 누구라구 했수? 아씨께 여쭈어 보구 오겠수!"

"천수사에서 뵈었던 명학소의 망소이라구 하믄 아실 거유."

사내의 발자국 소리가 멀어지더니, 한참 후에 대문이 열렸다. 사내는 오십이 넘어 보이는 중씰한 사내였는데, 얼굴에 수심이 가득하였다.

"들어오시우."

사내는 망소이를 안채로 데려갔다. 망소이는 갑자기 턱없이 두근대는 가슴을 진정시키기 위해 애를 쓰며 사내를 따라갔다.

"아씨, 안녕하셨습니까유?"

안채 마당에 나와 있는 아씨에게 망소이가 공손히 허리를 굽혔다. 아씨 옆에는 몸종 가년이가 얼굴에 발그레한 홍조를 띠고서 망소이에게 아는 체를 했다.

"하님두 안녕하시구유?"

"어서 오시오. 대청으로 올라앉으시오."

아씨가 말했다.

망소이는 아씨를 바라보다가, 자기도 모르게 눈길을 다른 데로 돌렸다. 하얀 소복을 입고 있는 아씨의 얼굴이 너무 창백하고 고즈넉해서 차마 바라볼 수가 없었다.

"지난번엔 정말 큰 은혜를 입었어요."

망이가 대청으로 올라앉자 아씨가 말했다.

"그깟 것을 은혜라니, 당치 않습니다유. 그보다 제가 여길 오다가 천수사엘 들렀습니다유."

"그게 정말이오?"

"…아씨께서 도련님의 안부를 궁금해 하실 것 같아서…. 윤동 도련님께서는 잘 지내고 계셨습니다유."

"고마운 말씀이오."

아씨의 얼굴에 엷은 안도의 빛이 스쳐 지나갔다.

"…그런데 왜 이제야 오시었소? 다음날 바로 올 줄 알았는데…."

"아닙니다유, 아씨! 그 일 때문에 온 것이 아니구! …그냥 …지나가는 길에 들렀습니다유."

망소이가 얼굴이 벌겋게 되며 허둥허둥 말했다.

"내 그렇지 않아도 장사에게 사례를 하려고 물건을 좀 준비해 두었소."

"아씨, 제가 오늘 온 것은 그 때문이 아니라…."

망소이가 당황해서 손사례를 치며 말했다. 그러나 그는 뒷말을 잇지 못했다.

"아무튼 잘 오시었소. 그런데 벌써 날이 저물고 있으니, 우리 집에서 쉬어 가도록 하는 게 마땅한 도리이나, …집안에 우환이 있어서 차마 쉬어 가라는 말을 하기가 어렵소."

"아씨, …호랭이 때문에 그러십니까유?"

"…그 이야기를 들었소?"

아씨가 놀라 반문했다.

"지난번 천수사에서 들었습니다유."

"……!"

"실은… 그 호랭이 때문에 왔습니다유!"

"그게 무슨 말씀이오?"

"…그 호랭이 울음소리를 한 번 들어 보구 싶어서유!"

"예?!"

"사람들 얘기가, 호랭이 울음소리가 산을 뒤흔든다던디, 저는 호랭이 울음소리를 들어본 적이 없어서유!"

망소이가 결연한 얼굴로 말했다.

"지금 우리 아씨께서 너무 큰 변을 연달아 당해서 마음에 의지가지가 없으십니다유! 망소이 같은 장사가 우리 집에 있다믄 한결 마음이 놓이실 겁니다유!"

가년이가 끼어들었다.

"아씨, 망소이 장사를 행랑채에 쉬어가게 하시지유!"

"…마음에 거리끼지 않는다면 그렇게 하시지요."

잠깐 생각에 잠겼던 아씨가 이윽고 말했다.

"고맙습니다유."

"고마운 건 오히려 우리지요."

망소이는 아씨의 말이 진심에서 우러나온 것이라는 걸 느꼈다.

"행랑아범은 손님을 사랑채로 모시도록 하시오."

망소이를 안내한 사내에게 아씨가 말했다.

"아씨, …행랑채가 아니구유?"

행랑아범 수범이 의아스러운 얼굴로 물었다. 행색을 보건대 신분이 미천한 사람이 분명한데, 그런 사람을 행랑채가 아닌 사랑채에 재우느냐는 뜻이었다.

"사랑채로 모시도록 하시오. 망소이 장사는 지난 번 나와 가년이가 천수사에서 돌아오는 길에 큰 봉변을 당할 뻔한 것을 구해준 사람이오. 우리한테 큰 은인이니 소홀함이 없게 하시오."

"…알겠습니다유."

행랑아범 수범이 그런 일이 있었느냐는 듯 놀라는 얼굴로 말했다.

망소이는 아씨에게 인사를 하고, 행랑아범 수범을 따라나섰다.

보름 전에 망소이는 마을의 같은 또래인 잘산이와 함께 철물을 짊어지고 천수사엘 갔다. 천수사에서는 해마다 절에서 필요로 하는 철물들을 명학소에 주문해서 쓰고 있었는데, 그 며칠 전에 젊은 몽구리한 명이 명학소에 들러, 철물을 가져오라는 전갈을 했었다.

망소이와 잘산이는 절 살림을 맡고 있는 스님한테 철물들을 넘기고 곡식과 베를 받은 다음 요사채의 정잿간(淨齋間)으로 갔다. 점심밥을 얻어먹기 위함이었다.

그런데 뜻밖에도 요사채의 마루에 눈처럼 희디흰 소복을 입은 스물댓 살쯤 되어 보이는 대갓집 아씨와 너댓 살 먹은 사내 아이, 그리고 아씨의 몸종으로 보이는 망소이 또래의 처자가 걸터앉아 있었다. 어린애가 마구 울면서 떼를 쓰고 있고, 아씨와 계집종이 어린애를 달래느라 애를 먹고 있는 눈치였다.

"엄마, 가지 마! 나 무서워!"

"윤동아, 조금만 참아! 곧 다시 널 데리러 올게!"

아씨가 아이를 꼬옥 안고서 등을 쓰다듬으며 말했다.

"싫어! 나 엄마 따라갈 거야! 여기서 살기 싫어! 나 엄마 따라갈래!"

"집에 호랑이가 나와서 여기로 온 것 너도 알지? 윤동아, 여긴 괜찮아! 부처님이 지켜 주시니까 여긴 호랑이가 못 와!"

"그래도 여긴 싫어! 엄마하구 다른 데로 가서 살아! 나 무서워!"

"윤동아! …다섯 밤만 자면 엄마 다시 올게!"

아씨는 아이를 안고 어쩔 줄을 몰랐다.

"도련님, 울지 마세유! 저기 대문간에 큰 칼을 들구 서 계시는 무서운 인왕님과 사천왕님 봤지유? 그 두 신령님이 지키구 있으니까 걱정 마세유! 이 절엔 호랭이가 얼씬두 못해유!"

계집종이 아씨를 대신해 아이를 달래봤으나,

"싫어! 가년이 너 미워! 나 집에 갈 거야! 나 엄마하구 함께 집에 가고 싶어! 여긴 무서워!"

아이는 여전히 발버둥을 치며 울었다.

아씨는 갖가지 말로 아이를 달래다 달래다 뜻대로 되지 않자 아이를 끌어안고 흑흑 울음을 터뜨렸다. 옆에서 어쩔 줄 모르고 애를 태우던 계집종도 함께 아이를 부둥켜안고서 흐느꼈다.

"흠! 흠!"

잘산이가 헛기침을 하자 아씨가 깜짝 놀라 오열을 그치고 인기척이 나는 쪽으로 얼굴을 돌렸다. 그 순간 망소이는 아씨의 얼굴을 보았고, 그녀의 얼굴에서 눈을 뗄 수가 없었다. 티 하나 없는 백옥처럼 깨끗한 얼굴에, 그려 놓은 듯 고운 아미와 눈물에 젖은 크고 검은 눈…. 말할 수 없이 기품 있는, 그러나 숨길 수 없이 깊은 슬픔에 젖어 있는 여인의 얼굴이었다. 저렇게 아려한 여인이 있다니! 망소이는 넋을 잃고 아씨를 바라보았다. 아씨는 망소이의 눈길에 당황한 듯 얼굴을 돌렸다. 망소이는 아씨의 옆모습을 홀린 듯 바라보면서 걷잡을 수 없는 궁금증에 사로잡혔다. 호랑이라니, 그게 무슨 말인가?

망소이는 정잿간으로 가서 공양주 보살인 늙은 할머니에게 물었다.

"할머이, 저 아이가 왜 저르케 운대유? 호랭이가 나오다니, 그게 무슨 말이유?"

"그런 걸 알아서 뭐하게?"

밥을 짓고 있던 공양주 보살은 퉁명스럽게 말했다.

"궁금하잖어유! 저 아이와 아씨는 누구래유?"

"알 거 읎다니까 그려!"

공양주 보살은 망소이와 잘산이가 더 이상 말을 붙이지 못하도록 매몰차게 말을 끊었다. 그러나 망소이는 너무 궁금해서 그냥 물러날 수가 없었다. 그는 가마솥에 불을 넣고 있는 열댓 먹어 보이는 불목하니에게 가서 다시 물었다.

"…이 근동 마을에서 제일가는 지주 집안이루 우리 절에 시주를 많이 하는 큰단나인디, 집안 전체가 호랭이한테 잡아멕힐 명운이래유!"

"…뭐라구?! …호랭이한테 잡아멕힐 명운?!"

"…아씨의 바깥어른과 큰아이가 얼마 전에 차례로 호랭이한테 변을 당하구, 이제 저 아이와 아씨만 남았는디, …부처님께 몸을 의탁하든 목숨을 보존할 수 있을까 해서, 아이를 이곳으루 데려다 놓았대유."

"…어뜨케 그런 일이…?!"

망소이는 불목하니의 말이 너무 놀라워 입을 다물지 못했다. 한 집안의 가장과 큰아이가 이미 변을 당하고 나머지 식구들도 모두 호환(虎患)을 당할 운명이라니?! 믿을 수 없는 일이었다. 호랑이에 얽힌 기이한 옛날이야기는 많이 들었지만, 그런 일이 실제로 있다는 게 믿어지지 않았다. 저토록 아름답고 젊은 아씨가 그렇게 무서운 운명을 타고 나다니?!

망소이는 정잿간을 나와서, 어린애를 달래고 있는 아씨를 다시 보았다. 아씨의 모습은 너무나 애처롭고, 애잔했다. 그리고 그 만큼 더욱더 아름답게 느껴졌다. 그의 눈길을 느꼈는지 아씨가 갑자기 그에게로 고개를 돌려, 그를 바라보았다. 그녀와 눈이 마주친 순간 그는 얼굴이 벌겋게 달아올랐으나 그녀의 시선을 피하지 않았다. 눈에 보이지 않는 어떤 힘에 꼼짝 못하게 사로잡힌 듯 아씨의 얼굴에서 눈을 뗄 수가 없었다. 그는 아씨의 얼굴을 맞바라보면서 문득 그녀가 지금 절체절명의 궁지로 내몰려 있으며, 절박하게 누군가의 도움을 바라고 있는 듯한 느낌을 받았다.

"야, 망소이야! 거기서 뭐해? 밥 먹어라!"

큰 소리로 부르는 잘산이의 말에 망소이는 어쩔 수 없이 정잿간으로 향했으나, 발걸음이 제대로 떨어지지 않았다.

밥을 다 먹고 난 뒤에도 망소이는 천수사를 떠날 수가 없었다. 잘산이가 지금 떠나야만 해동갑해서 명학소에 도착할 수 있다고 몇 번이나 재촉했으나, 그는 계속 딴청을 부리며 미루적거렸다. 그리고 아씨의 주변을 맴돌면서 다른 사람에게 눈치 채이지 않게 그녀를 훔쳐보곤 했다.

이윽고 아씨와 몸종이 윤동이와 헤어져 천수사를 나섰다. 망소이는 약간 거리를 두고 그들을 발맘발맘 뒤따라갔다. 산을 다 내려와 탄동으로 가는 길과 명학소로 가는 길이 갈라지는 갈랫길에 이르렀다. 아씨와 몸종 처녀는 탄동 가는 길로 꺾어들었다. 망소이는 자기도 모르게 걸음을 멈추고 아씨와 몸종 처녀가 산모롱이를 돌아서 모습을 감출 때까지 그들의 뒷모습을 바라보며 서 있었다.

"야 임마, 냉수 마시구 정신 차려! 너 그 하녀한테 단단히 반했구나!"

어이없다는 얼굴로 망소이의 모습을 지켜보고 있던 잘산이가 그의 어깨를 치며 말했다.

"뭐라구?"

"임마, 네 얼굴에 다 쓰여 있어! 아까부터 그 처자 주위를 강아지처럼 뱅뱅 맴도는 속내를 내가 모를 줄 알어? 너 그 처자와 눈 맞었지?"

"그게 무슨 터무니 없는 말이여?"

"자식, 시치미 떼긴? 내 눈은 못 속여!"

"야, 싱거운 소리 말구, 어서 가자!"

망소이는 걸음을 떼어 놓았으나 뭔가 소중한 것을 놓아두고 떠나는 것처럼 마음이 허전했다.

집으로 돌아온 뒤에도 그는 탄동 아씨에 대한 생각에서 벗어나지 못했다. 밤새 그녀의 모습이 눈에 밟히고, 가을물처럼 청랑하던 그녀의 목소리가 귀에 들리는 듯해서 잠을 제대로 이루지 못했다. 그렇게 고운 아씨가 호랑이한테 변을 당할 명운이라니! 그는 다음날도 그 다음날도 계속 아씨에 대한 생각에서 헤어나지 못했다.

닷새 후에 망소이는 철물을 팔러 나가는 듯 지게를 지고 마을을 나왔다. 명학소 사람들은 공납물인 철물을 만드느라 눈코 뜰 새 없이 바쁘게 돌아쳤으나 그는 무엇에 쫓기듯 천수사로 향했다. 지난 번 아씨가 윤동이와 헤어질 때 다섯 밤만 자고 다시 오겠다고 말한 것을 잊지 않고 있었던 것이다.

그는 대웅전의 부처님께 절을 하고 나서 요사채로 갔다. 정잿간 앞마당에 멍석을 펴 놓고서 공양주 보살이 산나물을 다듬고 있고, 그 옆에 윤동이가 앉아서 할머니가 일하는 것을 지켜보고 있었다. 탄동 아씨가 아직 오지 않았다는 걸 알자 그는 온몸에서 기운이 쑥 빠지는 듯한 느낌이었다.

"총각이 웬일이여?"

공양주 할머니가 망소이를 보더니, 물었다.

"산 밑을 지나가다가 부처님께 절이나 올리구 가려구유. 제가 뭐 도와 드릴 것 읎어유?"

"도와줄 것이라니?"

"부처님께 공양을 해야 할 텐디, 재물을 바칠 게 읎으니, 일이라두 좀 해드리려구유."

"그랴? …그럼 저쪽 옆 뜰에 있는 장작을 좀 패 주든지."

망소이는 통나무를 채곡채곡 쌓아 놓은 옆 뜰로 가서 도끼로 장작을 패기 시작했다. 굵은 통장작을 받침대 위에 비스듬히 걸쳐 놓고서 도끼로 내려치자 장작이 쫙쫙 쪼개졌다. 윤동이가 심심했던지 망소이가 일하는 데에 와서 구경을 하다가 장작이 경쾌하게 쪼개질 때마다

"야, 아저씨, 힘세다!"

하고 소리를 질렀다.

망소이는 장작을 다 패고 나서 윤동이에게 팽이와 팽이채를 만들어 주고, 팽이 치는 법을 가르쳐 주었다. 윤동이가 신바람이 나서 팽이를 치고 있을 때 탄동 아씨와 가년이가 나타났다.

"윤동아!"

"엄마!"

아씨를 본 윤동이는 팽이채를 내팽개치고 아씨에게 달려가 품에 안겼다. 두 사람은 꼭 껴안고 울먹였다.

"엄마! 나 팽이 잘 친다?! 저 아저씨가 팽이 깎아 줬다!"

한참 후에 윤동이가 아씨한테 자랑을 했다.

"고맙소."

아씨가 망소이에게 약간 고개를 숙이며 감사의 뜻을 표했다.

"…별, 별 말씀을…."

망소이는 당황해서 아씨에게 꾸벅 고개를 숙여 보였다. 아씨가 미천한 자기에게 고맙다는 말씀을 하시다니! 가슴이 걷잡을 수 없이 뛰었다.

그날 망소이는 아씨와 윤동이 주변을 어정거리며 시간을 보내다가 아씨와 가년이가 윤동이와 헤어져 절을 떠나자 곧 그들을 뒤따라 나왔다. 그는 아씨와 얼마간의 거리를 두고 산을 내려왔다.

천수사에서 한 마장쯤 호젓한 산길을 내려왔을 때였다.

길 옆 나무 그늘에 앉아 있던 사내 몇 놈이 갑자기 아씨와 가년이를 막아서더니, 솔개가 병아리를 낚아채듯 두 사람을 숲 속으로 끌고 들어갔다.

"사람 살려욧!"

"사람 살려!"

아씨와 가년이가 새된 비명을 지르며 끌려가지 않으려고 몸부림을 쳤다. 망소이는 뜻밖의 일에 깜짝 놀랐다.

"이놈들!"

망소이는 고함을 지르며, 그들을 향해 냅다 달려갔다. 무리 중에 세 놈이 돌아서서 망소이를 가로막았다. 두 놈은 날카로운 칼을 빼들고 있고, 한 놈은 너댓 자쯤 되어 보이는 굵직한 몽둥이를 들고 있었다.

"이놈들, 무슨 짓이여?"

망소이가 호통을 치자 한 놈이

"임마, 못 본 척허구 꺼져! 네놈과 상관없는 일에 끼어들어 공연히 뱃구레에 칼침 맞지 말구!"

하고, 망소이의 눈앞에 칼을 들이대면서 사납게 을러댔다.

"우리가 무슨 짓을 하든 네놈이 무슨 상관이여! 네놈 거탈이 심꼴깨나 쓸 직한데, 심을 믿구 까불믄 단칼에 요절이 나!"

보아하니 무리를 지어 몰려다니면서 흉악한 짓을 함부로 저지르는 까리들이 분명했다.

"사람 살려욧!"

"사람 살려!"

숲 속에서는 날카롭고 절박한 두 사람의 비명이 들려왔다.

"사람 살려요! 사람 살려!"

비명은 다급하게 계속되었다.

"알았수! 갈 테니 길을 비켜 주시우!"

망소이는 겁이 난 듯 눈비음을 하며 말했다.

몽둥이를 든 사내가 길을 비켜주자 망소이는 그의 옆을 지나치면서 번개같이 팔을 뻗어 몽둥이를 거머잡고 힘껏 나꿔챘다. 사내가 몸의 균형을 잃고서 망소이를 향해 우쭐 끌려오자 망소이가 그의 옆구리를 발로 걷어찼다. 어이쿠! 사내는 몽둥이를 놓치고 땅바닥에 사정없이 머리를 찧으면서 거꾸러졌다. 나머지 두 놈이 칼을 휘두르면서 망소이에게 덤벼들었다. 망소이는 몽둥이로 두 놈의 팔을 사정없이 후려쳤다. 얼! 아이쿠! 두 놈이 비명을 지르며 엎어졌으나, 망소이도 팔에 상처를 입었다.

망소이는 아씨와 가년이가 끌려간 숲 속으로 뛰어들었다. 숲 속은 제법 덤부렁듬쑥해서 사람의 모습이 보이지 않았다. 그는 나무와 풀을 헤치면서 산짐승처럼 내달았다. 얼마 가지 않아 저만치 나무 사이로 사람의 그림자가 희끗희끗 보였다.

"이눔들, 게 섰거라!"

망소이는 사납게 고함을 지르며 그들을 쫓아갔다. 아씨와 가년이를 억지로 끌고 가던 두 놈은 그가 바짝 뒤쫓아가자 황급히 도망치기 시작했다.

"이놈들! 게 섰지 못할까!"

망소이는 두 놈을 조금 뒤쫓다가 걸음을 멈추었다. 죽기살기로 도망치는 놈들을 붙잡기가 어려웠고, 어깨에서 피가 솟구쳤기 때문이었다. 두 사내는 허겁지겁 메숲진 숲 속으로 모습을 감추었다.

"아씨, 괜찮으십니까유?"

망소이가 아씨에게 다가가 묻자

"…고맙소! 아니, 피가?!"

아씨가 피가 흐르는 망소이의 팔뚝을 보고서 놀라 외쳤다.

"괜찮습니다유. 칼에 조금 스쳤을 뿐입쥬."

"지금도 계속 피가 나는데 괜찮다니요? 빨리 상처를 묶어야지요."

아씨가 몸을 돌리고 속치마 한 자락을 찢어내더니, 가년이와 함께 망소이의 팔뚝을 싸맸다.

"이르케까지…."

아씨와 가년이가 상처를 묶는 동안 망소이는 내내 황감해서 어쩔 줄을 모르고 쩔쩔맸다.

"…큰 은혜를 입었는데, 어디 사는 누구세요? 우리는 탄동 마을에 살고 있어요."

상처를 다 묶고 나서 아씨가 망소이에게 물었다.

"예. …명학소에 사는 망소이라구 합니다유."

망소이는 아씨에게 천한 소(所)놈이라는 걸 밝히기가 싫었으나, 그렇다고 거짓말을 할 수는 없었다.

"아씨, 그놈들, 전혀 몰르는 얼굴들인디, 웬 놈들이지유?"

잔뜩 겁에 질린 가년이의 말에

"…글쎄, …어찌 대낮에 이런 일이…."

아씨가 새삼 두려움에 몸을 떨며 말을 잇지 못했다.

"세 놈이 길에 쓰러져 있을 텐디, 가서 족대겨 보지유"

망소이가 길 쪽으로 달려갔다. 그러나 길에는 아무도 없었다. 망소이에게 크게 혼쭐이 난 놈들이 혼비백산해서 부리나케 도망친 게 분명했다.

"이놈들이 그 새 쥐새끼처럼 도망쳐 버렸네유."

망소이가 뒤따라온 아씨와 가년이에게 말했다.

그들은 함께 산을 내려왔다.

"명학소에 힘이 엄청난 형제 장사가 났다는 소문이 있던디, 혹시…?"

한참 길을 내려온 뒤에 가년이가 입을 열었다. 가년이는 지난 번 망소이를 처음 보았을 때부터 그의 우람하고 당당한 모습을 보고 속으로 크게 놀랐었다. 그녀는 아직까지 그렇게 힘이 넘쳐 보이는 당당한 총각은 본 적이 없었다.

"제가 그 아우 되는 사람이우."

"어머나! 그럼 총각이 그 유명한 명학소 아우 장사세유? 아씨, 전에 제가 말씀드린 적이 있지유?! 명학소에 사는 두 형제가 엄청난 장사인디, 그 아우가 황소만한 곰을 맨손으루 때려잡았다구!"

가년이가 크게 감동한 얼굴로 호들갑스럽게 말하고는,

"정말 곰을 잡았남유?"

하고, 다시 눈을 빛내며 물었다.

"그놈이 내 친구를 해치는 바람에…."

망소이가 말했다.

작년 가을에 망소이는 제철(製鐵)에 필요한 철광석을 캐기 위해 마을 젊은이들과 함께 천봉산 골짜기로 들어갔다. 천봉산 깊숙이 들어가면 철광석이 나는 곳이 있어서, 명학소 사람들은 해마다 그곳으로 철광석을 캐러 다녔다. 골짜기 여기저기 흩어져서 다들 곡괭이로 철광석을 캐는 데 열중해 있을 때였다.

"앗! 곰이다!"

"도망쳐라! 곰이다!"

하는 다급한 비명 소리가 골짜기를 울렸다. 망소이는 소리 나는 곳으로 눈을 돌렸다가 깜짝 놀랐다. 저 아래 개울가에 뚜벙이가 어쩔 줄 모르고 허겁지겁 도망치고 있고, 그의 뒤를 시커먼 곰이 우웡! 우웡! 하고 사나운 포효를 터뜨리면서 바짝 뒤쫓고 있었다. 망소이는 하던 일을 멈추고 곡괭이를 든 채 개울로 달려 내려갔다. 뚜벙이는 죽을힘을 다해 달아났다. 그러나 너무 놀라 제정신이 아닌데다가, 개울 바닥에는 크고 작은 돌들이 울뭉줄뭉 널려 있어서 도망치기가 어려웠다. 그는 비척거리면서 정신없이 도망치다가 돌부리에 걸려서 개울 바닥에 고꾸라졌다. 허겁지겁 몸을 일으키는 뚜벙이를 곰이 등뒤에서 덮쳐 다시 쓰러뜨리고, 앞발을 들어 뚜벙의 어깨를 후려쳤다. 으악! 뚜벙이의 처절한 비명이 골짜기를 울렸다.

사람 살려!

사람 살려!

사람들은 두려움에 질려서 고함만 질러댔다. 망소이는 구르듯이 산비탈을 가로질러 곰에게 달려갔다. 그는 뚜벙이를 후려치고 있는 곰의 등뒤로 달려들어, 곡괭이로 곰의 뒤통수를 힘껏 내리찍었다. 뒤통수를 찍힌 곰이 우웡! 하고 사납게 울부짖으며 휙 몸을 돌려 한 발로 망소이를 후려쳤다. 곰의 우왁스런 앞발에 어깨를 맞은 망소이는 어깨가 떨어져 나가는 듯한 충격과 함께 두어 걸음 밖으로 사정없이 나가떨어졌다. 무서운 힘이었다.

우웡! 우웡!

뒤통수를 찍힌 곰은 성이 날 대로 나서 망소이에게 덤벼들었다. 망소이는 후다닥 몸을 일으켜 산 위로 달아났다. 그러나 곰은 몇 걸음 뒤에서 망소이를 바짝 따라왔다. 망소이는 금방이라도 곰의 칼날 같은 발톱이 뒤통수를 내려찍을 것 같아서 죽을힘을 다해 골짜기 위 산기슭으로 도망쳤다. 그러나 산이 너무 비탈져 있어서 도망치기가 어려웠다.

우웍! 우웍!

곰의 성난 포효와 거친 숨소리가 바로 등 뒤에서 망소이를 쫓아왔다. 망소이가 극도의 공포에 사로잡혀 뒤를 돌아보니, 곰이 바짝 그를 따라오고 있었다. 그때 그의 앞을 가로막고 있는 커다란 돌덩이가 눈에 들어왔다. 어른 둘이서도 들기 어려울 것 같은 돌이었다. 그는 엉겁결에 그 바위를 머리 위로 번쩍 들어올렸다. 그리고 그를 향해 올라오는 곰의 머리통을 힘껏 내리쳤다. 머리통을 맞은 곰은 우웍! 하는 비명을 지르면서 뒤로 벌렁 나자빠져서, 골짜기로 굴렀다. 곰은 한참 버르적거리다가 움직임이 멎었다. 그때에야 사람들이 뚜벙이에게로 몰려 들었다. 뚜벙이는 어깨와 뒷머리에 치명상을 입고서 의식을 잃은 채 혼수상태에 빠져 있었다. 마을 사람들은 뚜벙이를 급히 명학소로 데려갔으나, 그는 사흘 후에 끝내 눈을 감았다.

그렇지 않아도 날이 갈수록 거탈이 웅위해지고 힘이 강해져서 형망이와 함께 형제 장사가 났다는 말을 듣던 망소이는, 이 일로 인해 매나니로 곰을 때려잡은 장사라고, 그 이름이 인근에 널리 알려지게 되었다.

"맨손으루 곰을 잡다니, …무섭지 않었어유?"

가년이가 홍조를 띠고 망소이를 바라보며 물었다. 아씨도 크게 놀란 얼굴이었다.

"아씨, 이 망소이 장사가 우리 집에 와서 집을 지켜 주믄 얼마나 좋겠어유? 그러믄 호랭이두 무섭지 않을 텐디유."

"…오늘 구해주신 것만도 큰 은혜를 입은 건데…."

아씨가 말꼬리를 흐렸다.

명학소와 탄동 고을 가는 길이 갈라지는 갈림길에 이르러, 아씨가 망소이에게 말했다.

"내일이라도 탄동 우리 집을 찾아 주세요. 조금이나마 은혜에 보답하고 싶어요."

"보답이라니유? 당치두 않습니다유."

"아니오. 꼭 한번 들러 주세요. 기다리고 있겠소."

아씨는 진심어린 얼굴로 말했다. 그러나 망소이는 아씨에게 무슨 보답을 바라고 탄동을 찾아갈 수는 없다고 생각했다.

아씨와 헤어져 명학소로 돌아온 망소이는 그날 밤도 제대로 잠을 이룰 수가 없었다. 눈을 감으면 아씨의 수심에 가득찬 고운 얼굴이 어둠 속에 핀 박꽃처럼 보얗게 떠오르고, 속치마를 찢어서 그의 상처를 싸매주던 아씨의 모습이 눈에 선했다. 그는 아씨를 잊어야 한다고 여러 번 다짐하고 또 다짐했다. 천한 소(所)놈이 탄동 고을을 우지좌지한다는 호족 집안의 아씨를 생각한다는 게 말이나 되는가. 내가 미쳐도 보통 미친 게 아니야! 잊어야지! 잊어야 해! 그러나 그런 다짐과는 반대로, 아니 그런 다짐을 하면 할수록 망소이는 더욱더 아씨 생각에 휘둘렸다.

망소이는 오늘 아침 어머니 솔이가 없는 틈을 타서 철물 몇 점을 짊어지고 급히 집을 빠져나왔다. 어딘가에 급히 철물을 가져다주는 것 같은 차림새였다. 철기구들을 만드느라 눈코 뜰 새 없이 바쁜 때라 그가 집에 없어서는 안 된다는 것과, 어머니에게 꾸중을 들으리라는 걸 알고 있었으나, 탄동 아씨를 보지 않고는 아무 일도 할 수 없을 것 같았다. 그는 무엇에 쫓기듯 마을을 벗어나, 탄동 고을로 향했다. 그는 탄동으로 가는 길에 천수사엘 들렀다. 그간 윤동이가 어떻게 지내는지 궁금하기도 했고, 혹시 아씨가 윤동이를 보러 천수사에 와 있을는지도 모른다는 생각이 들어서였다.

"이 방으루 드시우."

행랑아범 수범이 망소이를 사랑채로 안내했다. 넓고 깨끗한 방엔 양반들이 쓰는 가장집물이 놓여 있고, 벽엔 글씨와 그림이 걸려 있었다. 사치스럽거나 화려하진 않았으나 사대부 집안의 기품 있는 방이었다.

"이 방은 저 같은 놈이 묵을 방이 아닌 것 같수."

"주인 어르신의 손님이 오시믄 묵어가곤 하시던 방이우."

"아무래두 이런 방은 마음이 편치 않을 것 같수. 행랑채에 안 쓰는 허드렛방이 있으믄 그곳으루 데려다 주시우."

"아씨의 분부가 계셨는디…. 안으루 드시우."

"제 마음이 편치 못하우. 행랑채에서 하룻밤 묵어 가겠수."

"…정 그렇다믄 아씨께 다시 여쭤 보구 나서…."

"우선 행랑채루 가지유. 말씀은 나중에 드리구."

"…그럼, 내가 거처하는 방으루 가겠수?"

행랑아범 수범은 망소이를 행랑채 자기가 거처하는 방으로 데려갔다.

얼마 지나지 않아 가년이가 다과상을 내왔다. 상 위엔 떡과 엿, 과자, 수정과 등이 먹음직스럽게 차려져 있었다.

"우선 시장하실 테니, 이것으루 요기를 좀 하세유. 곧 저녁을 올릴 테니."

가년이가 상기된 얼굴로 말했다. 그녀는 한참 동안이나 행랑채를 떠나지 않고 이런저런 얘기를 조잘대다가 안채로 돌아갔다.

"가년이가 총각 장사한테 마음이 있는 모냥이우! 허허허!"

수범이가 웃으며 망소이에게 말했다.

"그게 무슨 말이유?"

"남녀 간에 상사(相思)하는 맴은 숨길 수 읎는거유!"

"……!"

저녁을 먹은 뒤에 행랑아범이 집안 허드렛일을 끝내고 방으로 들어왔다. 망소이가 물었다.

"이 집 주인 어르신과 되련님이 호랭이한테 변을 당했다던디, 그게 무슨 말이유? 자세한 얘길 좀 들려주시겠슈?"

"…그게…."

행랑아범 수범이 조심스럽게 이야기를 시작했다.

2. 호환(虎患)

김언량 집안은 대대로 탄동 고을과 인근 마을들을 지배하는 호족이었다. 김언량 대(代)에 와서는 김언량과 그의 사촌 김치량이 나란히 세력을 떨치면서 위세를 과시했다. 김치량이 몇 달 먼저 태어났으나 두 사람은 어릴 적부터 함께 글공부를 하며 어울려 다녀서 마치 쌍둥이와 같았다. 김언량은 풍채가 훤칠하고 기개가 호협한 데 비해, 김치량은 몸집은 왜소했으나 사람됨이 신중하고 지혜가 뛰어났다. 두 사람의 집이 나란히 붙어 있을 뿐 아니라 두 사람의 우애가 워낙 돈독해서 모두들 김씨 문중의 두 기둥이라고 일컫곤 했다.

작년 이른 겨울 김언량과 김치량은 하인 몇 명을 거느리고 오서산으로 사냥을 갔다. 해마다 산에 잎이 지고 나면 한두 번씩 사냥을 가는 게 그들의 연례행사였다. 그런데 예기치 않게 김언량이 산중턱에서 태어난 지 두어 달쯤 되어 보이는 호랑이 새끼 두 마리를 발견하게 되었다. 칡덩굴이 나뭇가지에 어지럽게 얽혀서 바닥이 잘 보이지 않는 너덜경에서 살쾡이가 갸르릉거리는 듯한 소리가 나서 덩굴을 헤치고 보았더니, 놀랍게도 알록달록한 개호주 두 마리가 뒤엉켜서 장난을 치고 있었다. 김언량이 살금살금 다가가자 인기척을 느낀 개호주들이 수풀 속으로 모습을 감췄다.

"얘들아, 방금 여기서 호랑이 새끼 두 마리가 도망쳤다! 이 근처를 샅샅이 뒤져라!"

김언량은 하인들과 함께 짐승이 다닌 듯한 자취를 더듬으며 근처를 꼼꼼히 톺아 나가다가, 그곳에서 그리 멀지 않은 산 중턱 후미진 곳에 바위로 된 굴이 있는 것을 발견했다. 굴 입구를 자세히 살펴보니 짐승이 드나든 흔적이 있었다.

김언량은 허리를 굽히고 굴 속으로 들어갔다. 두어 걸음 들어가자 굴 속이 제법 넓어졌는데, 그곳에서 개호주 두 마리가 아르릉거리고 있었다. 그는 호랑이 새끼를 잡으려고 무심히 손을 내밀었다. 그런데 뜻밖에도 호랑이 새끼가 앙칼지게 그의 손을 할퀴어 댔다. 날카로운 칼에 베인 듯 손에서 피가 솟았다. 그는 아픔을 견디면서 다시 호랑이 새끼를 붙잡으려 했다. 그러나 개호주가 이번엔 그의 손을 사정없이 물었다. 그는 깜짝 놀라 뒤로 물러났다. 화가 난 언량은 자기도 모르게 허리에 차고 있던 검을 빼서 개호주에게 휘둘렀다. 처음엔 호기심으로 호랑이 새끼를 잡으려 했을 뿐 죽일 생각은 없었는데, 어쩌다 보니 일이 돌이킬 수 없게 되어 버린 것이다.

"이 사람아, 어쩌려고 개호주들을 이렇게 죽였나? 호랑이가 영물이라는데, 그 어미 호랑이한테 무슨 앙얼을 입으려고? 빨리 여길 피하세! 그 어미가 오기 전에!"

김치량이 죽은 호랑이 새끼들을 보고서 겁이 잔뜩 난 얼굴로 말했다.

호랑이 새끼를 죽인 순간부터 마음이 꺼림칙했던 언량은 치량의 말을 듣자 더욱더 공연한 짓을 했다는 후회가 일었다.

"어미 호랑이가 나타나면 그놈까지 잡아 버리지요! 그까짓 놈을 무서워할 게 무에 있겠소?"

언량은 언짢은 기분을 떨쳐 버리려고 일부러 호기롭게 말했다.

"어허, 이 사람이?! 호랑이를 몰라도 너무 모르는구먼! 빨리 돌아가세!"

치량은 금방이라도 어미 호랑이가 나타날 것처럼 두려운 얼굴로 서둘렀다. 그들은 즉시 사냥을 중단하고 산을 내려왔다.

며칠 뒤 야심한 시간이었다.

어흥!

어흐흐흐흥!

마을 뒤쪽 동산에서 호랑이의 포효가 들려왔다. 언량과 집안 사람들은 호랑이의 포효에 놀라 모두 어쩔 줄을 몰랐다. 그렇지 않아도 호랑이 새끼들을 죽이고 나서 찜찜한 기분을 떨쳐 버리지 못하고 있는데, 호랑이가 나타나다니!

어흥! 어흐흐흥! 어흐흐흐흥!

호랑이의 포효 소리는 언량의 집을 향해 차츰 가까워졌다. 그리고 호랑이가 언량의 집 뒷담을 뛰어넘어 집 안으로 들어왔다. 호랑이는 뒷뜰과 안마당, 사랑채 마당과 행랑채의 뜰을 돌아다니면서 간헐적으로 사나운 포효를 터뜨렸다. 사람들은 방 안에서 문고리를 걸고서 두려움에 질려 숨도 크게 쉬지 못하고 몸을 떨었다. 간 큰 하인 한 명이 찢어진 문 틈으로 바깥을 내다보았더니, 어둠 속에서 칡무늬를 온몸에 두른 거대한 호랑이가 어슬렁거리고 있었다. 한참 후에 호랑이의 포효 소리는 다시 뒷동산으로 멀어졌는데, 그 동안 집안 사람들은 극도의 공포와 경악에 사로잡혀 바스락 소리도 내지 못하고 굳어 있었다. 그들은 호랑이가 사라진 뒤에도 다음날 날이 밝을 때까지 겁에 질려 밖으로 나가지를 못했다.

호랑이는 닷새 후에 다시 뒷동산에 나타나 사람들을 두려움에 떨게 했고, 그 후로 대엿새만에 한번씩 출현해서 마을을 공포의 도가니로 몰아넣었다.

올해 이른 봄 이웃 마을의 호족 한 명이 죽어서 언량은 치량과 함께 조문을 갔다. 그런데 날이 어두워진 뒤에도 언량이 돌아오질 않았다. 아씨가 하인을 시켜서 이웃집 치량이 돌아왔는가를 알아보았더니, 치량은 날이 저물기 전에 돌아왔다는 얘기였다.

"아까 나와 함께 동구 밖까지 와서, 너희 주인은 구름다리 쪽에 있는 논밭을 한 번 둘러보고 들어오겠다고 해서 그곳에서 헤어졌는데, 아직까지 안 들어오다니, 그게 무슨 말이냐?"

치량이 하인에게 한 말이었다.

치량의 말을 전해들은 아씨는 하인들에게 구름다리로 가서 남편을 찾아보도록 했다. 하인들은 횃불을 들고 구름다리께로 갔다. 그러나 언량은 그곳에 없었다. 아씨는 여기저기 다른 곳에 있는 전답에도 하인들을 보냈으나 다들 헛되이 돌아왔다. 논밭을 둘러보러 간 사람이 감쪽같이 사라지다니? 아씨는 불길한 예감에 시달리면서 하인들과 함께 밤새도록 마을 안팎을 헤맸으나 언량은 어디에도 없었다.

아씨는 이튿날 인근에 있는 다른 마을로 사람을 보내서, 언량이 들르지 않았나를 탐문했다. 역시 언량을 보았다는 사람은 없었다. 아씨는 하인들과 마을 작인들을 동원해서 마을 근처의 냇물과 소(沼), 웅덩이 등을 샅샅이 톺아가며 수색했다. 그리고 아무런 성과가 없자 근처의 산으로 사람들을 올려 보냈다.

그날 오후에 마을에서 멀리 떨어진 산 속에서 갈기갈기 찢겨진 채 피가 낭자한 언량의 옷자락과 갓신이 발견되었다. 아씨는 남편의 옷과 갓신을 본 순간 의식을 잃고 쓰러져 버렸다. 마을 사람들은 언량의 시신을 찾기 위해 갖은 노력을 다했으나, 산 속 여기저기에서 피 묻은 옷 조각을 몇 개 더 발견했을 뿐 끝내 그의 시신을 찾지는 못했다.

"아무래두 그 호랭이가 어르신에게 복수를 하구, 어르신을 모조리

214

먹어 치운 모양이여! 얼마 전에두 밤에 호랭이가 어르신 댁 마당에까지 내려와 집안을 휘저어 놓구 갔다잖여?"

"그놈이 아니믄 무엇이 그런 끔찍한 짓을 했겄어? 옛말에두 있잖남? 호랭이가 영물이라구! 그런 영물을 건드려 놨으니…."

마을 사람들은 언량이 호랑이 새끼를 죽인 대가로 그런 끔찍한 변을 당했다면서 두려운 얼굴로 쑥설거렸다.

언량이 죽은 지 두어 달쯤 지난 뒤였다.

그날 봄복이란 아이가 날이 채 밝지 않은 어스름한 새벽에 뒷동산으로 사슴벌레를 잡으러 갔다. 뒷동산 꼭대기엔 수백 년 묵은 아름드리 느티나무가 세 그루 나란히 서 있는데, 오래 되어서 썩은 느티나무 밑둥엔 나무의 끈적끈적한 진액이 흘렀고, 밤마다 그 진액을 빨아먹기 위해 사슴벌레들이 날아와서 그 밑둥에 달라붙어 있곤 했다. 사슴벌레는 검은 갈색의 딱딱하고 견고한 갑옷으로 온몸을 무장하고, 크고 강한 집게를 가진 곤충인데, 큰 놈은 길이가 두 치가 넘었고, 집게가 날카롭고 강해서 손가락이라도 한 번 물리면 송곳에 찔린 듯이 피가 솟곤 했다. 아이들은 여름 한 철 사슴벌레를 잡아 가지고 누구의 것이 더 크고 강한지 집게로 싸움을 시키며 놀곤 했다. 크고 강한 사슴벌레를 가진 것이 자랑이었고, 그런 사슴벌레를 잡기 위해 아이들은 새벽마다 앞다투어 뒷동산으로 달려 올라가곤 했다.

그날 새벽 뒷동산으로 간 봄복이는 저만치 느티나무가 보이는 곳에 이르러, 숨이 멎는 듯 놀라 발걸음이 얼어붙었다. 한 아이가 느티나무 밑둥에 쪼그려앉아 사슴벌레를 잡고 있는데, 커다란 호랑이가 다가가, 그 아이를 덮치는 게 아닌가. 혼비백산한 봄복이는 구르듯이 동산을 내려왔다.

"아부지, 호랭이가! 호랭이가 나왔어유!"

허겁지겁 집으로 달려간 봄복이가 어른들이 자고 있는 안방으로 뛰어들며 말했다.

"그게 무슨 말이여?"

잠에서 깬 봄복이의 아버지가 놀라 물었다.

"뒷동산에! 뒷동산에 하늘가재를 잡으러 갔다가 호랭이를 봤어유!
느티나무 아래서 호랑이가 어떤 애를 덮쳤어유!"

"뭐라구?! 그게 정말이냐?! 걔가 누구냐?"

"어두워서 얼굴은 못 봤어유! 엄청나게 커다란 호랭이였어유!"

봄복이는 공포에 질려서 덜덜 떨며 말했다.

봄복이 아버지가 벌떡 일어나 밖으로 달려나갔다. 잠시 후에 징소
리가 마을을 뒤흔들고, 마을 사람들이 집 밖으로 쏟아져 나왔다. 봄복
이 아버지의 말을 들은 사람들은 자기 집으로 달려가, 제 아이들이 다
들 집에 있는지 확인을 하느라고 정신이 없었다. 그리고 한참 후에 언
량의 맏아들 윤충이가 없어졌다는 게 밝혀졌다.

마을 사람들은 몽둥이와 쇠스랑, 낫과 괭이 등을 들고 뒷동산으로
올라갔다. 느티나무 밑에는 붉은 피가 어지럽게 흩뿌려져 있었다. 그
러나 윤충이의 시체는 흔적도 찾을 수 없었다. 마을 사람들은 다시 대
대적인 수색에 나섰고, 지난 번 언량의 옷과 갖신이 발견된 산에서 윤
충이의 찢어진 저고리와 갖신 한 짝을 찾아냈다.

남편에 이어 자식까지 잃은 아씨는 몇 번이나 정신을 잃고 까무라
쳤고, 의식을 되찾은 뒤에도 먹지도 마시지도 못하고 넋이 나간 사람
처럼 누워 있었다.

"아무래두 예삿일이 아니여! 새끼를 잃은 호랭이가 단단히 노한 모
냥이니, 다음에는 또 윤동이 도련님과 아씨가 변을 당하는지두 몰러!"

"그러게 말여! 이러다가 어르신 댁은 말할 것두 읎구, 마을 사람들
이 모두 변을 당하는 거 아니여?"

"무당을 불러다가 호랭이를 달랠 큰 굿을 해야 혀!"

"아니여! 무당보다는 절에 가서 부처님께 재를 올려야지!"

언량의 하인들과 마을 사람들은 언량과 윤충이 차례로 변을 당하자 극도의 공포에 사로잡혀, 재앙이 자기들한테도 미칠까 봐 전전긍긍했다.

윤충이가 변을 당한 다음에도 호랑이의 출몰은 계속되었다. 여전히 며칠 간격으로 호랑이가 집 뒤쪽 동산에 와서 포효를 하거나, 언량의 집 담을 넘어 집 안에까지 뛰어들어서 으르렁거렸다. 으르렁거리기만 한 것이 아니라 집 뒤란 쪽에 나 있는 방문에 돌멩이를 던지거나 모래를 끼얹기도 하고, 옆뜰 쪽으로 난 쪽문을 긁어대며 후려치거나 발톱으로 창호지를 찢기도 했다. 공포에 질린 언량의 하인들 중에는 밤이 되면 다른 집에 가서 잠을 자거나, 아주 도망친 사람까지 있었다.

관청에 호랑이를 잡아달라고 청하기도 했으나, 군졸 몇 명이 나와서 건성으로 언량의 집과 뒷동산을 한 번 둘러보고,

"섣부르게 호랑이를 건드려 노여움을 산 게 잘못이지, 언제 나타날지두 모르는 호랑이를 어뜨케 잡겠수"

하고는 돌아가 버렸다.

아무래도 윤동이와 아씨까지 호환을 피하지 못할 것이라는 말과, 아씨가 도련님을 데리고 수 천리 밖 아무도 모를 곳으로 가서 숨어 살아야만 목숨을 부지할 수 있을 것이라는 둥 온갖 얘기가 마을에 떠돌았다.

아씨는 하인들의 권유로 무당을 불러 큰 굿을 했다. 그러나 그러한 그녀의 노력을 비웃듯 호랑이는 여전히 다시 나타났다. 아씨는 다시 평소에 늘 두터운 공양을 했던 천수사에 가서 성대한 재(齋)를 지냈다. 그러나 역시 아무 소용이 없었다.

"아씨, 당분간 도련님을 저희 절에 와 계시게 하면 어떻겠소이까? 부처님에 대한 아씨의 신심이 깊으시니, 부처님의 가피가 있지 않겠소이까?"

어느 날 천수사의 주지 스님이 그녀의 집을 찾아와 말했다.

아씨는 이튿날 윤동이를 데리고 천수사를 찾아갔다. 하인 몇 명이 길마를 얹은 소 두 마리에 부처님께 공양할 재물을 가득 싣고 그녀를 뒤따랐다.

3. 봉변

행랑아범 수범이 긴 이야기를 마치자 망소이가 물었다.

"늘 이르케 집 안이 조용합니까유? 이 큰 집에 사람이 몇 안 되는 것 같은디, 어찌된 일이우?"

"돌아가신 어르신께서 번거로운 것을 싫어하셔서 노비들 대부분을 장원에 나가 농사를 짓게 하구, 집 안에 거처하는 하인이 많지는 않우. 게다가 밤만 되믄 호랭이가 나타날까 봐 다른 집에 가서 자는 사람두 있구, 집에 있는 사람두 문을 꽉 닫아걸구 얼씬두 하지 않으니, 집 안이 텅 빈 것 같지유."

"…혹 집안에 큰 칼 같은 것 읎수?"

"…칼이라니?"

"…호랭이를 대적할 검 말이유."

"…뭐라구?! …그럼…?"

행랑아범이 놀라서 눈을 크게 뜨고 망소이를 바라봤다.

"내 그놈과 맞서 보겠으니, 검이나 쇠몽둥이 같은 게 있으믄 가져다주시겠슈? 범이 아무리 영물이라 하나, 사람을 둘씩이나 해친 놈을 어찌 그냥 둘 수 있겠수?"

망소이가 목소리를 높였다. 그도 물론 호랑이가 두려웠다. 호랑이를 잡으려고 나선다는 게 무모한 만용일 수도 있었다. 그러나 호랑이 때문에 공포에 떨고 있는 아씨를 생각하자 불쑥 마음속에서 결기가 솟았다.

"…젊은이의 용기가 정말 대단하우! 그러나 그 호랑이가 워낙…."

"그놈 대가리를 두 쪽으루 쪼개 놓을 테니, 칼이나 가져다 주시우!"

망소이가 결연하게 말했다. 그것은 행랑아범에게 한 말이라기보다는 두려움에 사로잡혀 있는 자기 스스로에게 한 말이라고 해야 옳았다. 말이란 한 번 뱉어낸 다음엔 결코 거두어 담을 수 없는 법. 그러므로 입 밖에 낸 말은 한 번 결정한 것을 번복하지 못하게 지키는 엄한 파수꾼이 되고, 마음속에 도사려 있는 두려움을 끊어내는 날선 비수가 되며, 한 번 내디딘 걸음을 뒤로 물러서지 못하게 하는 배수지진(背水之陣)이 될 수도 있는 법이다.

"…명학소 장사가 곰을 맨손으루 잡았다는 얘기는 들었지만, …정말 용기가 장하우!"

행랑아범이 외경의 눈으로 망소이를 바라보며 말하고는, 행랑채를 나갔다. 그리고 한참 후에 아씨를 모시고 왔다. 가년이가 두 사람을 뒤따라 방으로 들어왔다.

"…망소이 장사, 범을 잡아보겠다는 게 정말이오?"

아씨가 망소이에게 물었다.

"사람을 상케 한 눔을 그냥 둘 수는 읎지유!"

"…그놈을 잡기는커녕 오히려 그놈한테 변을 당할 수도 있소!"

"호랭이가 영물이라는 말은 들었습니다유."

"…왜 이런 위태로운 일을 하려 하오?"

"…그건, …그건, 그냥…."

망소이가 선뜻 대답을 못하고 얼굴을 붉혔다.

"…이 일은 아무나 할 수 있는 일이 아니오."

"아씨, 이놈을 못 믿어서 그러십니까유?"

"못 믿어서가 아니라… 목숨이 위태로운 일을 무슨 염치로 부탁하겠소?"

"…그러시다믄 호랭이를 처치한 후에 대가를 말씀드립쥬. 아주 큰 대가를 말씀드리겠습니다유!"

아씨가 한 동안 말이 없다가, 이윽고 말했다.

"정말 그 짐승과 맞서 볼 생각이오?"

"저는 이미 뜻을 굳혔습니다유!"

망소이가 단호한 어조로 말했다.

아씨는 한참 망소이를 바라보다가,

"고맙습니다."

하고는, 몸을 일으켜 망소이에게 절을 올렸다.

"아씨, 이게 웬 일입니까유?"

가년이가 놀라서 외쳤다. 망소이도 당황해서 어쩔 줄을 모르다가 엉거주춤 맞절을 했다.

아씨가 절을 마치고 말했다.

"제 이름은 소려라 합니다. 그간 끔찍한 변을 두 번이나 당하고 며칠에 한 번씩 호랑이가 나타나도 누구 한 사람 그놈을 잡으려 하거나, 우리 모자를 도와주려는 사람이 없었습니다. 사람들은 호랑이가 으르렁거리는 소리만 들어도 모두 두려움에 벌벌 떨며 방 안에서 꼼짝달싹을 못했습니다. …이런 마당에 망소이 장사께서 그 짐승을 잡겠다고 나서주시다니, …이 은혜는 진실로 헤아릴 수 없습니다."

아씨의 말씀이 갈수록 비감해지더니, 마침내 울음이 배어들었다. 아씨의 자닝한 모습에 망소이는 코끝이 시큰했다. 가년이가 흑흑 울음을 터뜨리고, 행랑아범도 눈물을 훔쳤다.

"가년아, 그것 이리 가져 오너라."

이윽고 아씨가 눈물을 수습하고 가년이에게 말했다.

"예, 아씨!"

가년이가 마루로 나가 길쭘한 비단보따리를 가져왔다. 아씨가 보따리를 풀자 속에서 검은 옷칠이 된 긴 나무상자가 나왔고, 나무상자를 열자 넉 자 가량의 검이 나왔다. 검은 손잡이에 동그란 동전 같은 금장식이 6개가 붙어 있고, 손잡이와 검날 사이의 방패에는 투각(透刻)으로 용과 호랑이가 새겨져 있으며, 검날 한쪽에 '靖難建國丹忠萬歲(정난건국단충만세)'라는 글귀가 새겨져 있었다. 검에 대해 아무 것도 모르는 망소이의 눈에도 예사로운 물건이 아니었다.

"이 검은 아조(我朝)의 개국공신이었던 김력 할아버님이 태조대왕께 하사받은 것으로, 이 집안에 대대로 전해 내려오는 귀한 가보라고 들었습니다. 이 검은 외인(外人)들에겐 내보이지 않는 것이었으나, 이제 가문이 문을 닫게 될 위난을 당했으니, 무엇을 꺼리겠습니까? 이 검을 장사께 드리겠습니다."

아씨가 두 손으로 검을 받들어 망소이에게 주었다. 망소이가 검을 받아, 검집에서 검을 뽑았다. 방금 숫돌에 간 듯 시퍼렇게 날이 선 검이 사방으로 차갑고 날카로운 기운을 뿜어냈다. 명검이 틀림없었다.

"제가 이 검으루 반드시 그 못된 놈을 베어 죽이겠습니다유!"

망소이가 맹세하듯 말했다.

그날 밤 망소이는 잠을 제대로 자지 않고 호랑이가 오기를 기다렸다. 그러나 새벽닭이 울고 여명이 희끄무레하게 트여올 때까지 호랑이는 나타나지 않았다.

그는 새벽 일찍 아씨의 집을 빠져나와, 명학소로 향했다. 부엌에서 아침 동자를 끓이고 있던 솔이가 망소이를 보자마자 부지깽이를 들고 쫓아나왔다.

"이놈의 자식! 이제 대가리가 클 만큼 컸다구 말 한마디 읎이 집을 나가서 싸돌아다니다가 밤이슬을 맞구 기어들어와? 난 그런 꼴 못 본다! 그르케 네 맘대루 살려믄 아주 집을 나가거라, 이놈아!"

어머니는 부지깽이로 사정없이 망소이의 등과 허리를 후려치면서 부르짖었다.

"아이구! 우리 엄니, 힘두 세다! 아이구! 나 죽네! 명학소 장사 망소이 죽네!"

망소이는 엄살을 떨며 밖으로 도망쳤다.

그날 밤, 저녁을 먹으면서 망소이가 솔이에게 말했다.

"엄니, 저 며칠 어디 좀 다녀올게유!"

"너, 그게 무슨 말이여? 손이 열이 있어두 모자란 판에 또 어디를 가다니, 네가 지금 제정신이여?"

어머니가 펄쩍 뛰면서 망소이를 꾸짖었다.

"…좋은 벌이가 있어서유!"

"좋은 벌이라니?! 너 지금 무슨 허황된 말을 하는 거여?"

"……."

"너, 쓸데 읎는 생각 말구 대장간 일이나 열심히 햐! 공연히 눈에 헛거미가 잡히믄 망신하는 벱이여!"

어머니는 단호하게 말을 끊었다.

그러나 망소이는 저녁을 먹고 나서 바로 집을 나왔다. 어차피 어머니의 허락을 받을 수 있는 일이 아니잖은가. 탄동으로 가는 동안 망소이의 마음은 탄동 아씨에 대한 생각으로 무거웠다. 아씨의 처지가 너무 안 되어서 가슴이 아팠다.

망소이가 탄동 아씨 댁에 머문 지 엿새째 되던 날이었다. 만귀잠잠한 한밤중에 갑자기 집 뒤란에서,

어흥!

어흐흐흥!

호랑이 소리가 집안을 뒤흔들었다. 행랑방에 누워 있다가 호랑이의 포효를 들은 망소이는 벌떡 몸을 일으켰다. 온몸에 좁쌀 같은 소름이 돋아올랐다. 그러나 다음 순간 그는 벽에 걸어 놓은 검을 빼들고서

밖으로 뛰쳐나가, 호랑이 소리가 들리는 집 뒤란을 향해 달려갔다. 집 모퉁이를 돌자 본채의 들창문께에 있는 커다란 호랑이의 모습이 눈에 들어왔다. 호랑이를 본 순간 그는 심장이 얼어붙는 듯 놀라 걸음을 멈추었다. 호랑이도 망소이를 보고 놀란 듯 휙 몸을 돌리더니, 그를 향해 두 발을 쳐들고 사납게 으르렁거렸다.

어흥!

어흐흐흥!

망소이는 두려움 때문에 숨이 멎는 듯했다. 그러나 물러설 수는 없었다.

"이놈, 게 섰거라!"

그는 벽력같이 소리를 지르면서 호랑이를 향해 달려갔다. 그러자 뜻밖에도 호랑이가 뒤로 몸을 돌리더니, 눈 깜짝할 사이에 훌쩍 담을 뛰어넘어 뒷동산으로 사라졌다. 망소이는 호랑이를 뒤쫓아 단숨에 담을 뛰어넘었다. 그러나 뒷동산엔 크고 작은 나무들이 우거져 있고 나무 그림자가 짙어서 호랑이가 어디로 갔는지 알 수가 없었다. 그는 눈을 크게 뜨고 사방을 휘둘러보며 무슨 소리가 들리지 않나 신경을 곤두세웠다. 그리 멀지 않은 곳에서 풀과 나뭇가지가 흔들리는 소리와 나뭇잎 밟히는 듯한 소리가 들렸다. 그는 소리 나는 곳을 향해 살금살금 발을 옮겼다. 그러나 얼마 가지 못해 소리를 놓쳐 버렸다. 귀를 나팔통처럼 열었으나 아무 소리도 들리지 않았다. 그는 걸음을 멈추고 사방을 휘둘러보다가 하는 수 없이 발걸음을 돌렸다.

그 순간이었다. 저만치 어둠 속에 잠겨 있는 치량의 집 뒷 담장을 뭔가가 뛰어넘는 모습이 언뜻 그의 눈에 잡혔다. 호랑이다! 어렴풋하긴 했지만 그것은 분명 호랑이였다. 호랑이가 치량의 집으로 뛰어들다니! 그는 발소리를 죽이고 치량의 집으로 다가가, 담 너머로 치량의 집 후원을 넘겨다보았다. 치량의 집은 어둠과 고요가 깊은 물처럼 고여 있었다. 어떤 기척도 없었다. 그는 눈을 찢어지게 뜨고 어둠 속을 살폈다. 그러나 호랑이는 눈에 띄지 않았다. 그는 잠시 망설이다가 담을 뛰어넘었다.

망소이가 발소리를 죽이고 치량의 집 후원을 조심스럽게 살펴보고 있을 때였다.

"도둑이야! 도둑놈이 들었다! 도둑놈 잡어라!"

후원 한쪽에 있는 거느림채에서 한 사내가 불쑥 밖으로 뛰어나오면서 고함을 쳤다.

"도둑이 들었다! 도둑놈 잡어라!"

그는 계속 고래고래 소리를 질렀다.

"나는 도둑이 아니우! 호랭이가 이 집으루 들어왔수! 호랭이를 잡으려구 쫓아 들어온 것이우!"

망소이는 큰 소리로 발명했다. 그러나 사내는 망소이의 말은 들은 척도 하지 않고 계속 고함을 질러 댔다. 사내의 고함 소리에 곧 하인들이 우루루 몰려나왔다. 그들은 망소이를 붙잡으려다가, 그가 검을 들고 있는 것을 보고 멈칫거리며 기회를 엿보았다.

"방금 호랭이가 이 집으루 뛰어들어서 뒤쫓아왔수!"

망소이가 다시 큰 소리로 외쳤다.

그때였다.

"네 이놈! 네놈이 어떤 놈인데 감히 칼을 빼들고 남의 후원으로 뛰어들었느냐? 고이헌 놈! 당장 무릎을 꿇지 못할까?"

한 중년 사내가 호통을 놓으며 가까이 다가왔다. 하인들이 모두 그에게 굽실거리는 것을 보고서 망소이는 그가 이 집 주인 김치량이라는 걸 짐작할 수 있었다.

"어르신, 저는 도둑이 아니우! 저는 호랭이가 이 댁 안으루 들어오는 것을 보구 뒤쫓아온 것입니다유!"

"무엇이라?! 호랑이가 내 집으로 뛰어들어서 뒤쫓아왔다고? 이놈이 강도질을 하러 들어왔다가 터무니없는 말을 내뱉는구나! 이놈들, 빨리 저놈에게 오라를 지우지 않고 무엇 하느냐?!"

김치량의 말이 떨어지기가 무섭게 하인들이 우루루 망소이에게 덤벼들어서 그의 몸을 단단히 묶었다.

"제가 호랭이를 잡으러 온 사람이라는 건 김언량 어르신 댁에 물어보시믄 금방 알 수 있는 일이우!"

망소이가 다급하게 말했다. 그러나 치량은 망소이의 말을 아예 듣지 못한 것처럼

"내 이놈을 엄히 문초할 터이니, 곳간으로 데려가라!"

하고 말했다.

김치량의 말이 떨어지기가 무섭게 하인들은 집 한쪽 후미진 곳에 떨어져 있는 컴컴한 곳집으로 망소이를 끌고갔다. 그곳은 치량이 하인과 작인들을 가두어 두고 벌을 주거나 사형(私刑)을 가할 때에 사용하는 사옥(私獄)으로서, 벽과 시렁에 오랏줄과 함께 목에 씌우는 칼과, 다리에 채우는 차꼬, 크고 작은 몽둥이와 채찍, 쇠좆매, 갈쿠리 같은 형구들이 살벌하게 걸려 있었다.

"한밤중에 요란 떨 것 없다! 돌구지와 질봉이, 너희 둘만 남고, 나머지는 행랑채로 돌아가거라!"

치량의 말에 돌구지와 질봉이라고 불린 하인 두 명만 남고 다른 사람들은 모두 물러났다. 하인들이 물러가자 이윽고 김치량이 겨울물처럼 차가운 목소리로 물었다.

"네놈이 검을 빼들고 한밤중에 내 집에 뛰어든 까닭이 있으렷다? 만약 추호라도 속이려다간 살아 나가지 못할 것이다!"

"소인은 호랭이가 이 댁 뒷뜰루 뛰어들어서 뒤쫓아 왔을 뿐 다른 뜻은 조금두 읎었습니다유. 김언량 어르신 댁에 물어 보시믄 금방 알 일이우."

"뭐라구? 칼을 들고 남의 집 담을 넘은 놈이 아직도 헛소릴 늘어놓아? 이놈의 입에서 곧은 불림이 나올 때까지 매우 쳐라! 칼을 들고 들

어온 놈이니, 아주 죽여도 괜찮다!"

"예, 어르신!"

돌구지와 질봉이가 김치량에게 머리를 굽실하고는, 시렁에 놓여 있던 몽둥이를 골라잡더니, 다짜고짜 망소이를 구타하기 시작했다. 그들은 망소이가 마치 살아 있는 사람이 아닌 듯이 닥치는 대로 마구 몽둥이를 휘두르고, 발로 차고 밟아 댔다.

"이거, 왜 이러는 거유? 이르케 생사람을 잡아두 되는 거유?"

망소이는 사납게 몸부림을 치며 발명했으나, 두 사람은 무지막지하게 몽둥이를 휘둘렀다. 망소이는 숨도 제대로 쉬지 못하고서 이를 악물고 고통을 견디다가 마침내 바닥에 축 늘어졌다.

"네놈이 칼을 들고 내 집에 뛰어든 까닭이 무엇이냐? 재물을 훔치러 들어온 것이냐? 아니면 나를 죽이려 한 것이냐?"

치량이 망소이의 가슴을 밟고서 물었다.

"…아니우! …나는 호랭이를 잡으러 들어온 것이우!"

"호랑이라니? 이놈이 아직도 그 따위 터무니없는 소릴 지껄여? 얘들아, 안 되겠다! 이놈을 더 바짝 다뤄라!"

김치량의 말에 돌구지와 질봉이가 다시 몽둥이질을 시작했다. 사뭇 소나기 같은 몽둥이와 발길이 다시 망소이의 몸에 떨어져 내렸다.

으으!

으으흐!

모질음을 쓰는 망소이의 입에서 처절한 신음이 비어져 나오는데도 두 사람은 몽둥이질을 계속했고, 망소이는 마침내 의식의 끈을 놓아 버렸다.

"이놈이 정신을 놓았는뎁슈?"

돌구지가 어떻게 하면 좋겠느냐는 듯 치량에게 묻자 치량이 말했다.

"찬물을 끼얹어서 다시 정신이 들게 해라!"

질봉이가 바가지에 물을 퍼다가 망소이의 얼굴에 끼얹었다. 망소이가 온몸을 부르르 떨며 가까스로 눈을 떴다.

"이놈! 아직도 바른 말을 못할까? 또 다시 허튼 소릴 했다간 이번엔 아주 물고를 내겠다!"

"…어르신, 왜 제 말을 믿어 주지 않구 이러시우? …제가 김언량 어르신 댁에서 왔다는 건 그 댁에 가서 물어 보시믄 금방 알 일이 아니겠습니까유? 못된 호랭이가 그 집 어르신과 도령을 해치구, 집 안에까지 나타난다 하여, 제가 그놈을 잡아볼까 하여 행랑채에 머물러 있었습니다유. …제가 갖구 들어온 검두 그 댁 아씨가 주신 것이우!"

"정말 호랑이를 잡으려 했단 말이냐?!"

"참말입니다유."

"너, 어디 사는 누구냐?"

"명학소에 사는 망소이라 하우."

"…그 마을에 형제 장사가 났다는 말을 들은 적이 있는데, 네놈이냐?"

"제가 그 아우입니다유."

"…그래? …네놈이 도대체 내 아우와 무슨 관계가 있어서 호랑이를 잡으려 했단 말이냐?"

"…특별한 관계는 읎지만, 못된 호랭이가 사람을 해친다기에…."

"아무 관계도 없는 놈이 목숨을 내놓고서 그 무서운 범을 잡으려 했단 말이냐? 이놈, 헛소리 말고 네놈의 진짜 속셈을 털어 놓아라!"

"정말 호랭이를 잡으려는 것밖에 다른 속셈 같은 것은 읎었습니다유!"

"어일싸! 이 음흉한 놈 같으니라구! 내 이미 네놈의 속셈을 모두 꿰뚫어보았다! 네놈은 내 아우와 조카가 죽은 것을 기회 삼아 아우의 재산을 송두리째 집어삼킬 흑심을 품고서 내 아우네 집에 나타났거나, 아니면 내 계수한테 음흉한 음심을 품고서, '호랑이를 잡네' 하고 헛소리를 하며 의지가지없는 여자에게 접근한 게 아니냐! 그리고 그 집 재산을 집어삼키는 데 방해가 될 것 같은 나를 해치기 위해 한밤중에 칼을 들고 내 집으로 뛰어든 게 분명하다!"

"아닙니다유! 나으리, 저는 증말 호랭이를 뒤따라 들어온 것이우!"

"뭐?! 호랑이가 내 집으로 뛰어들었다고? 네놈의 흉계가 다 탄로났는데도 아직도 계속 능갈을 치며 나를 능멸하다니, 흉악한 놈 같으니라구! 네놈이 우리 집안을 문문하게 보고 그 따위 흉계를 꾸민 걸 내 모를 줄 알았더냐? 이놈이 다시는 그 따위 생각을 하지 못하도록 단단히 뜨거운 맛을 보여라!"

치량의 말에 돌구지와 질봉이가 또다시 망소이에게 무지막지하게 몽둥이를 휘둘렀다. 망소이는 다시 까무룩하게 의식을 잃고 혼절해 버렸다.

한참 후에야 망소이는 등허리에 둔탁한 충격을 받고 퍼뜩 의식을 돌이켰다. 몸이 우쭐우쭐 흔들리는 듯한 느낌에 주위를 살펴보니, 정신을 잃은 사이에 지게에 짊겨진 채 어딘가로 옮겨지고 있었다.

"그놈 덩저리가 제법 그럴싸하더니, 똥집 한번 되게 무겁군! 멀리 갈 게 뭐 있수? 아무 데나 묻어 버립시다!"

"그래두 사람들 눈에 띄지 않는 데까지는 가야지!"

망소이는 두 놈이 주고받는 말을 듣고서 그들이 바로 자기를 무작스럽게 구타했던 질봉이와 돌구지이며, 자기를 처치하기 위해 산 속 으슥한 곳으로 가고 있다는 것을 깨달았다. 그는 살그머니 몸을 움직여 봤다. 온몸의 근육이 모두 끊어진 듯 아프고, 전혀 힘을 쓸 수가 없었다. 그는 새삼 자기가 죽음의 구렁텅이에 떨어졌음을 느끼고 전율했다. 그는 정신을 차리지 못한 척하고서 살 길이 없나 주위를 살폈다. 돌구지와 질봉이는 번갈아가며 지게를 지고 산길을 올라갔다. 망소이는 기회를 노리다가 비탈이 가파른 너덜겅에서 갑자기 아래쪽으로 휙 몸을 기울였다. 그러자 지게가 아래쪽으로 쏠리면서 그의 몸이 지게에서 굴러떨어졌다. 그는 몸을 새우처럼 잔뜩 구부리고 너덜겅을 굴러내려갔다. 몸이 나무와 풀에 사정없이 부딪혔으나 절체절명의 위기에 빠진 그는 아픈 줄도 모르고 마구 굴렀다. 그리고 한참 후에 나무 밑동에 몸이 걸리자 죽을힘을 다해 어둠 속을 기어 그곳을 벗어났다.

"이놈이 어디루 굴러갔나? 이거 골치 아프게 됐군! 넌 지게질 하나 제대루 못하구 이게 뭐냐?"

"그놈이 워낙 무거워서 그만…. 더 아래루 굴러간 것 아니우?"

"이르케 캄캄해서야 옆에서 코를 베어가두 몰르게 생겼는디!"

망소이는 두 놈의 대화가 가까워지는 것을 듣고 키 작은 다복솔 가지 밑 움푹 패인 곳으로 바짝 기어들어가 몸을 웅크렸다. 그들은 처음 망소이가 굴러내렸던 곳의 주위를 샅샅이 훑으면서 그를 찾으려 애를 썼다. 그들이 망소이를 찾는 동안 망소이는 몸을 있는 대로 웅크린 채 숨도 제대로 쉬지 않았다.

"안 되겠다. 이미 다 뒈진 놈이니, 그냥 가자!"

"어르신이 불호령을 내릴 텐디유?"

"벼엉신! 혼날 것을 뻔히 알믄서 뭣 때문에 곧이곧대루 말하냐? 땅속에 깊이 묻어 버렸다구 하지! 어차피 뒈진 놈이니, 산짐승들이 다 뜯어먹어 버릴 것 아니냐? 뒤늦게 발견되더라두 사람들이 다들 산짐승한테 변을 당했다구 할 텐디, 무슨 걱정이냐!"

"그래두 좀 더 아래루 내려가 다시 한번 찾아봅시다. 확실하게 처리를 해야 뒷근심이 읎을 것 아니우?"

"이놈이 다 뒈져서두 속을 쎅이는구먼!"

돌구지와 질봉이는 한참 더 망소이를 찾다가, 이윽고 그곳을 떴다.

망소이는 그들이 돌아간 뒤에도 오랫동안 다복솔 아래서 몸을 움직이지 않고 죽은 듯이 웅크려 있었다. 그들이 돌아간 척하고 어딘가에 숨어서 인기척이 나길 기다리고 있을지도 모른다는 두려움도 있었지만, 너무 탈진해서 몸을 움직일 수가 없었다. 그리고 한참 시간이 지나 긴장이 풀리자 그는 다시 의식을 잃었다.

망소이는 죽은 사람처럼 오래 의식 없이 누워 있다가 새벽이 되어서야 정신을 돌이켰다. 그는 온몸을 저미는 듯한 고통을 견디며 억지로 몸을 일으켜 산을 내려왔다. 몸을 제대로 가누지 못해 무수히 넘어지고 자빠지면서도 그는 명학소를 향해 힘겹게 발걸음을 옮겼다. 너무 힘들어 도저히 몸을 가누기가 어려우면 길가 풀숲에 눕거나 주저앉아 있다가 다시 걷기를 계속해서, 망소이는 그날 날이 완전히 어두워진 뒤에야 겨우 명학소에 도착했다.

사립 안으로 들어서자 부엌 아궁이에 불을 지피고 있는 어머니의 모습이 보였다.

"…엄니!"

망소이가 어머니를 부르자

"너 이놈의 자식!"

하며 어머니가 달려 나왔다. 그녀는 지난 며칠 동안 집을 비운 망소이가 돌아오면 단단히 혼을 내주려고 벼르고 또 별렀다. 그러나 아들의 모습을 본 그녀는

"…너, …너 이게 어찌된 일이여?"

하며 기겁을 했다.

망소이는 며칠 동안 펄펄 끓는 열에 시달리면서 무섭게 앓았다. 의식이 몇 번이나 오락가락했다. 십여 일 후에야 그는 겨우 몸을 조금 일으킬 수 있었다.

"너, 사실대루 말 안 할 텨? 글쎄, 무슨 일루 이르케 온몸이 만신창이가 되두록 맞았단 말이여? 널 때린 놈들이 누구냐니께?"

어머니는 뭔가 심상찮은 낌새를 눈치 채고서 무슨 일로 그리 되었는지를 알아내려고 여러 번 채근했으나, 망소이는

"밤길을 오다가 화적떼를 만났다구 했잖어유? 봇짐을 빼앗기지 않으려다가 그만 그놈들한테 몰매를 맞게 되었다니까유!"

하고 말했을 뿐, 탄동에서 있었던 일은 입 밖에 내지 않았다. 그렇지

않아도 집을 나간 망이 때문에 늘 밤잠을 제대로 이루지 못하는 어머니에게 자기까지 새로운 근심을 안겨 드릴 수는 없었다.

보름쯤 지나 웬만큼 몸을 추스를 수 있게 된 망소이는 다시 탄동으로 향했다. 그는 다시 어머니에게 어디를 다녀오겠다는 말을 할 수가 없어서 친구인 잘산이한테 대신 말해 달라고 부탁을 해 두었다. 노심초사할 어머니가 마음에 걸렸으나 그렇다고 안 갈 수는 없었다. 그간 탄동 아씨 댁에 무슨 일이 일어났는지 초조하기 짝이 없었고, 그보다 더 간절하게 아씨가 보고 싶었다.

그는 밤이 깊기를 기다려 탄동 마을에 잠입한 다음 누구의 눈에도 띄지 않게 뒷동산을 통해 김언량의 집으로 들어갔다.

"…아니, 망소이 장사! …이게 어찌된 일이우?!"

망소이가 소리를 죽여 행랑채 방 안으로 들어가자 행랑아범이 깜짝 놀라 물었다.

"쉿! 목소리를 낮추시우!"

"…우리는 그날밤 망소이 장사가 호랭이한테 변을 당한 줄 알았수! 그런데 이 밤중에 갑자기 나타나다니, …그럼 그날 밤 호랭이 소리를 듣구 겁이 나서 도망친 거유?"

"그게 아니우!"

망소이는 그 사이 있었던 일을 간략하게 이야기했다.

"내가 여기에 온 것을 쥐두 새두 몰르게 해 주시우! 이 댁 사람들은 물론이구, 특히 이웃 김치량네 사람들이 알아서는 절대루 안 되우!"

4. 사람과 호랑이

자정이 조금 지난 시간이었다.

동쪽 하늘에 잠깐 얼굴을 내민 하현달이 짙은 구름 속으로 들어가자, 흐릿한 윤곽을 드러내고 있던 탄동 마을은 먹물을 풀어 놓은 듯한 어둠 속으로 잠겨 들었다. 가끔 개똥벌레가 포물선을 그리며 날고, 간헐적으로 풀벌레의 울음소리가 들려올 뿐 마을은 불빛 하나 없이 적막했다.

푸드드득!

푸드득!

갑자기 뒷동산 참나무에 깃들어 있던 멧새들이 무엇에 놀란 듯 공중으로 날아올랐다. 잠시 후 참나무 밑에 커다란 호랑이 한 마리가 어슬렁거리며 나타났다. 호랑이는 발소리를 죽이고 사방을 두리번거리며 김언량의 집 뒤로 다가가, 담장 위로 머리를 들이밀고 집 안의 동태를 살폈다. 그런 다음 훌쩍 담장을 뛰어넘어 집안으로 들어갔다. 호랑이는 뒤란을 돌아 익숙하게 안채로 다가갔다. 그리고 방문 옆 벽에 바짝 붙어서서 안방의 기미를 엿보았다. 안방에서 아무 소리도 들리지 않자 호랑이는 살그머니 문고리를 쥐고서 방문을 당겼다. 방문은 열리지 않았다. 호랑이가 문고리를 왁살스럽게 잡아채자 걸어 놓은 문고리가 뽑히면서 방문이 열렸다.

"…누, 누구요?"

아씨가 공포에 질려서 소리도 지르지 못하고 억눌린 목소리로 말했다.

어흥!

호랑이가 와락 아씨에게 덤비자 너무 놀란 아씨가 뒤로 넘어지면서 정신을 잃었다. 호랑이는 아씨를 어깨에 들쳐메고 방을 나와서 다시 뒤란으로 돌아갔다.

그때였다.

어둠 속에서 시커먼 그림자가 번개같이 튀어나와 호랑이에게 달려들어, 몽둥이로 호랑이의 머리통을 무지막지하게 후려쳤다. 호랑이는 비명 한마디 내지르지 못하고 땅바닥에 털썩 거꾸러졌다. 이 교활한 놈! 그림자가 호랑이의 머리통을 거머쥐고 뒤로 힘껏 나꿔채자 호랑이 가죽이 훌떡 벗겨지며 그 속에서 사람의 얼굴이 불거져 나왔다.

"이런 죽일 놈! 내 그럴 줄 알았다!"

그림자는 다시 한번 주먹으로 사내의 얼굴을 세차게 후려쳤다. 그때 다른 그림자가 어둠 속에서 튀어나오며 말했다.

"그놈이 정말 사람이우?"

"그렇수! 이 흉악한 놈이 호랭이루 둔갑을 했수!"

"이런 천하에 쥐길 놈!"

행랑아범이 땅바닥에 쓰러져 있는 사내를 사정없이 짓밟았다. 그때 의식을 잃었던 아씨가 정신을 돌이켰다.

"아씨, 호랭이를 잡았습니다유! 이제 마음 놓으세유!"

망소이가 아씨를 부축해 일으키며 말했다.

"…뭐라고요?! …호랑이를 잡았다고요?!"

"이제 마음 놓으세유! 저걸 보십시유!"

"에그머니나!"

아씨가 어둠 속에 있는 호랑이를 보고서 비명을 질렀다.

"아씨 놀라지 마십시유! 저게 호랭이가 아니라 사람이유!"

"…사람이라니?!"

"그간 저놈이 호랑이 탈을 뒤집어 쓰구 그 못된 짓을 한 것이유!"

"…뭐, 뭐라고?! 어떤 놈이 그런 흉한 짓을…?!"

아씨가 기가 막혀서 말을 잇지 못했다.

망소이는 행랑아범과 함께 정신을 잃고 쓰러져 있는 사내를 곁딸림 채 헛간으로 옮겼다.

"아니, …이놈이?!"

부시를 쳐서 불을 켠 행랑아범 수범이 놀라 외쳤다.

"아는 놈이우?"

"…바루 김치량 어르신네의 하인놈인 돌구지유! 이놈이 아우인 질봉이라는 놈과 함께 모질기루 소문난 놈이지유!"

"어쩌면 …이럴 수가…!"

탄동 아씨의 얼굴이 하얗게 질렸다. 망소이는 사내의 얼굴을 찬찬히 들여다보았다. 그의 주먹에 얼굴이 형편없이 뭉개졌으나 사내는 지난번 김치량네 집에서 자기에게 무지막지한 매질을 하고, 산으로 끌고가 죽이려 했던 바로 그놈 중 한 놈이 틀림없었다.

"…그럴 것이유! …내 처음부터 그럴 줄 짐작했슈!"

망소이가 탄식하듯 말했다.

집에서 자리보전을 하고 누워 있는 동안 망소이는 김치량의 집에 들어갔다가 죽을 뻔한 일을 수십 번도 넘게 모모가 되새겨 보았다. 그까짓 일로 사람을 죽이려 하다니! 아무래도 김치량의 행동이 너무 지나치게 생각되면서, 어딘지 모르게 석연치 않은 데가 있었다. 그리고 분명 그 집으로 뛰어들었던 호랑이는 대체 어디로 감쪽같이 사라졌단 말인가? 아무리 생각해도 알 수가 없었다.

그러던 어느 날 우연히 어렸을 적에 동네 사랑방에서 들었던 백두산 호랑이 얘기가 망소이의 머릿속을 스쳤다.

옛날 한 사냥꾼이 있었다. 하늘을 나는 기러기를 향해 화살을 날리면 한 화살에 두 마리 세 마리의 기러기가 꿰여서 떨어지고, 바위 뒤에 숨어 있는 짐승을 향해 창을 던지면 창이 바위를 꿰뚫고 들어가서 짐승의 심장을 명중했다. 그리고 짐승의 흔적을 추적하는 솜씨가 귀신 같아서 그에게 한 번 꼬리를 밟히면 어떤 짐승도 결코 살아남지 못했다. 또한 용기가 남달라서 노루나 멧돼지 같은 흔한 산짐승은 거들

떠보지도 않고 다른 사냥꾼들은 엄두도 내지 못하는 호랑이만을 사냥했다. 그가 호랑이가 많이 사는 큰 산에 들어가면 그 산은 얼마 지나지 않아 호랑이 씨가 말랐다.

어느 날 그 사냥꾼이 산이 크고 험준할 뿐더러 밀림이 무성하여 호랑이가 많기로 유명한 백두산으로 사냥을 갔다. 그는 여느 때와 마찬가지로 호랑이가 보이는 족족 굳센 화살로 심장을 꿰뚫어, 가죽을 벗겼다.

그가 호랑이 가죽을 짊어지고 어느 골짜기를 지나가는데, 누더기가 다 된 가사장삼을 걸치고 삿갓을 쓴 늙은 중 한 명이 길 옆 커다란 바위 위에 앉아 있다가,

"길 가는 나그네, 그 짊어지구 가는 게 무엇인구?"

하고 물었다.

"보면 모르겠수? 이게 모두 호랭이 가죽이우. 나는 호랭이를 잡는 사냥꾼이외다!"

사냥꾼이 거만스럽게 대답했다.

"호랭이는 영물인데, 무슨 일을 당하려구 그렇게 많은 호랭이를 죽였누?"

"영물은 무슨?! 어떤 호랭이두 내 화살과 창을 피하지는 못하우!"

"세상에 아무 근거 없이 생긴 말이 있겠수? 시주께선 살생을 그치구 그만 돌아가시우! 이 산은 신령한 산이라 영험한 호랑이가 많소이다!"

"남 걱정 마시구, 스님이나 호랭이 밥이 되지 않게 조심하시우! 하하하!"

사냥꾼은 늙은 중의 말을 대수롭게 여기지 않고 산 속으로 깊숙이 들어갔다. 그런데 어찌된 일인지 여러 날이 지나도 호랑이를 전혀 볼 수가 없었다. 십여 일을 헛수고를 하면서 산 속을 헤매다가 지칠 대로 지친 사냥꾼이 산을 나오는데, 저만치 산등성이에 집채만한 호랑이가 누워 있었다. 그가 막 화살을 날리려 하는 찰나에 호랑이가 몸을 일으

키더니, 어슬렁어슬렁 숲 속으로 들어갔다. 그는 호랑이를 쏘아 죽일 기회가 오기를 기다리며 그 호랑이의 뒤를 밟았다. 그러나 호랑이는 그가 활을 쏠 틈을 주지 않고 빠르지도 느리지도 않은 걸음으로 계속 산 속으로 들어갔다. 그러다 보니 어느새 날이 어두워지고, 그는 호랑이를 놓쳐 버리고 말았다.

사냥꾼이 어떻게 하룻밤을 지샐까 망설이고 있는데, 뜻밖에도 그곳에서 그리 멀지 않은 곳에 희미한 불빛이 보였다. 불빛을 향해 가까이 가 보니 커다란 바위 밑에 울타리도 없는 게딱지 같은 초라한 띠집이 있었다. 방문이 열려 있어서 슬쩍 들여다보니, 남루한 가사장삼을 걸친 백발이 성성한 늙은이가 눈을 감고서 참선을 하고 있는 게 아닌가.

"계십니까? 지나가는 과객인데 길을 잃었수! 하룻밤 묵어갑시다!"

그가 큰 소리로 말하자

"들어오시우!"

노인은 자리에서 일어나지도 않고 말했다.

"그럼 실례하겠수!"

방으로 들어간 그는 노인에게 머리를 숙여 예를 표하려다가 노인과 눈이 마주친 순간 깜짝 놀랐다. 며칠 전 그에게 사냥을 멈추고 돌아가길 권했던 그 늙은 중이었기 때문이었다. 방바닥은 아무 것도 깔지 않아 흙이 드러나고, 방 안에 아무 것도 없는데, 뜻밖에도 바람벽에 엄청나게 커다란 호랑이 가죽이 걸려 있었다.

"스님이 저 호랑이를 잡았수?"

사냥꾼이 묻자

"저건 내 옷이외다."

늙은 중이 소리 없이 웃으며 말했다.

"옷이라니, 그게 무슨 말이우?"

"내가 입는 옷이란 말이우. 한 번 보겠수?"

중이 자리에서 일어나 벽에 걸린 호랑이 가죽을 몸에 둘러썼다. 그리고 갑자기 제자리에서 휙 공중제비를 돌았다. 그러자 이게 웬일인가?! 중이 무시무시하게 큰 호랑이로 변해 있는 게 아닌가! 크게 놀란 사냥꾼이 토방으로 뛰쳐나가서 창을 잡으려는데, 그보다 한 걸음 더 먼저 호랑이가 사냥꾼을 덮쳤다. 어흐흥! 호랑이의 엄청난 포효가 산을 울렸다. 어흐흐흥!

호랑이 가죽을 둘러쓰는 순간 늙은 중이 호랑이가 되었다니! 그 얘기가 머릿속을 스치는 순간 망소이는 문득 사람이 호랑이로 둔갑을 하면 어떨까 하는 데에 생각이 미쳤다. 사람이 호랑이 가죽을 둘러쓰고 호랑이 흉내를 낸다?! 그는 무슨 계시처럼 떠오른 호랑이 이야기에 깨닫하여, 흠칠 몸을 떨었다. 그것을 깨닫고 나자 아씨가 금방 어떻게 되는 것 같아서 한시도 명학소에 눌러 있을 수가 없었다. 탄동으로 다시 돌아온 망소이는 자기 생각을 행랑아범 수범에게 말하고, 수범과 함께 밤마다 후원 별당에 숨어서 호랑이가 나타나기를 기다렸다.

망소이가 돌구지가 둘러쓰고 있는 호랑이 가죽을 벗기더니, 제 몸에 둘렀다.
"무엇하려고 그 흉한 것을…?"
아씨가 의아스러운 얼굴로 망소이에게 물었다.
"이놈 혼자 꾸민 짓이 아닐 것입니다유! 그놈들을 모두 잡아야지유! 행랑 아저씨는 이놈을 옴쭉달싹 못하게 아갈잡이를 시켜 묶어 놓으시우!"
망소이는 호랑이의 머리탈을 제 머리에 덮어쓰며 말했다. 그렇게 쓰고 보니, 얼핏 보기엔 영락없는 호랑이였다.
망소이는 집 뒤란 담을 넘어 뒷동산을 통해 김치량의 집으로 갔다. 치량의 집 뒷담에서 그는 집 안을 넘겨다보면서 작은 목소리로 호랑이 소리를 냈다.

어흥!

어흐흐흥!

그러자 한 사내가 사방을 두릿거리면서 어둠 속에 모습을 나타냈다. 망소이는 손짓으로 사내를 가까이 오도록 불렀다. 사내가 발소리를 죽이고 뒷담께로 가까이 다가왔다.

"엉아, 왜 그려? 뭘 그렇게 꾸물거리구 있는 거여?"

망소이는 그가 돌구지의 아우 질봉이라는 걸 알았다.

"이리 넘어와 봐! 사고가 생겼어!"

망소이는 질봉이가 그의 목소리를 알아듣지 못하도록 목소리를 얼버무렸다.

"사고라니? 무슨 사고여?"

"아씨가 죽었다!"

"뭐라구?! 아니, 어쩌다가?"

질봉이가 낮게 억눌린 목소리로 외쳤다.

"빨리 이리 와 봐!"

질봉이가 담을 넘어 밖으로 나오자 망소이는 온 길을 되돌아 달렸다. 질봉이가 급히 그를 뒤따라오면서 말했다.

"큰일났군! 아니 보쌈을 하라구 했지, 언제 죽이라구 했어? 이제 어르신한테 뭐라구 할 거여?"

망소이는 질봉이의 말을 듣고서 이 모든 음모가 치량의 짓이라는 걸 확인하고, 새삼 치량의 악독함에 몸서리를 쳤다. 언량의 사촌이라는 놈이 그런 짓을 꾸미다니!

"…뭐라구 하긴! 이제 그간의 못된 짓에 대해 뜨거운 맛을 봐야 할 때가 왔다구 해야지!"

망소이가 걸음을 멈추며 말했다.

"…뭐라구?! 엉아, 지금 뭐라구 한 거여?"

"뭐라구 하긴! 뜨거운 맛을 봐야 한다구 했지!"

"…엉아, 미쳤어?! 지금 제정신이여?"

"이놈, 미친 놈은 바루 너다! 이 못된 놈!"

망소이가 주먹으로 질봉이의 얼굴을 후려갈겼다. 질봉이는 비명도 채 지르지 못하고 바닥에 털썩 거꾸러졌다. 망소이는 거꾸러진 질봉이의 멱살을 잡아올려 그의 얼굴을 다시 두어 번 세차게 내리쳤다. 질봉이는 죽은 사람처럼 축 늘어졌다. 망소이는 질봉이를 어깨에 들쳐 메고 김언량의 집으로 돌아왔다.

"이놈이 질봉이란 놈이 분명하지유? 김치량의 집 뒷담에 가서 호랭이 소리를 냈더니, 이놈이 나오더라구유! 내 다시 김치량이란 놈을 잡아오겠습니다유!"

망소이는 아씨와 행랑아범에게 말하고는, 다시 김치량의 집으로 갔다. 그는 김치량의 집 뒷담을 넘은 다음 후원에서 안채를 거쳐 사랑채로 갔다. 진작에 행랑아범에게 물어 김치량이 거처하고 있는 사랑채를 알아 두었었다.

김치량의 방에서는 밤이 깊었는데도 창호지로 불빛이 배어 나오고 있었다.

어흥!

어흐흐흥!

망소이는 김치량의 방 앞에 가서 나지막하게 호랑이 소리를 내며 손톱으로 창호지를 긁었다. 그러자 곧 문이 벌컥 열리면서 김치량이 얼굴을 내밀었다.

"이런 죽일 놈, 어디 와서 그 따위 장난을 하는 게냐? 그래 아씨는 잡아왔느냐?"

"…어르신, 사고가 났습니다유."

망소이가 고개를 숙이고 어눌하게 말했다.

"사고라니? 그게 무슨 말이냐?"

"들어가서 말씀드리겠습니다유."

말을 마친 망소이가 신발을 신은 채로 날렵하게 방 안으로 뛰어들었다.

"돌구지, 너 이놈! 이게 무슨 짓이냐?"

김치량이 외쳤다.

"어르신두 이제 호랭이의 무서운 맛을 좀 보셔야겠수다!"

"…뭐라구?! …돌구지, 너 이놈! 네놈이…?"

김치량이 호통을 쳤다.

"어르신, 호랭이가 영물이라믄서유! 어르신이 호랭이를 그렇게 좋아하시니, 오늘은 어르신이 호랭이 맛을 좀 보셔야겠수!"

망소이는 번개같이 김치량의 멱살을 거머쥐고 사납게 으르렁거렸다. 그제서야 뭔가 이상한 낌새를 눈치챈 김치량이 두려움으로 얼굴이 하얗게 변한 채 더듬적거렸다.

"…당신, 누구요?"

"나는 너같이 악독한 놈을 잡아먹는 호랭이다! 이놈, 어디 호랭이의 주먹 맛 좀 봐라!"

망소이가 주먹으로 김치량의 얼굴을 후려쳤다. 분노가 실린 그의 무지막지한 주먹에 김치량은 방바닥에 털썩 거꾸러져 넋을 놓아 버렸다. 망소이는 의식을 잃은 김치량을 홑이불에 둘둘 말아서 어깨에 둘러메고 밖의 기미를 살폈다. 인적은 없었다. 그는 잽싸게 김치량의 집 뒷담을 넘어 김언량의 집으로 돌아왔다.

"이런 흉악한…, 짐승만도 못한…."

아씨는 김치량을 보고서 분노와 원한을 못 이겨 온몸을 부들부들 떨었다.

망소이는 호랑이 가죽을 벗은 다음, 그것을 다시 돌구지에게 입혔다. 그리고 김치량과 두 하인놈을 단단히 결박한 다음 수건으로 눈을 가리고 멍석에 둘둘 말아서, 다시 새끼로 꽁꽁 묶었다.

"이놈들을 감쪽같이 숨겨둘 만한 곳이 없수?"

"동구 밖에 상엿집이 있는데, 거기는 귀신이 나온다구 해서 낮에두 사람들이 가기를 꺼려하는 곳이우."

"거기가 좋겠수! 우선 이놈들을 그곳으루 옮깁시다!"

행랑아범이 지게를 가져왔다. 망소이가 두 놈을, 행랑아범이 한 놈을 지게에 얹어 짊어지고 그들은 동구 밖에 있는 상엿집으로 갔다.

5. 사촌

솜털이 보송보송한 앙증맞은 꺼병이 한 마리가 풀숲을 이리저리 도망치고 있었다. 여덟 살 먹은 김치량은 아까부터 그 꺼병이를 잡으려고 뒤쫓고 있었다. 그러나 꺼병이는 금방 잡힐 듯 잡힐 듯하면서도 용케 그의 손을 빠져나갔다. 꿩새끼를 다치지 않게 산 채로 잡기가 생각보다 쉽지 않았다. 그가 한참 동안이나 꺼병이를 쫓아, 드디어 지쳐서 잘 도망치지를 못하는 꺼병이를 사로잡으려는 순간이었다. 나무 옆에서 한 소년이 불쑥 튀어나오더니, 잽싸게 꿩새끼를 나꿔채 가는 게 아닌가. 사촌 아우인 언량이었다.

"내가 잡았다!"

언량은 얼굴 가득 기쁜 빛을 띠고 말했다. 치량은 아우의 의기양양한 얼굴을 보자 불쑥 울화가 치솟았다. 그보다 몇 달 어린 아우이지만 무엇이나 자기보다 잘하는 녀석이 얄밉기 짝이 없었다.

"임마, 그건 내가 아까 잡아서 놓아주고서 장난하고 있는 거야! 이리 내놓지 못해?"

"치! 웃기지 마! 잡은 사람이 임자지! 빼앗을 테면 어디 빼앗아보라구!"

언량은 비웃듯이 말하고는 냅다뛰었다. 그는 언량을 잡기 위해 힘껏 뛰었다. 그러나 언량과의 거리는 점점 더 멀어졌다. 도저히 언량을 따라잡을 수가 없었다.

"해해해! 잡을 테면 잡아보라구! 용용 죽겠지!"

언량은 약까지 올리면서 달아났다. 치량은 돌멩이를 주워들고 언량을 향해 힘껏 내던졌다. 그러나 돌멩이는 엉뚱한 데로 날아갔다. 이 자식, 어디 두고 보자! 죽여 버릴 거야! 그는 분해서 이를 옥물었다.

언량은 하인을 졸라 싸릿가지를 엮어서 조그마한 어리를 만들어 놓고, 그 안에 꺼병이를 키우며 치량이 구경 좀 하자고 해도 어리 근처엔 얼씬도 못하게 했다. 치량은 언량의 집에 가서 놀면서 기회를 엿보다가 어느 날 언량이 잠깐 자리를 비운 틈을 타서 꺼병이를 훔쳐서 제 집으로 가져왔다. 그는 광에서 커다란 버들고리 한 개를 꺼내다가 뒷골방에 놓아두고, 아무도 모르게 그 안에 꺼병이를 키웠다. 언량이 꺼병이가 없어졌다고 난리를 쳤으나 그는 꺼병이 근처에는 가 본 적도 없다고 시치미를 뗐다. 그러나 며칠 후 버들고리 한쪽에 구멍이 뚫려 있고, 꺼병이는 부등깃만 어지럽게 남긴 채 없어져 버렸다. 쥐가 들어왔던 것이다.

김치량은 분노와 절망으로 치를 떨다가 퍼뜩 눈을 떴다. 눈앞이 온통 깜깜한 어둠뿐이었다. 그는 자기가 꿈을 꾸었으며, 꿈에 어렸을 적으로 돌아가 있었다는 걸 깨달았다. 문득 얼굴이 욱신욱신 견딜 수 없이 아팠다. 그는 눈을 크게 떴다. 그러나 여전히 아무 것도 보이지 않았다. 몸을 움직여 봤으나 움직여지지 않았다. 그때에야 그는 그의 눈에 수건이 꽁꽁 묶여 있고, 자기가 호랑이 가죽을 뒤집어쓴 어떤 놈한테 무지막지하게 얻어맞고 의식을 잃었다는 것을 기억해 냈다. 얼마나 시간이 지났는지, 그가 있는 곳이 어디인지 전혀 알 수가 없었다. 그는 몸을 움직여 보려 했으나 꼼짝달싹도 할 수가 없었다. 몸만 묶인 게 아니었다. 묶인 몸이 다시 멍석에 말려서 마디마디 동여매어져 있었다. 그는 금방 머리가 터져 버릴 것 같았다. 호랑이 가죽을 둘러쓰고 나타난 놈이 도대체 어떤 놈인지, 왜 그가 자기에게 이런 짓을 하는지, 돌구지와 질봉이는 어떻게 되었는지 아무 것도 알 수가 없었다.

"여봐라! 게 누구 없느냐?"

그는 버럭 소리를 질렀다. 그러나 소리가 나오지 않았다. 그제서야 그는 자기 입에 아갈잡이가 되어 있다는 걸 깨달았다.

그는 귀에 온 신경을 모았으나, 어떤 소리도 들리지 않았다. 온통 칠흑 같은 어둠이었다. 김치량은 그 어둠보다 더 짙은 절망에 몸서리를 치다가 다시 까무룩하게 정신을 잃었다.

어렸을 때부터 치량은 늘 언량과 함께 지냈다. 이웃에 나란히 살고 있는 사촌일 뿐더러 같은 또래인지라 두 사람은 마치 쌍둥이처럼 어울려 자랐다. 그런데 치량은 언량보다 몇 달 먼저 태어나 형이 되었음에도 여러 면에서 언량에게 뒤떨어졌다. 우선 언량이 준수한 얼굴에 끌밋한 풍모를 지닌 데 비해 치량은 얼굴이 조금 팔초한 데다가 키가작았고, 언량이 장마철에 오이 자라듯 쑥쑥 크는 데 비해 치량은 잔병치레가 끊일 새가 없었다. 힘도 치량이 언량에게 훨씬 못 미쳤다. 둘은 사이좋게 놀다가도 툭 하면 다투었는데, 그때마다 언제나 힘이 약한 치량이 언량에게 얻어맞고 울음보를 터뜨리곤 했다. 그러면 치량의 어머니는 그를 달래주기는커녕,

"못난 놈, 형이 되어 가지고 아우한테 얻어맞고 운단 말이냐?"

하며, 매몰차게 꾸짖었고, 그런 어머니의 말은 그의 가슴에 못이 되어 박혔다.

철이 나면서 치량과 언량은 독선생을 모셔다 놓고 함께 글을 익혔는데, 글공부에서도 그는 언량에게 뒤졌다. 언량이 스승에게 칭찬을들을 때마다 그는 심한 열등감으로 속이 뒤틀렸다. 그는 언량에게 지지 않기 위해 악착같이 공부를 했고, 그러한 노력의 대가로 공부에서

만은 언량에게 지지 않았다.

열대여섯이 되어 그들이 여자에 눈을 뜨게 된 뒤부터 치량의 열등 감은 더욱더 깊어졌다. 그들은 부모 몰래 읍내의 함춘루라는 기루엘 출입하곤 했는데, 함춘루에 가면 언제나 기생들이 반색을 하며 그들을 맞이했다. 그러나 기생들은 처음 자리에 앉을 때부터 서로 언량의 옆에 앉으려고 다투었고, 치량의 옆에 앉게 된 기생은 노골적으로 서운한 기색을 감추지 못했다. 그뿐만이 아니었다. 치량의 옆에 앉은 기생은 치량이 잔을 비우면 의례적으로 술을 권하기는 했으나 마음은 언량에게 가 있는 듯 언량을 바라보며 추파를 보내기에 바빴다. 언량은 술자리에서 호탕하게 놀았고, 마음 내킬 때마다 원하는 기생과 관계를 맺곤 했다. 치량도 그러고 싶은 마음이 간절했다. 그러나 그가 마음에 들어 하는 예쁜 여자는 거의 언제나 언량이 먼저 차지하였고, 그는 마음에 덜 드는 여자와 관계를 맺거나, 아니면 심한 모멸감에 사로잡힌 채 혼자 함춘루를 나오곤 했다.

어느 날 함춘루에 난월이라는 앳된 기생이 새로 들어왔다. 난월은 나이가 열다섯으로 아직 머리도 얹지 않았지만, 바알간 얼굴이 활짝 핀 도화색이었고, 시원하고 또렷한 이목구비를 지니고 있었다. 그녀는 처음 기루에 나온 탓인지 치량과 언량 앞에서 얼굴을 들지 못하고 심하게 수줍음을 탔다. 다른 기생들처럼 교태나 아래를 짓지도 않고, 추파를 던지거나 간살을 부리지도 않았다. 치량은 아직 때묻지 않은 난월을 바라보면서 걷잡을 수 없이 애틋하고 안타까운 감정에 사로잡혔다.

"너, 난월이한테는 손대지 마라."

함춘루를 나와 마을로 돌아오는 길에 치량은 언량에게 말했다.

"그게 무슨 말이야? 형, 그 애한테 반했나 보네! 고년이 얌전한 척하면서 언제 형을 홀렸지? 하하하!"

"…너는 그 애 말고도 데리고 놀 애들이 많지 않느냐? 난월이는 건

드리지 마라!"

"노류장화(路柳墻花)야 꺾는 사람이 임자지! 나한테 빼앗기고 싶지 않으면 형이 먼저 꺾어 보지, 그래!"

"그 아인 아직 어린애 아니냐?"

"기루에 나앉은 계집을 어리다니? 형, 고것한테 단단히 홀린 모양인데, 여우한테 홀리면 간을 뽑아먹힐 수가 있다구!"

언량은 재미있다는 듯 껄껄거렸다.

치량은 난월이를 보기 위해 사나흘 간격으로 함춘루를 드나들었다. 언량과 함께 가기도 했으나 언량이 일이 있을 때는 혼자서 갔다. 며칠만 그녀를 보지 않으면 그녀의 모습이 눈앞을 오락가락해서 가만히 앉아 있을 수가 없었다. 난월이도 그런 그의 마음을 알고서 그를 대하는 몸짓이 은근했다.

그런데 두어 달 후에 치량의 아버지가 돌아가셨다. 치량은 아버지의 장례를 치르고 나서도 한 동안 함춘루에 가지 않았다. 난월이를 보고 싶은 마음이 굴뚝같았으나 아무리 그렇더라도 부친상을 당한 사람이 금방 기루를 찾아갈 수는 없는 일이었다. 그러나 그는 날이 갈수록 난월이가 보고 싶어서 안절부절못했다.

어느 날, 그는 여전히 읍내 출입을 하는 언량을 찾아가 물었다.

"요즈음 난월이는 잘 지내지?"

"난월이가 어떻게 지내는지 궁금해서 온 거야? 형, 그 계집은 이제 그만 잊어 버려! 고년이 보면 볼수록 은근히 요염한 데가 있어서, 고년을 꺾어 보려고 내로라하는 한량들이 함춘루 앞에 줄을 섰다구!"

치량은 언량의 말에 부쩍 몸이 달았다. 그는 금방이라도 다른 사내가 난월이를 낚아채갈 것 같아서 미칠 지경이었다. 그러나 당장은 어쩔 수가 없었다.

치량은 참다 참다 못해 어느 날 밤 아무도 모르게 혼자서 함춘루를 찾아갔다. 그는 난월을 불렀으나, 주모는 난월이 이미 다른 손님의 방에 들었다면서 딴 기생을 그의 방에 들여보냈다. 그는 기생을 내보내고, 혼자 술을 기울이면서 난월을 기다렸다. 주모가 몇 번이나 오늘은 난월이 시중을 들기 어렵다면서 다른 기생들을 들여보냈으나, 그는 끝까지 고집을 부려 기생들을 내보내고 혼자 술을 마셨다.

이윽고 밤이 꽤 깊어 난월이 그의 방에 들어왔는데, 난월을 본 순간 그는 우두망찰했다. 뜻밖에도 그 사이 난월이 머리를 얹은 게 아닌가!

"…너, …머리를 얹었구나!"

그는 한참 만에 침통하게 말했다.

"네게 머리를 얹어준 사람이 누구냐?"

"……."

"누구냐니까?"

"…언량 도련님이 얹어주셨습니다유."

"뭐라구?"

치량이 버럭 소리를 질렀다. 언량이라니?!

치량은 충격을 받고 함춘루를 나왔다. 언량이 난월이의 머리를 얹어 주다니! 그는 울분으로 몸이 덜덜 떨렸다. 당장 언량에게 달려가서 그의 얼굴을 박살을 내고 싶었다. 그러나 마을로 돌아온 그는 언량을 찾아가지 않았다. 그리고 그 후 함춘루에도 일체 발걸음을 끊고, 다른 기루에도 출입하지 않았다. 그리고 언량을 만나서도 그 일에 대해서는 한마디도 꺼내지 않았다. 평소와 똑같이 웃는 얼굴로 대했다. 그러나 그의 가슴 속엔 언량을 향한 원한이 잿속 깊숙이 묻힌 불씨처럼 뜨겁게 갈무리되어 있었다.

언량이 혼인을 한 뒤로 치량은 더욱더 언량과 가깝게 지냈다. 거의 매일 언량의 집에 가서 살다시피했다. 남들은 두 사람의 띠앗머리가 두터움을 칭찬했고, 언량도 사촌 형의 우애를 믿었다.

그러나 치량은 언량을 보러 간 게 아니라 그의 부인 소려를 보기 위해 언량의 집엘 드나든 것이었다. 언량의 부인 소려는 놀랍게 아름다

246

운 자색을 지녔을 뿐만 아니라, 행동거지가 드물게 얌전하고, 어진 미덕을 고루 갖추고 있었다. 치량은 그런 계수를 보면 볼수록 점점 더 그녀에게 마음이 끌렸고, 그러한 소려를 부인으로 둔 언량에게 참을 수 없는 질투를 느꼈다.

오서산에서 언량이 죽인 호랑이 새끼를 본 순간, 치량은 문득 머릿속을 스치는 무서운 생각에 오싹 소름이 끼쳤다. 언량을 감쪽같이 처치하고, 그의 모든 재산과 부인까지 한꺼번에 차지할 수 있는 계략이 섬홀(閃忽)처럼 떠올랐던 것이다. 그는 머리를 흔들며 그 생각을 떨쳐 버리기 위해 애를 썼다. 그러나 그 계략은 독사처럼 그의 머릿속에 또아리를 튼 채 결코 지워지지 않았다. 지워지기는커녕 점점 더 부풀어 올라 거대한 구렁이처럼 그를 휘감고 놓아주지 않았다. 그는 사냥에서 돌아온 뒤에도 내내 그 생각에 사로잡힌 채 밤잠을 제대로 이루지 못했다.

그리고 이튿날 평소 그에게 충직하여 무엇이든 시키는 대로 하는 돌구지를 불렀다.

"너, 내가 시키는 일은 무슨 일이든지 다 하겠느냐?"

"어르신 분부라믄 무슨 일이든지 다 합쥬!"

"내가 죽으라고 하면 죽기도 하겠느냐?"

"…죽어야겠지유!"

"고맙다! 내 너희 형제의 충직함은 잘 알고 있다! 이번 일을 잘 해 내면 내 너와 네 아우 질봉이를 노비에서 풀어 주겠다. 뿐만 아니라 너희 둘을 장가를 보내 주고, 전답까지 내리겠다! 어떠냐? 내가 시키는 대로 하겠느냐?"

"예?! 그게 참말이십니까유? 무엇이든 분부만 내려 주십슈!"

돌구지는 눈을 번들거리며 황감한 얼굴로 머리를 조아렸다.

치량은 몇 번이나 돌구지의 다짐을 받은 다음 벽장 안에 미리 싸 둔 재물 보따리를 꺼내서 돌구지에게 건넨 다음 말했다.

"쌍령현 밑에 가면 진점이라는 마을이 있는데, 그 마을에 가면 호랑이 가죽이 있을 게다. 그 가죽을 사 오너라! 아무도 모르게, 쥐도 새도 모르게 해야 한다!"

치량은 몇 달 전 쌍령현을 지나가다가 고개 밑에 있는 진점이라는 마을에서 커다란 호랑이가 잡혔다는 말을 듣고, 진점 마을로 호랑이 구경을 갔었다. 호랑이는 이미 가죽을 벗겨 벽에 걸어 놓았는데, 그 가죽이 엄청나게 컸다. 멧돼지를 잡기 위해 파 놓은 깊은 함정에 빠진 호랑이를 잡았다는 마을 사람들의 얘기였다. 그런데 언량이 죽인 호랑이 새끼를 본 순간 그의 머릿속에 그 호랑이 가죽이 퍼뜩 스치고 지나갔다.

돌구지가 호랑이 가죽을 구해오자 치량은 그 가죽을 몸에 뒤집어쓰기 쉽게 만들도록 했다.

지난 번 치량과 언량은 30여 리 떨어진 대붕 마을에 함께 조문을 갔다. 돌아오다가 인적이 없는 호젓한 산길에서 치량이 말했다.

"너무 취해서 도저히 더 걸을 수가 없으이! 잠깐 저기 무덤가에서 쉬었다가 가세!"

치량은 저만치 떨어진 무덤가로 가서 누워, 자는 체했다. 그러자 술에 취한 언량도 얼마 지나지 않아 그의 옆에 누워서 잠에 떨어졌다. 그는 소리 없이 일어나 큰 돌로 언량의 머리를 내리쳐서 살해한 다음, 시체를 수풀 속에 은닉했다. 그리고 즉시 집으로 돌아와서 돌구지와 질봉이를 불러, 날이 어두워지면 언량의 시체를 산 속 깊이 옮겨서 묻고, 호환을 당한 것처럼 꾸며 놓도록 일렀다. 모든 것이 그의 계획대로 되었고, 마을 사람 중에 누구도 언량이 호랑이 새끼를 죽인 앙얼을 입어 그 어미 호랑이에게 변을 당했다는 걸 의심치 않았다. 그는 다시 돌구지를 시켜 언량의 아들 윤충이가 사슴벌레를 잡으러 갔다가 호변을 당한 것처럼 꾸몄다. 그리고 절망에 빠진 언량의 부인을 위로하고 언량이 없는 집안일을 걱정해 주는 척하며 매일같이 언량의 집을 드나들었다.

그렇게 언량의 부인에게 환심을 사기 위해 갖은 애를 쓴 다음 그는 어느 날 밤 몹시 취한 듯한 모습으로 언량의 부인을 찾아갔다.

"계수님, 오늘은 계수님께 약주 한 잔 얻어먹으려고 이렇게 왔소이다. 술 한 잔 주십시오!"

그는 일부러 혀 꼬부라진 목소리로 말했다.

언량의 부인이 술상을 내오자 그는

"아우님과 늘 함께 술을 마셨는데, 이렇게 혼자 술을 마시자니 새삼 가슴이 찢어지는 듯합니다. 계수님, 예로부터 우리나라는 형제가 죽으면 남은 사람이 형제의 가족을 책임지는 풍속이 있었소이다. 이제 제가 계수님과 윤동이를 책임질 테니, 아무 걱정 마십시오!"

하고는, 그녀의 손을 은근하게 잡았다.

"아주버님, 고맙습니다. 그러나 너무 걱정하지 마십시오!"

언량의 부인은 그의 손아귀에 잡힌 손을 빼며 말했다.

"계수님의 나이가 아직 새파란 청상인데, 어떻게 혼자 지내시겠소이까? 앞으로는 저를 죽은 아우님으로 생각하고 의지해 주십시오!"

치량은 그녀를 와락 끌어당겨 안았다.

"아주버님, 이럴 수는 없습니다!"

그녀는 단호하게 말하고, 치량의 품에서 몸을 뺀 다음

"많이 취하셨군요. 그만 돌아가시지요!"

하고는, 벌떡 몸을 일으켰다.

"계수님, 오래 전부터 계수님을 은애해 왔습니다. 제 마음을 받아 주십시오!"

그는 다시 언량의 부인을 와락 껴안고서 말했다. 그러나 그녀는 찬바람이 날 만큼 단호한 몸짓으로 그를 밀쳐내고는,

"아무리 취중이라도 무례가 지나치시군요! 이제 다시는 제 집에 발

을 들여 놓지 마십시오!"

하고, 서릿발처럼 엄혹한 목소리로 꾸짖고, 방을 나갔다.

치량은 소려의 단호한 태도와 삼엄한 눈빛에서 결코 그녀에게 자신이 받아들여질 틈이 없다는 것을 깨달았다. 그는 심한 수치와 모멸감을 주체할 수 없었다. 그러나 겉으로는 술에 너무 취해 몸을 가눌 수 없다는 듯 비틀거리는 걸음으로 제 집으로 돌아왔다.

집에 돌아와서도 치량은 그녀가 자기를 꾸짖던 모습을 떠올리며 치욕과 분노로 잠을 이루지 못했다. 그러나 그럴수록 그녀가 더 고매하고 아름답게 여겨졌다. 열 번 찍어 안 넘어갈 나무 있나! 열 번에 안 넘어가면 백 번을 찍지! 그는 어떻게든지 그녀를 꺾어 버릴 각오를 더욱더 굳게 했다.

먼저 그녀의 마음을 얻고 그 다음 그녀의 몸을 얻는 게 순서이나, 그럴 수 없다면 그 순서를 바꿔야지! 이건 어쩔 수 없어! 내가 그렇게 하는 게 아니라 그녀가 그렇게밖에 할 수 없도록 만든 거야! 아무도 모르게 그녀를 납치하여 완력으로 내 여자로 만든다면 그 뒤에야 그녀인들 별 수 있겠는가! 몸 가는 데 마음도 따라간다고 하지 않던가. 그러나 그렇게 몸을 빼앗기고도 끝내 나에게 마음을 주지 않는다면 그땐….

치량은 돌구지를 시켜서 마을에서 멀리 떨어져 있는 외딴 곳에 있는 소작인의 농가 한 채를 비우도록 했다. 그리고 돌구지로 하여금 읍내 불량배 몇 놈을 매수해서 그녀를 아무도 모르게 잡아오게 했다. 기회를 노리던 불량배들은 천수사에서 돌아오는 그녀를 납치하려 했으나, 엉뚱한 놈이 뛰어드는 바람에 실패하고 말았다. 치량은 다시 기회를 보다가 다시 돌구지로 하여금 호랑이 탈을 쓰고 그녀의 집에 들어가서 그녀를 보쌈해 오도록 했다.

그런데 너무나 뜻밖의 일이 일어났다. 돌구지가 쓰고 갔던 그 호랑이 가죽을 둘러쓴 정체 모를 놈이 나타나, 모든 일을 망쳐버린 것이다.

6. 실토(實吐)

치량은 심한 어지럼증을 느끼면서 의식을 돌이켰다. 온몸이 우줄우줄 흔들리고 있었다. 그는 제 몸이 꼼짝달싹 못하게 결박된 채 멍석에 말려서 어딘가로 옮겨지고 있다는 걸 알았다. 몸이 계속 흔들리는 것으로 짐작컨대, 소달구지에 실려 어딘가로 옮겨지는 것 같았다. 그는 손과 다리를 힘껏 움직여 보았다. 손과 발을 꽁꽁 묶어 놓은 삼끈이 살 속으로 파고들며 견딜 수 없이 아플 뿐 삼끈은 조금도 느슨해지지 않았다. 가슴이 찢어지고 머리가 터질 듯 울화가 치솟았다.

"이놈들, 이게 무슨 짓이냐? 나를 풀어 주지 못할까?"

그는 울분을 토해내듯 울컥 고함을 질렀다. 그러나 아갈잡이를 한 그의 입에선 무슨 말인지 모를, 웅얼거리는 작은 소리만 새어 나왔다.

한 식경쯤 지난 뒤였다.

소달구지 멈추는 소리가 나더니, 그의 몸이 사정없이 내동댕이쳐졌다. 그리고 북두갈구리 같은 손이 멍속 안으로 들어와, 아갈잡이를 벗겨냈다. 이어 치량의 몸이 물에 차츰 가라앉아 갔다.

"억?! 이게 무슨 짓이냐? 제발, 제발 살려 주시오!"

그는 경악해서 고함을 질렀다.

"너같이 악독한 놈은 죽어야 햐! 당장 물 속에 처넣어 고기밥을 만들어 주겠다!"

멍석 밖에서 사나운 목소리가 들려왔다.

"잠깐만, 잠깐만! 당신이 누군데 나한테 이러시오?"

"나는 너 같은 놈 잡아가는 저승사자다! 이눔, 죽을 죄를 지었으믄 응당 죗값을 받아야지!"

"제가 무, 무슨 죄를 지었다고 이러시오?"

치량은 금방 죽을 것 같아 다급하게 외쳤다.

"뭐라?! 네놈이 죄가 읎다?! …너는 사촌 김언량 어르신과 어린 조카를 죽이구 호랭이가 해친 것처럼 엄펑스런 계교를 부렸다! 게다가 그 집 재산과 부인까지 훔치려 한 흉악무도한 작자다! 그러구두 버력을 입지 않기를 바라느냐?"

"…그게 무슨 말이오? …터무니없는 모함이외다!"

치량은 숨이 막혀 말을 더듬적거렸다.

"이미 돌구지와 질봉이란 놈이 모두 불었는데두 아직두 시치미를 뗄 셈이냐?"

"…뭐라고?! 그럼 돌구지와 질봉이도 잡혀 왔단 말이오?"

"그렇다! 돌구지, 네 이놈! 네놈이 이 김치량의 명을 받아서 호랭이 가죽을 둘러쓰구 언량 어르신과 윤동 도련님을 해친 게 틀림없으렷다?!"

사내가 호통을 놓자

"언량 어르신을 해친 건 제가 아니라 주인 어르신입니다유! 저희는 어르신의 명을 받아서 시체를 숨겼을 뿐입니다유."

김치량이 듣기에, 돌구지의 목소리가 틀림없었다. 김치량은 모든 것이 들통이 났다는 것과 자기가 옴쭉달싹할 수 없는 죽음의 구렁텅이에 빠졌다는 것을 깨닫고 눈앞이 캄캄해졌다.

"그런데 당신은 누구시우? 도대체 나한테 왜 이런 짓을 하는 게요?"

김치량은 이를 악물고 발악하듯 물었다.

"그게 그리 궁금하냐? 나는 지난 번 네놈 집에 호랭이를 잡으러 들어갔다가 네놈한테 죽임을 당할 뻔한 명학소 사람이다!"

"…그럴 리가?! 네놈이 어떻게?! …어떻게 다시 살아났단 말이냐?"

"…염라대왕 앞에 갔더니, 나는 아직 올 때가 안 되었다믄서, 네놈을 잡아오라구 날 보내주셨다!"

"…그때는 내가 좀 지나쳤수다! 그런데 지금 여기가 도대체 어디요?"

"황천이다! 사람이 죽으믄 황천을 건너간다는 말두 못 들었더냐?"

"제발 노여움을 푸시오. 대체 여기가 어디요?"

"마을 밖 소(沼)다. 너 같은 놈들은 하루라두 빨리 죽는 게 낫다! 인두껍을 쓰구 못된 짓만 골라서 허는 것보다는, 빨리 죽어서 물고기 밥이라두 되는 게 더 이로울 게다!"

"이보시오, 젊은이! 내 말을 잘 들어 주시오! 그 날은 날떠퀴가 사나워서 그리 되었다고 생각하고, 그 대신 나를 풀어 주면 내 크게 사례하겠수다! 어떻소?! 나를 죽여 봤자 젊은이에게 무슨 득이 되겠소? 그러나 나를 풀어 주면 내 재산을 다 주겠소!"

"…그럼 그 동안 네가 저지른 살인죄는 어뜨케 되구?"

"…그거야 돌구지와 질봉이한테 모두 뒤집어씌워 두 놈을 없애 버리면 되지 않겠소이까? 어젯밤 내 계수를 보쌈한 놈도 돌구지 놈이니, 언량의 처에게도 그렇게 말하면 믿어주지 않겠소?"

"뭐라구?! 이런 악독한 놈…."

그때였다.

"이제 더 이상 듣지 않아도 다 알겠다! 저놈들의 낯짝을 봐야겠다!"

하는 낯선 호령이 들렸다.

몇 사람이 달려들어서 명석을 풀고 치량을 꺼냈다. 그리고 치량의 눈을 가렸던 수건을 풀어 주었다. 그 순간 치량은 너무 놀라 돌처럼 굳어 버렸다. 놀랍게도 그의 주위에 수십 명의 사람이 둘러 서 있는 게 아닌가! 찢어질 듯 크게 뜨인 그의 눈에 언량의 부인 소려와 그녀의 몸종 가년이, 행랑아범의 얼굴이 들어오고, 이어 지난 번 그가 돌구지 형제를 시켜 죽이려 했던 떠꺼머리 총각의 얼굴이 크게 확대되어 들어왔다. 그 뒤에는 고을의 사또와 아전들이 삼엄하게 도열해 있고, 그의 옆에는 질봉이와 호랑이 가죽을 둘러쓴 돌구지가 무릎을 꿇고 있었다. 그는 현청 마당에 있는 작은 연못에 빠져 있었다. 그제서야 치량은 자기와 돌구지 형제가 관가로 옮겨져서 사또 앞에서 문초를 받고 있었다는 것을 깨달았다.

치량은 갑자기 딛고 있는 땅바닥이 밑으로 쑥 꺼지는 듯한 현기증을 느끼며 털썩 주저앉았다.

 김치량과 돌구지 형제의 범죄는 낱낱이 밝혀져서, 세 사람은 공주 감영으로 이송되었다. 김치량과 돌구지는 두어 달 후에 교수형을 당하고, 질봉이는 심한 곤장을 맞고 옥에 떨어졌으나, 곤장을 맞은 곳에 장독이 나서 심하게 앓다가 달포 만에 죽었다.

 탄동 아씨는 곧바로 천수사에 가 있던 아들 운동이를 데려왔다.
 탄동 마을을 떨게 했던 호랑이가 실은 호랑이 가죽을 두른 사람 호랑이였다는 게 밝혀지자 마을 전체가 벌컥 뒤집혔다. 탄동뿐만이 아니었다. 인근 고을들은 물론이고 먼 데까지 그 사건의 전말이 입에서 입으로 퍼져 나갔다. 그리고 그 사건의 진상을 밝혀낸 명학소 장사 망소이의 이름도 함께 알려지게 되었다.

 탄동 아씨는 망소이에게 크게 사례를 하려 했다. 그러나 망소이는
 "대가를 바라구 한 일이 아닙니다유, 아씨!"
 하고 펄쩍 뛰며 사양했다.
 "아무리 그렇더라도 여러 날 큰 수고를 했고, 심하게 매를 맞고 죽을 뻔하기도 했는데, 이렇게 사양하면 내 마음이 편치 못하오."
 "…정 그러시다믄 가끔 지나가다가 들르믄 더운 밥이나 한 그릇 멕여 주십시우. 그것루 충분합니다유."
 아씨는 어떻게든지 사례를 하려 했으나, 망소이는 극구 사양하고 도망치듯 명학소로 돌아갔다.
 그가 명학소로 돌아온 지 며칠 안 되어서 아씨의 행랑아범 수범과 하인 한 명이 지게에 커다란 봇짐을 지고 명학소 망소이의 집을 찾아왔다.
 "아씨께서 보내서 왔수!"

"이 무슨! 나는 절대 받을 수 읎수다!"

망소이가 펄쩍 뛰며 사양하자 행랑아범은

"아씨가 망소이 장사를 위해 손수 지은 옷이우. 아씨의 정성을 생각해서 받으시우."

하고는, 기어이 봇짐을 놓고 갔다. 봇짐의 고리짝에는 비단과 모시, 삼베로 지은 옷이 각각 한 벌씩 들어 있고, 비단과 베가 여러 필, 그리고 고리짝 밑바닥에 종이로 싼 은병 세 개가 놓여 있었다.

망소이는 아씨가 손수 지었다는 옷을 입지 않았다. 그 옷을 담아 가지고 온 고리짝을 보자기로 잘 싸서 방 웃목 시렁에 얹어 두고 생각날 때마다 꺼내서 쓰다듬어 볼 뿐 차마 입을 수가 없었다.

그 후로 망소이는 가끔씩 탄동으로 소려 아씨를 보러 갔다. 그는 이제 자기가 아씨를 찾아갈 일이 없을 뿐만 아니라, 찾아가서는 안 된다는 걸 잘 알고 있었다. 천한 소(所)놈인 자기가 호족 집안의 미망인 아씨를 찾아간다는 게 당키나 한 일인가. 그러나 망소이는 아씨를 찾아가지 않을 수가 없었다. 아씨의 모습이 눈앞에 어려서, 도저히 일이 손에 잡히지 않을 땐 장사꾼 차림으로 탄동 마을을 찾아갔다. 그러나 그는 차마 언량의 집 대문을 두드리진 못했다. 먼 데서 아씨가 있는 집을 바라보거나, 탄동 마을이 저만치 내려다보이는 언덕에 하염없이 앉아 있다가, 발길을 돌리곤 했다.

찬바람이 아침저녁으로 일어나는 구월 어느 날, 망소이는 탄동의 아씨 댁 대문을 두드렸다.

"망소이 장사 아니우? 어서 오시우!"

행랑아범 수범이 반가운 얼굴로 망소이를 맞아주었다. 그는 망소이를 마님이 계신 안채로 안내했다.

"망소이 장사가!"

아씨는 반가움 가득한 얼굴로 망소이를 반겼다. 가년이도 반가워서 어쩔 줄 모르는 얼굴이었다. 가년이가 떡과 유과, 강정, 식혜가 놓인 아담한 상을 내왔다.

자리에서 일어나기 전 망소이가 말했다.
"아씨, 아씨를 천수사에서 처음 뵌 날 아씨가 제 마음을 가져갔습니다유! 주제 넘는 말이란 건 저두 압니다유! 그러나 이 말씀을 안 드리믄 가슴이 터질 것 같아서유! 이 말씀을 드렸으니, 이제 제가 이 집에 다시 올 일은 읎을 것입니다유."
망소이는 어려운 일을 오래 한 듯 온몸의 힘이 빠져서, 허털허털 탄동 아씨의 집을 나왔다.
탄동 아씨는 아무 말도 하지 못하고 미동도 없이 앉아 있었다. 그린 듯이 앉아 있는 그녀의 고운 이마에 엷은 땀이 배어났다.

7. 심화요탑(心火繞塔)

탄동 마을에서 돌아온 망소이는 여러 날 앓아 누웠다. 온몸의 힘이 다 빠져 버리고, 뜨거운 열이 떠나지 않았다. 그는 중병에 걸린 사람처럼 자리에 누워, 일어나질 못했다.
"망소이야! 어디가 아픈 것이냐? 바위 같았던 놈이 이게 웬 일이여?"
망소이의 어머니 솔이는 평생 고뿔 한번 걸리지 않던 아들이 자리에 눕자 걱정으로 밤잠을 이루지 못했다. 그런 솔이를 이웃집 사는 저밤이가
"솔이야! 너무 걱정 마러! 젊은 아이인디 별 일이야 있을라구?"
하고, 따뜻한 말로 위로했다. 저밤이는 평소에도 늘 솔이네 집엘 드

나들며, 그의 식솔들을 돌봐 왔다. 그는 망소이가 자리에 누운 날부터는 아침저녁으로 망소이를 들여다보며 보살폈다.

"송곡사 법광 스님께 말씀드려 볼까유?"

솔이가 문득 송곡사 혜관과 법광 스님을 머릿속에 떠올리고 말하자,

"그럴까? 내가 한 걸음에 다녀올게!"

저밤이가 바로 자리를 떨치고 일어났다.

한것쯤 뒤에 저밤이는 혜관 스님과 법광 스님을 모셔 왔다. 법릉 어린 스님도 두 스님을 따라왔다.

"큰스님까지 송구스럽게…!"

솔이는 혜관과 법광에게 합장배례했다. 그녀는 혜관 큰스님까지 오신 것이 너무나 송구스러웠다.

"법광이 혼자 오겠다고 했으나, 이 늙은 중이 고집을 부렸소이다. 망이 어머님도 뵐 겸 해서…."

"제가 자주 찾아뵙지 못해서 죄만스럽습니다유."

솔이가 고개를 깊이 숙였다. 그들은 망소이가 누워 있는 윗방으로 들어갔다. 망소이는 초췌한 얼굴로 눈을 감고 누워 있었다.

"망소이 엉아, 어디가 아퍼?"

법릉이 울가망한 얼굴로 말했다. 인기척에 눈을 뜬 망소이가 자리에서 일어나려 했으나,

"그냥 누워 있어라."

혜관이 말렸다. 혜관 스님이 망소이의 이마에 손을 얹었다. 뜨거운 열이 금방 혜관 스님에게 전해져 왔다.

"근래에 망소이한테 무슨 일이 있었소이까?"

솔이는 간략하게 탄동 마을 이야기를 했다.

"그곳 아씨가 손수 만든 옷을 보내왔단 말입니까?"

"…망소이가 그 옷을 입지두 않구 보배처럼 아낍니다유."

"……! 아무쪼록 몸을 보중시켜야 합니다."

"큰스님, 왜 아무 말씀도 없으셨습니까? 망소이가 무슨 중병에 걸렸습니까?"

솔이의 집에서 나와 산길에 들어설 때까지 아무 말이 없던 법광이 혜관에게 물었다.

"마음의 병이다."

"마음의 병이라니요?"

"너도 짐작하지 않았느냐? 너 심화요탑(心火繞塔)이란 얘기를 들은 적 있느냐?"

"…심화요탑이요?"

혜관 스님이 나직하게 이야기를 시작했다.

신라 선덕여왕 때에 지귀(志鬼)라는 떠꺼머리총각이 있었다. 지귀는 활리역(活里驛)이란 마을 사람으로 가난한 집에서 늙은 어머니를 모시고 살았다. 하루는 지귀가 서라벌에 나갔다가, 마침 행차하는 선덕여왕을 보게 되었다. 지귀는 선덕여왕을 본 순간 여왕에게 마음을 빼앗겼다. 그는 평생 그처럼 아름답고 기품 있는 여자를 본 적이 없었다.

선덕여왕은 진평왕의 맏딸로 그 인자하고 지혜로운 성품과 뛰어난 미모로 백성들로부터 칭송을 받았다. 어쩌다가 여왕이 궁을 나와 행차하면 백성들이 몰려들어 환성을 올렸다. 여왕을 사모하게 된 지귀는 그 마음이 골수에 사무쳐서, 매일 왕궁 큰길가에 나와 여왕을 기다렸다. 그래도 여왕을 볼 수 없자 그는 왕궁이 저만치 내려다보이는 남산에 올라 먼 데에서나마 여왕의 모습을 보려고 했다.

사월 초파일 여왕이 분황사에 공양을 올리러 행차했다. 지귀는 여왕의 행렬을 뒤따라갔다. 지귀의 남루한 몰골을 본 군졸들이 지귀를 쫓아버리려 하다 소란스러워지자 여왕이 물었다.

"무슨 일로 이리 소란한고?"

"송구하오나 어떤 미친 자가 여왕님을 사모한다며 따라옵나이다."

"놔 두어라! 고마운 일이다."

분황사에 이르자 선덕여왕은 대웅전에 들어가 부처님께 절을 올리고, 조실 스님의 법문을 들었다. 그 동안 지귀는 여왕에게 가까이 가지 못하고 돌층계 옆에서 여왕이 나오길 기다렸다. 그간 여왕을 보기 위해 노심초사한 지귀는 심신이 몹시 쇠하였고, 그 때문에 여왕을 기다리다가 자기도 모르게 잠깐 잠이 들었다.

여왕이 예불을 마치고 대웅전에서 나오는데, 자기도 모르게 눈이 층계 밑으로 향했다. 여왕은 무릎을 꿇은 채 졸고 있는 지귀에게서 뭐라 말할 수 없는 강렬한 느낌을 받았다. 여왕은 무엇에 끌리듯 자기도 모르게 지귀에게 다가가, 자기가 끼고 있던 팔찌를 빼서, 지귀의 손에 쥐어 주었다. 그리고 자리를 떴다.

졸음에서 깬 지귀는 여왕의 팔찌를 보고 금방 무슨 일이 있었는지 깨달았다. 그는 여왕이 자기 마음을 받아 주었다는 걸 알고, 가슴이 뜨거워졌다. 그 뜨거움은 마침내 불이 되어 그의 몸을 휘감았다.

"아, 나의 임이시여!"

불로 화한 지귀가 비틀거리며 옆에 있던 목탑을 붙잡자, 탑도 순식간에 한 송이 거대한 불꽃이 되었다. 지귀는 불귀신이 되었고, 백성들이 이를 두려워하자 선덕여왕이 주문을 써 주었다. 지귀가 불귀신이 되었어도 여왕의 뜻만은 거스르지 않았기 때문이었다.

> 지귀는 마음에 불이 일어 (志鬼心中火)
> 몸을 태우고 불귀신이 되었네. (燒身變火神)
> 푸른 바다 밖 멀리 흘러갔으니 (流移滄海外)
> 보지도 말고 친하지도 말라. (不見不相親)

"마음의 불이 탑까지 태웠다니, 네 생각은 어떠냐?"
이야기를 마친 혜관 스님이 법광에게 물었다.

"…망소이 마음에 그 불이 붙었단 말씀이신가요?"

그러나 혜관은 더는 말을 하지 않았다.

"마음에 불이 붙어유?"

법릉이 의아한 얼굴로 물었다. 법광이 대답 대신 법릉의 까까머리를 쓰다듬어 주었다.

이틀 후, 법광 스님은 탄동 마을로 탁발을 갔다. 그는 동네 아이들에게 윤동이네 집이 어디인지를 물어, 그 집으로 갔다. 대문을 두드리자 행랑아범이 문을 열어주었다.

"탁발 오신 스님이시우?"

"탁발보다, …이 댁 아씨께 드릴 말씀이 있어 왔소이다."

"아씨께 드릴 말씀이라니유? 무슨…?"

"아씨께 직접 드릴 말씀이외다."

"잠깐 기다리시우. 내 아씨께 여쭤보구 올 테니!"

행랑아범은 안으로 들어가더니, 잠시 후에 법광 스님을 안채로 인도했다. 법광과 아씨는 서로 합장하고 인사를 했다.

"저는 송곡사에 있는 법광이라 합니다. 명학소에 사는 망소이를 아시지요?"

"…망소이 장사요?"

"망소이와 그의 형 망이는 제 제자 같은 사람들이외다. 평소 가깝게 지내는 사이지요."

"…망소이 장사한테 무슨 일이 있나요?"

탄동 아씨가 조심스럽게 물었다.

"망소이가 심하게 아픕니다. 외람된 말씀이지만, 이 댁을 몇 차례 다녀갔다는데, 저는 그 때문이 아닌가 생각합니다."

"! ……."

법광 스님도 아씨도 더는 말이 없었다.

법광 스님이 다녀간 후 아씨는 오래 깊은 생각에 잠겼다. 그리고 이틀 후 혼자 망소이를 찾아갔다.

퀭한 눈으로 누워 있던 망소이가 그녀를 보자 몸을 일으키려 했다.
"그냥 계세요."

탄동 아씨의 말에 거의 울음이 묻어났다. 그 사이 망소이는 딴 사람처럼 초췌해져 있었다.

"이러시려면…. 차라리 저를 찾아오시지."

아씨가 망소이의 손을 꼭 쥐었다.

아씨는 처음 천수사에서 망소이를 봤을 때부터 그가 예사 청년이 아니란 느낌을 받았었다. 우람한 풍채와 빛나는 얼굴이 마치 옛날이야기에 나오는 장수 같았다. 그가 한길에서 그녀와 가년이를 욕보이려는 불량배들을 때려눕힐 때는 정말 이야기로만 듣던 장수가 따로 없었다. 아씨는 속으로 크게 감복했다. 자기도 몰래 마음이 갔다. 그리고 망소이가 호랑이를 잡겠다고 그녀의 집에서 머무를 때 그녀는 오래 불안하고 초조했던 마음이 가을물처럼 가라앉고, 오랜만에 편안한 마음이 되었다. 그녀는 자기를 바라보는 망소이의 눈 속에 치열하게 타고 있는 열망을 느꼈다. 그리고 자기도 모르게 어느새 자기 또한 그러한 열망에 사로잡혀 있음을 깨닫고, 그런 스스로를 나무랐다. 나이도 몇 살이나 많고, 자식까지 있는 여자가 망측하게! 게다가 두 사람은 신분도 너무 다르잖은가! 있을 수 없는 일이다! 그녀는 스스로의 마음을 일부러 부정하고, 또 부정했다. 그러나 망소이가 시아주버니 치량의 음모를 밝혀내고 그와 하인들을 통쾌하게 처치하자 그녀의 마음은 봄날 얼음처럼 녹아 내렸다. 망소이는 그녀에게 세상에 다시없는 사람이 되었다. 아, 이 무슨 변고인가! 그녀 스스로도 놀랐다. 호족 가문의 귀한 딸로 태어나 화초처럼 자란 그녀에게 그런 마음이 숨겨져 있을 줄이야! 그러나 그녀는 그런 내색을 하지 않았다. 마음을 다

잡고 일부러 생각을 하지 않으려 애썼다. 그럴수록 자기를 눈부신 듯 바라보던 망소이가 더욱 생각났다. 망소이를 보지 않고 지내는 나날이 너무 힘들었다. 자기도 모르게 하염없이 망소이를 생각하고 있는 때가 많았다.

법광 스님한테 망소이가 많이 아프다는 말을 들었을 때 그녀는 망소이를 향한 자기 마음을 확실하게 알았다. 망소이가 많이 아프다는데, 그것도 자기를 못 봐서 그리 아프다는데, 한 시도 그냥 있을 수가 없었다.

"망소이 장사님!"

탄동 아씨의 눈에서 후두둑 눈물이 떨어졌다.

"…아씨!"

망소이의 눈에서도 글썽하게 눈물이 차올랐다.

두 사람은 서로를 깊이, 오래 껴안았다. 뜨거운 눈물이 맞닿은 두 사람의 뺨을 따스하게 적셨다.

『망이와 망소이』 제2권 〈청산에 눕는 풀〉 끝

(3권에서 계속)

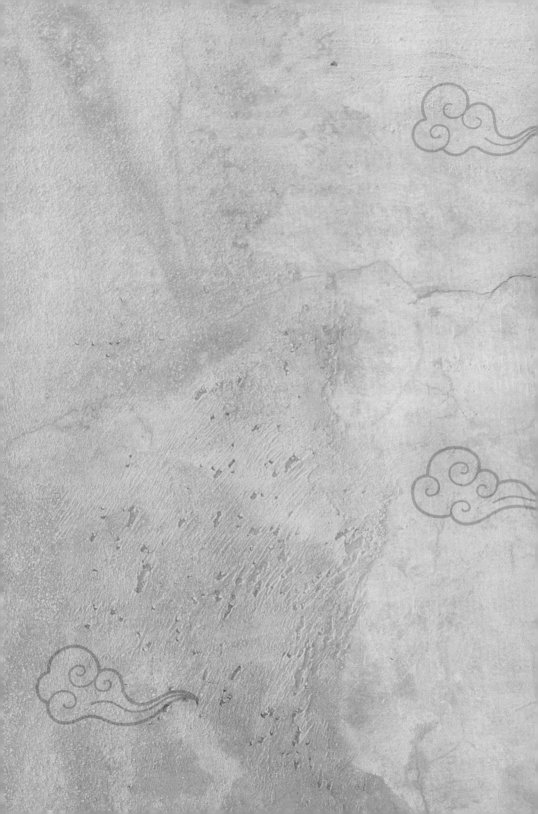

망이와 망소이 제2권 — 청산에 눕는 풀

심규식 지음

발 행 처 · 도서출판 청어
발 행 인 · 이영철
영   업 · 이동호
홍   보 · 천성래
기   획 · 남기환
편   집 · 방세화
디 자 인 · 이수빈 | 김영은
제작이사 · 공병한
인   쇄 · 두리터

등   록 · 1999년 5월 3일
(제321-3210000251001999000063호)

1판 1쇄 발행 · 2020년 11월 20일

주   소 · 서울특별시 서초구 남부순환로 364길 8-15 동일빌딩 2층
대표전화 · 02-586-0477
팩시밀리 · 0303-0942-0478

홈페이지 · www.chungeobook.com
E-mail · ppi20@hanmail.net
I S B N · 979-11-5860-899-6(04810)
          979-11-5860-897-2(세트)

이 도서의 국립중앙도서관 출판시도서목록(CIP)은 서지정보유통지원시스템 홈페이지
(http://seoji.nl.go.kr)와 국가자료공동목록시스템(http://www.nl.go.kr/kolisnet)에서 이용
하실 수 있습니다.(CIP제어번호: CIP2020043014)